Als in der neuen Seniorenresidenz Kophusens plötzlich die kerngesunde Henriette Stein zusammenbricht und stirbt, ist Polizeiobermeister Peter Brandt alarmiert. Professor Weber, Leiter des exklusiven Stifts, stellt den Totenschein aus. Ursache: Herzversagen.

Doch Peter spürt, dass da etwas nicht stimmen kann. Gemeinsam mit seinen beiden Kollegen Philip Goldberg und Hauke Thomsen nimmt er diskret die Ermittlungen auf. Kurz darauf entdecken sie eine Überwachungskamera in Henriettes Appartement, in deren Aufzeichnungen ein unbekannter Mann auftaucht. Zeitgleich verschwindet ihr Hausarzt spurlos. Nach einem Einbruch in der ELB-Residenz wird eine Leiche im Schweinestall des Bio-Bauern aufgefunden. Obgleich die drei Kophusener Polizisten den Fall an die Beamten aus Itzehoe abgeben müssen, setzen sie alles daran, ihn selbst aufzuklären. Mit dem Ergebnis, dass der kleine beschauliche Ort an der Elbe wieder einmal in die Schlagzeilen gelangt.

ELBGIFT ist Philip Goldbergs vierter Fall.

Nicole Wollschlaeger, 1974 in Pinneberg geboren, absolvierte zunächst eine Ausbildung zur Buchhändlerin. 2004 schloss sie ihr Schauspielstudium in Hamburg ab. Bis 2016 lieh sie ihre Stimme der Kinderbuchreihe „Das magische Baumhaus" und tourte mit ihren Lesungen durch ganz Deutschland. 2013 erschien ihr erster Roman „Schatten über Nargon" im Carlsen Verlag. Mit „ELBSCHULD" startete 2016 die Krimireihe um das Kophusener Ermittler-Trio.

Nicole Wollschlaeger

ELBGIFT

Kriminalroman

Der vierte Fall für Kommissar Philip Goldberg

Ausführliche Informationen finden Sie
unter: www.nicolewollschlaeger.de

Der Titel ist auch als eBook erschienen.

Weitere Titel der Autorin:
ELBSCHULD
ELBSCHMERZ
ELBSPIEL

Schatten über Nargon
Kinderbuch

Ungekürzte Ausgabe 2019

© 2019 Nicole Wollschlaeger
Herstellung und Verlag:
BoD – Books on Demand, Norderstedt
ISBN: 9783744883139
Quelle: Rainer Maria Rilke: Kurze Prosa
Ditzingen, Philipp Reclam, 2012
Umschlaggestaltung: Maurizio Marotta & Svenja Sund
Motiv: Nicole Wollschlaeger
Lektorat: Stefan Wendel, Lübeck
Korrektorat: Sonja Hartl & Rita Nandy

Für Hellmuth Voigt und Anni Jungklas

»Es ist der Geist, der sich den Körper baut.«

Friedrich Schiller

1

Henriette Stein saß mit vorgebeugtem Oberkörper auf der Kante ihres Bettes. In der einen Hand hielt sie die Spritze. Mit der anderen schob sie die vordersten Zehen ihres rechten Fußes auseinander. Der Stich kostete sie jedes Mal Überwindung. Aber falls sie diese Geschichte nicht überlebte, musste sie dafür sorgen, dass ihr Leichnam rechtsmedizinisch untersucht werden würde, und dafür brauchte es einen triftigen Grund.

Sie atmete tief durch. Dann setzte sie die Kanüle an und stach sie durch die Haut. Die farblose Flüssigkeit in der Spritze wich dem Druck und verschwand in ihrem Fuß. Geschafft. Vorsichtig entfernte sie die Nadel und presste das Wattepad auf das Einstichloch. Kurz spürte sie, wie die Flüssigkeit ihren Mittelfuß entlanglief, oder bildete sie sich das nur ein? Nein, sie war sich sicher, dass sie es fühlen konnte. Henriette legte die Spritze zur Seite. Gedanklich ging sie noch einmal alles durch. Prüfend zog sie die Schublade ihres Nachttischs auf und tastete nach dem Bogen. Das transparente Stück Papier lag noch dort. Ganz hinten. Sie hoffte, dass man es bei der Räumung ihrer Wohnung nicht achtlos entsorgen würde, sondern die richtigen Schlüsse zog. Nur für den Fall, dass Bärbel sie heute für verrückt erklärte. Die Vorstellung, dass man ihre Nachricht nicht rechtzeitig erkannte, bereitete ihr Kopfzerbrechen. Sicher, es war umständlich so, aber ihre letzte Hoffnung ruhte auf Bärbel und mit ihr auf der örtlichen Polizei. Der Kommissar schien klug genug, ihr Manöver zu durchschauen. Eine von vielen Maßnahmen, falls ihre alte Freundin ihr heute keinen Glauben schenken würde. Niemand glaubte diese skandalösen Vorfälle. Sie ahnte, dass sie erst sterben musste, bevor man ihre Geschichte ernst nahm.

Sie schloss die Lade und warf einen kritischen Blick auf ihre Zehen. Es blutete nie. Vorsichtig schlüpfte sie in den schwarzen Keilpumps. Mit dem Wattepad und der Spritze in der Hand erhob sie sich vom Bett und kehrte ins Wohnzimmer zurück.

Ihr gefiel die Wohnung. Vom ersten Augenblick an hatte sie sich in diesen Rohdiamanten verliebt. Der Stuck an den fast vier Meter hohen Decken verlief durch sämtliche Zimmer. Die smaragdgrünen Samtvorhänge mitsamt dem riesigen Lüster hatte sie aus ihrer Villa in Wewelsfleth mitgenommen. Alles war perfekt arrangiert. Obwohl sie wusste, dass sie nicht lange bleiben würde, hatte sie sich bei der Einrichtung Mühe gegeben. Ihr Aufenthalt hier sollte so angenehm wie möglich sein, egal wie lang er dauerte. Es war schade, aber langsam wurde es zu gefährlich. Sie fühlte sich nicht mehr sicher.

Zum Glück war die ELB-Residenz ein nobler und zugleich gepflegter Altersruhesitz, in dem man es wunderbar aushielt. Keines dieser scheußlichen Pflegeheime, in denen man sein Leben mit überlasteten Altenpflegern fristete, seine kostbare Lebenszeit womöglich mit Linsenbildern oder Kastanienmännchen vergeudete. Ein weiterer Vorzug dieses waghalsigen Unterfangens war die Nähe zu ihrer langjährigen Freundin. In ihrem Alter blieben nicht mehr viele übrig. Bärbel Thomsen war vor einiger Zeit zu ihren Kindern nach Kophusen zurückgekehrt. Sie beide kannten sich seit der Schulzeit. Vor ihrer Rückkehr hatten sie sich aus den Augen verloren gehabt. Jetzt verbrachten sie so viel Zeit wie möglich miteinander. Zusammen schwelgten sie in alten Erinnerungen, sprachen über das Weltgeschehen, und Bärbel wurde nicht müde, von ihren beiden Kindern zu erzählen. Es gefiel Henriette. Fast war es wie früher, aber eben nur fast.

Seit drei Monaten wohnte sie bereits in ihrem neuen Zuhause, dem privaten Seniorenstift am Rande von Kophusen. Vor ihrem Einzug hatte sie umfangreiche Recherchen betrieben, bis sie sich sicher war, dass es sich um das richtige Stift handelte. Als sie vor einigen Tagen Weber gegenüber eine Andeutung gemacht hatte, hatte er sie nur ausgelacht, was nicht bedeutete, dass er unschuldig war. Aber dadurch war der Punkt erreicht, an dem Vorkehrungen getroffen werden mussten. Unter keinen Umständen durften mit ihr alle Informationen verschwinden. Ihren alten Freund und Hausarzt hatte sie bereits eingeweiht, doch er glaubte ihr nicht so recht, also musste sie dafür sorgen, dass es jemand anders tat. Selbst auf die Gefahr hin, dass sie ihre beste Freundin in Schwierigkeiten brachte. Heute Nachmittag würde sie Bärbel einweihen. Nicht in ihrem Zimmer, aber später im Park, wenn sie spazieren gingen. Hier hatten die Wände Ohren und vielleicht sogar Augen, davon war Henriette überzeugt. Und falls es nötig sein würde, Bärbel zu überzeugen, würde sie ihr den Keller zeigen.

Kurz vor seinem Tod hatte ihr Ehemann ein Geständnis abgelegt, das sie bis ins Mark erschüttert hatte. Fünf Monate war das jetzt her und hatte sie seitdem nicht mehr losgelassen, verfolgte sie bis in ihre Träume. In ihr war der Entschluss gereift, diese himmelschreiende Ungerechtigkeit aufzudecken. Zugegeben, sie gefiel sich in der Rolle des Racheengels, der sie alle zur Rechenschaft zog, aber zuallererst ging es ihr um die Würde eines jeden Menschen. Und um das Recht auf Selbstbestimmung.

Richard und sie waren kinderlos geblieben. Verwandte gab es nicht. Sie hatte nichts zu verlieren. Ironischerweise hatte Richards Reichtum ihr den Platz in diesem noblen Etablissement verschafft. Um auf Nummer sicher zu gehen, hatte sie ihr Testament gemacht und es an der richtigen Stelle hinterlegt. Das war der einzige Makel ihres Plans, aber er hielt sie nicht davon ab, bis in letzter Konsequenz zu handeln.

Henriette warf einen letzten Blick auf den Tisch,

wo die Karaffe mit dem Sherry bereitstand. Die beiden Gläser fügten sich perfekt in das Arrangement. Daneben lag das Buch. Sie musste dafür sorgen, dass Bärbel es an sich nahm. Den Bogen hatte sie bewusst an anderer Stelle deponiert. Falls man beides bei ihr fand, geriet es womöglich in die falschen Hände. War sie schon paranoid? Möglich, aber es gab nicht viele, denen sie hier trauen konnte. Vorsicht war oberstes Gebot. Nervös blickte sie auf die Uhr an ihrem Handgelenk. Beinahe hätte sie es vergessen. Das Spritzbesteck! Hastig huschte sie zu dem Mülleimer in der Küche und warf es hinein. Es klopfte. Henriette zuckte zusammen. Sie zupfte ihre Bluse zurecht. Plötzlich hielt sie inne. Henriette eilte zum Schrank und schaltete ihre nagelneue Errungenschaft ab. Eine weitere Maßnahme zu ihrem Schutz. Jetzt war alles bereit. Wenn das ihr letzter Tag werden würde, war sie mehr als zufrieden. Sie war glücklich. Strahlend öffnete sie die Tür.

In der rechten Hand hielt Bärbel einen riesigen Strauß Blumen. Die Tulpen leuchteten in den Farben des Frühlings. Gerührt zählte Henriette mindestens dreißig Stück. Richard hatte sich nie halb so viel Mühe gemacht.

»Du siehst blendend aus«, sagte Bärbel.

»Danke. Komm herein.« Henriette schloss die Tür hinter ihnen und drehte sich zu ihr. »Sind die für mich?«

»Entschuldige, natürlich!« Bärbel streckte die Hand mit den Blumen aus. »Ich hoffe, sie gefallen dir.«

»Sie sind wunderhübsch.« Henriette nahm ihre

Lieblingsvase aus dem Wohnzimmerschrank und füllte sie in der angrenzenden Küche mit Wasser. »Setz dich.«

»Du hast es dir hier wirklich schön gemacht. Obwohl ich immer noch nicht verstehe, was du als kerngesunde Frau hier eigentlich willst«, rief Bärbel. »Dein Haus in Wewelsfleth bietet alle Annehmlichkeiten, und du kommst doch noch allein zurecht. Oder gibt es da etwas, was du mir verschweigst?«

Ja, aber nicht mehr lange, dachte Henriette, als sie mit dem Strauß in der Vase in die Stube zurückkehrte. »Lass uns über etwas anderes reden.«

Bärbel hatte auf einem der ledernen Cocktailsessel Platz genommen. Die Sessel stammten aus den Sechzigerjahren. Eine kostbare Erinnerung an die Zeit, als Richard und sie noch glücklich verheiratet waren. Henriette stellte die Vase auf den Esstisch, der an der gegenüberliegenden Wand stand.

»Ich wage gar nicht zu fragen, was du für diese Wohnung bezahlst.«

Inzwischen war Henriette es gewohnt, auf derlei Bemerkungen nicht zu reagieren. Anfangs hatte sie das Gefühl gehabt, sich für den Reichtum ihres Mannes entschuldigen zu müssen. Doch im Laufe der Jahre wurde es weniger, bis es ihr schließlich gleichgültig war, was die anderen über sie dachten.

»Ich möchte dir etwas geben.« Henriette setzte sich ihrer Freundin gegenüber. Sie nahm das Buch vom Tisch. »Es ist mir sehr wichtig, dass du es an dich nimmst und sorgfältig aufbewahrst.« Bärbel sah sie irritiert an, doch Henriette ließ sich nicht beirren. »Bitte, mir zuliebe. Es ist eine Erinnerung an mich und vielleicht wird es dir irgendwann ebenso viel bedeuten wie mir.«

»Ein Buch?«

Henriette zuckte mit den Schultern und lächelte geheimnisvoll. Hier konnte sie nicht darüber sprechen. Obwohl Bärbel den Grund nicht zu verstehen schien, wie sollte sie auch, verstaute sie den Roman in ihrer Handtasche, die sie auf dem Boden neben dem Sessel abgestellt hatte. Sobald sie nach draußen gingen, würde sie es ihr erklären können.

»Und jetzt zum Aperitif.« Henriette füllte die Sherrygläser, ein altes Ritual, das sie immer noch pflegte. Vor dem Kaffee, der auf dem Esstisch auf sie wartete, gab es einen Aperitif. Sie reichte Bärbel ein Glas.

»Zum Wohl«, sagte diese und hob das ihre leicht an.

»Santé!« Henriette prostete ihr in der Luft zu und nahm den ersten Schluck. Der Sherry rann ihren Hals hinab und wärmte ihren Magen während Bärbel genüsslich an dem Glas roch.

»Ein guter Tropfen«, urteilte ihre beste Freundin.

Henriette war nervöser, als sie erwartet hatte. Sie nahm noch einen großen Schluck, auch wenn es nicht sehr damenhaft war, so hastig zu trinken. Als sie ihr Glas gerade wieder abstellen wollte, spürte sie einen brennenden Schmerz in der Magengegend. Im ersten Moment schob sie es auf den Alkohol, dann schien es ihr die Aufregung zu sein. Das bevorstehende Geständnis brachte sie zweifellos durcheinander. Als die Übelkeit einsetzte, wurde sie misstrauisch.

»Entschuldige«, sagte sie und versuchte aufzustehen. Doch ihr Körper gehorchte ihr nicht. Ihre Gliedmaßen versagten ihr den Dienst. Sie fiel zurück in den Sessel.

»Henriette, was ist mit dir?«

»Ich … mir …« Ihr war schwindlig. Gleichzeitig hatte sie das Gefühl, jemand schnürte ihr die Kehle zu. Panik stieg in ihr auf. Die Schmerzen schossen ihr tief in den Brustkorb. Achtlos ließ sie das Glas fallen und griff sich ans Herz. »Ich glau …« Ihre Stimme versagte.

Die Bilder vor ihren Augen verschwammen. Schemenhaft bekam sie mit, wie Bärbel aufsprang und ihr die Bluse öffnete. Sie wollte aufstehen, aber sie war zu schwach. Die Erkenntnis traf sie wie ein Schlag auf den Hinterkopf. Sie würde nicht mehr mit ihrer besten Freundin sprechen können. Es war zu spät. »Das Buch …«, hauchte sie, bevor sie leblos zusammensackte.

2

Fassungslos betrachtete Bärbel den erschlafften Körper ihrer besten Freundin. Bislang hatte sie nicht viele tote Menschen gesehen. Ihren verstorbenen Mann ausgenommen, waren es insgesamt drei. Er war der Einzige gewesen, den sie hatte sterben sehen. Bis jetzt. Sie riss sich von dem Anblick los. Wo war der Alarmknopf? Suchend schaute sie sich um, bis sie ihn neben dem Lichtschalter entdeckte. Hastig drückte sie den Knopf, und das rote Licht an der Wand blinkte auf. Unschlüssig blieb sie stehen. Die Gedanken schwirrten in ihrem Kopf.

Bärbels Blick fiel auf das Glas am Boden. Es war heil geblieben. Der Sherry hatte eine kleine Pfütze auf dem Parkett gebildet. Die Polizistenmutter in ihr erwachte. Sie folgte dem Impuls und kniete sich nieder. Mithilfe des Stofftaschentuchs, das sie aus der Handtasche kramte, hob sie das Glas vorsichtig auf und schnupperte daran. Der Sherry roch nicht ungewöhnlich. Doch das bedeutete nichts, das wusste sie. Verstört schüttelte sie den Kopf und stellte das Glas auf dem Tisch ab. Warum sollte jemand Henriette vergiften? Das ergab überhaupt keinen Sinn. Die Situation verwirrte sie, womöglich stand sie unter Schock. Neben dem Glas stand die Karaffe, in der die braune Flüssigkeit schimmerte. Erneut kam ihr der Gedanke, eine Probe zu nehmen, aber sie hatte nichts dabei, das als Behälter dienen konnte. Gerade als sie auf dem Weg in die Küche war, sprang die Tür auf und eine Krankenschwester eilte herein.

»Was ist passiert?« Sie sah sich im Raum um.

Ehe Bärbel antworten konnte, entdeckte die Schwester Henriette am Boden und kniete sich neben sie. »Auf einmal hatte sie Schmerzen und dann …«, Bärbel zögerte, »… war sie tot.«

Es laut auszusprechen, trieb ihr die Tränen in die Augen. Sie konnte es noch immer nicht glauben. Henriette war tot. Beklommen beobachtete sie die Schwester, die routiniert nach dem Handgelenk ihrer Freundin griff. Nachdem sie sich vergewissert hatte, dass jede Hilfe zu spät kam, ließ sie ihre Hand über Henriettes Augen gleiten und schloss die Lider. Den Impuls, sie zu bitten, nichts anzufassen, unterdrückte Bärbel. Es kam ihr irrational vor. Und doch ließ sie der Gedanke nicht los, dass hier etwas nicht stimmte. Nicht stimmen konnte. Henriette starb nicht einfach so vor ihren Augen. Eine kerngesunde Frau.

Die Schwester hielt in der Bewegung inne und schwieg einen Moment, als wolle sie der Toten die letzte Ehre erweisen. Bärbel verspürte den Drang, etwas zu tun oder loszuschreien, auch wenn sie wusste, dass es nichts mehr gab, was sie für Henriette tun konnte. Die Erkenntnis erreichte ihr Gehirn und setzte sie schachmatt. Sie ließ sich in den Sessel fallen.

»Mein herzliches Beileid, Frau Thomsen.« Zwischen den Brauen der Schwester bildete sich eine Falte. »Ist mit Ihnen alles in Ordnung?«

Bärbel nickte stumm, ohne den Blick von Henriette zu nehmen. Sie hatte sich hübsch gemacht, sogar ein bisschen Rouge aufgelegt. Ihr Alter sah man ihr nicht unbedingt an. Statt Ende sechzig hätte sie genauso gut in den Fünfzigern sein können. Henriette war immer die Hübschere von ihnen beiden gewesen.

»Frau Stein klagte seit einigen Wochen über Herzbeschwerden«, erklärte die Schwester.

Bärbel sah sie ungläubig an. »Herzbeschwerden?«, fragte sie.

Der mitfühlende Blick dieser Frau ließ ihr die Tränen in die Augen schießen. Warum hatte Henriette nichts davon erwähnt? Das war unmöglich, sie sprachen doch über alles. Mit dem Handrücken wischte sie sich über die Wangen. Dabei fiel ihr Blick auf das aufgenähte Emblem des Stifts, das die unifarbene Bluse der Schwester zierte. Dazu trug sie eine schwarze Hose. Man legte Wert darauf, eine Pflegeheimatmosphäre zu vermeiden. Bärbel war es von Anfang an reichlich übertrieben erschienen, doch sie schob den unpassenden Gedanken beiseite.

»Kommen Sie, ich rufe den Arzt und begleite Sie

in die Besucherlounge. Dort können Sie sich erholen.«

Vermutlich hatte die junge Frau recht, aber etwas in ihr sträubte sich gewaltig, Henriette einfach allein zurückzulassen. Die Schwester fasste sie am Arm. Unfähig, sich zu wehren, ließ sie sich von ihr aufrichten und kam mit wackligen Beinen zum Stehen. Behutsam löste sie sich aus dem Griff der Krankenschwester und wandte sich Henriettes Körper zu. Ihr Kopf wurde von der seitlichen Lehne des Sessels gestützt. Es sah fast so aus, als wäre sie erschöpft eingeschlafen. Wenn es doch nur so wäre! Bärbel beugte sich zu ihr und gab ihr einen sanften Kuss auf die Stirn.

»Leb wohl, mein Engel«, flüsterte sie. Zärtlich streichelte sie ihr über das Gesicht. Ihren Ehemann hatte sie damals auf die gleiche Art und Weise verabschiedet. Es war eine reflexhafte Geste, die ihr in dem Moment, in dem sie ihre Hand zurückzog, schmerzlich bewusst wurde. Sie fragte sich, ob man mit der Zeit Übung darin bekam, Menschen beim Sterben zu begleiten.

3

Die Besucherlounge befand sich im Erdgeschoss des Gebäudes, ein eleganter Salon, der von wuchtigen Bücherregalen dominiert wurde. Von der teuren, mit schlichten Ornamenten gemusterten Tapete war kaum noch etwas sichtbar. Bärbel saß in einem der Sessel, ihre Tasche auf dem Schoß, und schaute durch eine der weißen Flügeltüren, die einen Spalt offen stand. Man hatte ihr ein Glas Wasser und einen Schnaps gebracht. Doch Bärbel hatte beides nicht angerührt. Die ganze Zeit fragte sie sich, was in Henriettes Zimmer vor sich gehen mochte. Soweit ihr bekannt war, hatte sie keine Angehörigen. Jemand musste sich um die Bestattung kümmern, alles in die Wege leiten. Seltsamerweise hatten die beiden nie über ihren Tod gesprochen. Er schien ihnen noch zu weit weg. Sie waren noch nicht in dem Alter, in dem man den kalten Hauch des Todes spürte. Was sie wieder zu der Frage brachte, was Henriette überhaupt bewogen hatte hierherzuziehen. Sie hatte es ihr nie erzählt.

Wie lange sie bereits schon so dasaß und ihren zusammenhangslosen Gedanken nachhing, wusste sie nicht mehr. Ihr war jegliches Zeitgefühl abhandengekommen. Erst als die Schwester von eben hastig an den Flügeltüren Richtung Ausgang vorbeigehuscht war, holte sie das in die Gegenwart zurück. Bärbel stand auf und eilte zum Fenster, die Tasche noch immer umklammert, als wäre sie ein schützender Schild. Der Blick auf die Auffahrt ließ sie zugleich erschrecken und erstaunen. Sie hatte nie zuvor einen cremefarbenen Leichenwagen gesehen. Das hätte Henriette gefallen, dachte sie. Womöglich hatte sie sich das sogar gewünscht. Tränen bahnten sich ihren Weg. Zwei Männer stiegen aus dem Auto. In schwarzen Anzügen schritten sie über den Kies zu der Schwester, die auf der breiten Treppe auf sie wartete. Sie gaben sich die Hand, dann verschwanden sie aus Bärbels Blickfeld. Der Leichenwagen besaß ein Hamburger Nummernschild, demnach war es kein ortsansässiges Unternehmen. Kurz musste sie an Peters Schwager denken, der ein Beerdigungsinstitut in Wilster betrieb, drängte den Gedanken jedoch beiseite.

Noch bevor sie zu dem Sessel zurückkehren konnte, traten die beiden Männer ein. Sie nickten ihr zu und setzten sich schweigend. Aus der Nähe betrachtet wurde ihr klar, weshalb man nicht den Schwager von Peter, sondern diese Herren beauftragt hatte. Ihre dunklen Anzüge sahen aus wie maßgeschneidert. Bärbel war beeindruckt. Henriette hatte ein üppiges Vermögen von ihrem Mann geerbt, das ihr erlaubte, selbst nach dem Tod einen Fünf-Sterne-Service in Anspruch zu nehmen. Sie blieb neben dem Sessel stehen und beobachtete, wie die Schwester ihnen Kaffee sowie eine Schale mit Keksen brachte und wieder verschwand. Man schien sich zu kennen. Die Bestatter verzogen keine Miene. Schweigend nippten sie an den eleganten weißen Tassen. Die Kekse rührten sie nicht an. Auf Bärbel wirkte die Situation wie eine Szene aus einem Bühnenstück. Unwillkürlich musste sie an die Todesszene im Kophusener Jedermann denken, als ihr Sohn Hauke, der den Tod gespielt hatte, seinen Kollegen Peter als Jedermann abholte. Wie taktlos, tadelte sie sich und streifte die Erinnerung rasch ab.

Das Knarzen der alten Treppe in der Eingangshalle war so laut, dass man es bis in den angrenzenden Salon hören konnte. Einige Augenblicke später betrat ein Mann im dunkelbraunen Anzug den Raum. Darüber trug er einen weißen eleganten Arztkittel. Die drei gaben sich die Hand, bevor er sich ihr zuwandte.

»Frau Thomsen?«

Bärbel nickte.

»Mein Name ist Professor Marcus Weber. Ich leite die ELB-Residenz. Mein aufrichtiges Beileid.« Er streckte seine Hand aus, die Bärbel umständlich ergriff, um ihre Tasche nicht fallen zu lassen.

»Danke.« Sie versuchte, den Kloß in ihrer Kehle loszuwerden, allerdings ohne Erfolg. Ihr Blick fiel auf das Stethoskop, das um den Hals des Arztes hing, sicher hatte es vor wenigen Sekunden auf Henriettes Brustkorb gelegen. Eine weitere Flut von Tränen wollte aus ihre Augen treten, doch sie verbot es ihnen. Nicht jetzt, dafür war später noch genügend Zeit. Der Professor legte ihr sanft die Hand auf die Schulter.

»Es war Herzversagen. Sie hätten nichts tun können. In den letzten Tagen klagte sie über Herzbeschwerden. In Absprache mit ihrem Hamburger Hausarzt hatte ich ihr ein leichtes Präparat verschrieben.«

»So plötzlich?«, stieß sie hervor.

»Ja, leider viel zu früh.«

Der dicke Kloß in ihrem Hals hinderte sie am Sprechen.

»Ich werde Frau Stein gleich gründlich untersuchen, bevor ich alles Weitere veranlasse. Sie hatte keine lebenden Verwandten mehr, deshalb hatte sie uns vorsorglich mit ihren Angelegenheiten betraut. Es war ihr Wunsch, verbrannt und anschließend auf See bestattet zu werden. Wir haben einen genauen Ablauf für diese Fälle. Sie können sicher sein, dass wir uns strikt an die Wünsche von Frau Stein halten. Viele unserer Reisenden haben keine Angehörigen mehr, sodass wir uns um alles kümmern.«

Der Arzt sprach leise. Seine Hand war nicht von Bärbels Schulter gewichen. Sie konnte die Wärme durch das dünne Kleid spüren, doch irgendwie fühlte es sich unbehaglich an.

»Sie hat viel von Ihnen erzählt, Frau Thomsen. Sie haben ihr am nächsten gestanden. Über den Termin der Seebestattung werde ich Sie informieren. Erfahrungsgemäß dauert das etwas. Ich werde den Totenschein ausstellen, und die Kollegen überführen sie dann ins Krematorium.«

Bärbel biss sich auf die Unterlippe. Sie konnte die Tränen kaum noch unterdrücken.

»Jetzt möchte ich Sie nicht weiter unnötig mit Formalitäten belästigen. Frau Thomsen, Sie können natürlich bleiben, solange Sie wollen. Wenn Sie etwas brauchen, sagen Sie meinen Mitarbeitern bitte Bescheid.«

»Kann ich noch einmal hoch in die Wohnung?«

»Im Moment nicht. Wenn Sie einen Augenblick Geduld haben, dann können Sie sie noch einmal sehen, bevor die Kollegen sie mitnehmen.«

»Verstehe.« Bärbel schluckte trocken.

Professor Weber drückte ihr die Hand zum Abschied. Dann wandte er sich an die Männer neben ihr, die noch immer in den Sesseln saßen. »Meine Herren, Sie können schon mitkommen.«

»Dürfen wir den Sarg gleich hochbringen?«

Bärbel spürte den Stich. Aus verschwommenen Augen sah sie, wie Weber das Gesicht verzog. »Ja, aber bitte seien Sie diskret.« Er wandte sich zum Abschied um: »Entschuldigen Sie uns bitte, Frau Thomsen.«

Bärbel blieb allein zurück. Sie versuchte, sich klarzumachen, dass das alles gerade tatsächlich passierte, dass Henriette vor ihren Augen gestorben war. Es fühlte sich unwirklich an. Auf einmal sehnte sie sich nach einem anderen Menschen. Sie zog ihr Mobiltelefon aus der Handtasche und rief einem spontanen Einfall folgend Peter Brandt an. In den letzten Wochen hatten Peter und Henriette sich angefreundet. Insgeheim hatte Bärbel schon auf ein Happy End zwischen den beiden gehofft, aber die zwei ließen es sehr langsam angehen. Viel zu langsam für Bärbels Geschmack. Aber sie wusste, dass Peter Henriette sehr gemocht hatte. Außerdem war er Polizist, genau das, was sie jetzt brauchte. Das Gespräch dauerte nicht lange, er versprach, sich sofort ins Auto zu setzen.

Während sie auf Haukes Freund und Kollegen wartete, verstärkte sich das ungute Gefühl. Ihr Drang, oben im Appartement nach dem Rechten zu sehen, wurde spürbar größer. Doch Bärbel hatte keinerlei Befugnis. Es war ausgesprochen zuvorkommend gewesen, dass der Professor sie in die Abläufe eingeweiht hatte. Dazu bestand keinerlei Verpflichtung. Bärbel ertappte sich bei dem Gedanken, dass sie froh über die gesetzliche Untersuchung des Amtsarztes war. Vor jeder Einäscherung wurde der Leichnam nochmals von einem unabhängigen Sachverständigen überprüft, das wusste sie von der Bestattung ihrer Mutter. Nicht dass sie Fremdverschulden ernsthaft in Betracht zog, aber es gab ihr ein besseres Gefühl. Die Erinnerungen an den Tod ihres Mannes vor einigen Jahren holten sie plötzlich ein. Die Zeit im Hospiz war für sie am schlimmsten gewesen. Zu sehen, wie es dem Ende entgegenging, ohne dass sie etwas tun konnte. Der Krebs war langsam gekommen, doch umso schneller hatte er zugeschlagen.

»O Gott, Bärbel, was ist passiert?«

Sie schreckte aus ihren Gedanken auf. Peter stand

in der Tür zum Salon. Er musste die Strecke zum Stift gerast sein.

»Setz dich«, sagte sie um Fassung bemüht und deutete mit einer fahrigen Handbewegung auf den Sessel neben sich. Die Handtasche war dabei zu Boden gefallen. Achtlos ließ sie sie dort liegen.

»Wie geht es dir?«, fragte Peter.

Bärbel ignorierte seine Frage. »Sie war kerngesund, wie ist das möglich?«

»Herzversagen kommt überraschend.«

»Aber nicht bei Henriette. Ihr Herz war stark wie das eines Elefanten. Sie hatte nie Herzprobleme. Angeblich klagte sie in letzter Zeit über Herzbeschwerden, hat mir die Schwester gesagt. Aber das ist doch Quatsch! Das hätte sie mir erzählt.«

»Vielleicht wollte sie dich nicht beunruhigen?«

Bärbel schüttelte vehement den Kopf. »Da stimmt was nicht.«

»Was willst du damit sagen?«

Bärbel biss sich auf die Unterlippe. »Nicht hier …«

Peter sah sie irritiert an. »Sie wird in jedem Fall von einem zweiten Arzt angeschaut, bevor sie verbrannt wird«, versuchte er sie zu besänftigen.

»Gut so.« Bärbel stutzte kurz. »Woher weißt du, dass sie verbrannt werden wollte?«

»Sie hat es mir erzählt.«

»Darüber habt ihr gesprochen?«

»Bärbel, beruhige dich! Ich weiß, es ist sehr schmerzhaft für dich.«

Sie räusperte sich. »Sie ist noch oben in ihrer Wohnung. Kannst du mal hochgehen und schauen, ob wirklich alles seine Richtigkeit hat?«

Bärbel war hin- und hergerissen. Ihre Gedanken wirbelten in ihrem Kopf.

Behutsam legte Peter den Arm um sie. »Ich denke, sie wird gerade untersucht.«

»Ja, aber hoffentlich macht der Weber das ordentlich und verpfuscht nicht sämtliche Spuren.«

»Was denn für Spuren?«

»Du weißt genau, wovon ich rede.« Abrupt stand sie auf. »Na komm.«

»Wo willst du denn jetzt hin?«

»Nach oben in die Wohnung natürlich.« Bärbel spürte Wut in sich aufwallen.

»Dazu haben wir keine Berechtigung«, wandte er ein.

»Peter, du bist Polizist. Wie heißt das bei euch? Gefahr in Verzug?«

»Gefahr im Verzug.«

»Egal, du weißt, was ich meine.«

»Bärbel, das geht nicht«, insistierte er halbherzig.

»Dann rufe ich eben Hauke an.«

»Das ändert nichts an der Gesetzeslage.«

»Dann kümmere ich mich eben selbst darum.« Sie griff nach der Handtasche, machte auf dem Absatz kehrt und marschierte aus dem Salon.

»Bärbel, bitte reiß dich zusammen!« Peter kam hinter ihr her.

Unbeirrt nahm sie die letzten Stufen und bog am Ende der Treppe links in den Flur ab. Es dauerte keine zwei Minuten, da standen sie vor der geschlossenen Tür.

»Du kannst da jetzt nicht einfach reingehen.

Professor Weber ist vielleicht noch mitten in der Untersuchung.«

Bärbel ignorierte ihn. Sie klopfte, trat aber ein, ohne eine Antwort abzuwarten. Der Arzt war nicht mehr da. Die Bestatter hatten Henriette schon in den Sarg gebettet. Zögernd kam Bärbel einige Schritte näher. Der Anblick ihrer toten Freundin übermannte sie erneut. Nun konnte sie einen Schluchzer nicht länger unterdrücken. Sie spürte Peters unbeholfene Umarmung. Ihr Blick ruhte auf dem auch im Tode noch so vertrauten Gesicht ihrer besten Freundin. Was sie darin las, zerstreute den letzten Zweifel, dass Henriette eines natürlichen Todes gestorben war.

4

Peters Anruf erreichte Philip Goldberg auf seiner kleinen Terrasse, während er den dritten und letzten Espresso für heute trank. Drei Tassen gestattete er sich täglich. Es war später Nachmittag. Magda, seine Lebensgefährtin, hatte sich oben hingelegt. Sie waren vorhin von einem ausgiebigen Elbspaziergang zurückgekehrt, der sie ermüdet hatte.

»Das tut mir sehr leid«, hörte er sich sagen und schämte sich zugleich, dass ihm nichts Gescheiteres einfiel.

»Ja. Sie haben sie abgeholt. Gott sei Dank konnte ich Bärbel beruhigen. Ich habe sie zurück in die Pension gebracht und Hauke angerufen. Der kommt gleich vorbei.«

Die Stimme seines dienstältesten Mitarbeiters klang belegt. Goldberg hatte Mühe, die eigenen Emotionen unter Kontrolle zu halten. Er hatte vor einiger Zeit ebenfalls einen schweren Verlust erlitten und wusste, dass man sich nie vollständig davon erholte. Henriettes Tod ließ in Peter möglicherweise alte Erinnerungen aufkommen. In seiner Gegenwart hatte Peter nie über den Tod seiner Frau Marion gesprochen, was es für Goldberg schwierig machte, das Ausmaß seiner Trauer einzuschätzen. Er kannte Peter nur als aufgeschlossenen und lebensfrohen Menschen. Die Traurigkeit behielt er für sich. Da waren die beiden sich ausgesprochen ähnlich.

»Ich weiß, ihr mochtet euch sehr gern. Wie geht es dir damit?« Was für eine dumme Frage, dachte Goldberg, kaum, dass er sie ausgesprochen hatte. Aber in solchen Situationen gab es keine angemessenen Worte. Jedenfalls nicht in seiner Sprache. »Brauchst du etwas? Soll ich vorbeikommen?«

»Das ist nett von dir, Philip, aber es geht schon. Ich komme klar.«

Er glaubte Peter kein Wort. Die drei Polizisten waren über die Jahre Freunde geworden, und auch wenn er strenggenommen Peters und Haukes Vorgesetzter war, wirkte sich das nicht auf ihr Privatleben aus.

»Ich fahre jetzt zu dir. Keine Widerrede.«

»Nein, Philip, wirklich. Es ist alles o.k.«

»Möchtest du hierher kommen?«

»Ist Magda nicht da?«

»Sie schläft. Peter, ich finde, du solltest in einem solchen Moment nicht alleine sein.« Goldberg konnte förmlich hören, wie es in seinem Kollegen rumorte. »Du machst dich jetzt auf den Weg. Das ist eine dienstliche Anordnung.«

»Dann muss ich der wohl Folge leisten, oder?«

»Wenn du kein Disziplinarverfahren riskieren willst, solltest du das tun.«

»Ich sage Hauke Bescheid und komme bei euch vorbei. Außerdem möchte ich mit dir etwas besprechen. Unter vier Augen.«

»Gut, bis gleich.«

»Bis gleich.«

Dieser Sonntag würde anders ausklingen als erwartet. Das Drei-Tassen-Limit konnte er getrost vergessen. Goldberg erinnerte sich, wie er Henriette erst vor einigen Tagen bei Rosi, Haukes Schwester und Betreibern der örtlichen Gaststätte, kennengelernt hatte. Die Dame schien völlig gesund zu sein, jedenfalls wirkte sie nicht gerade herzkrank, aber was wusste er schon davon. Dass Bärbel sich so aufgeregt hatte, wunderte ihn nicht. Sie war ein impulsiver Mensch, ebenso wie ihr Sohn. Nur ihre Tochter schien dieses Gen nicht geerbt zu haben, oder aber die Stunden bei Sohanraj, dem Kophusener Yogi, brachten Rosi die entsprechende innere Ruhe ein.

Die noble ELB-Residenz hatte erst vor zwei Jahren eröffnet. Sie bot wohlhabenden Menschen die Möglichkeit, ihren Lebensabend würdevoll und mit jeglichem Komfort zu verbringen, auch wenn sie noch keiner Betreuung oder pflegerischer Versorgung bedurften. Es war mehr ein Hotel als ein Altenheim, fand Goldberg. Je nach Bedarf war es zusätzlich möglich, verschiedene Pflegegrade und Module dazuzubuchen, bis zum Rundum-Wohlfühl-Paket. Er hatte das Anwesen letzten Monat besichtigt. Seine Mutter wurde nicht jünger. Wenn es hart auf hart kam, wollte er sie in seiner Nähe wissen. Berlin war für so einen Fall zu weit weg.

An diesem Nachmittag hatte er einen perfekten Eindruck gewonnen. Die Appartements wirkten hell und großzügig. Das Personal war überaus freundlich und zuvorkommend gewesen. Doch Goldberg hatte bei seinem Besuch etwas Wesentliches vermisst: die Seele. Die Freundlichkeit war nicht Ausdruck einer inneren Haltung, sondern eher geschulte Praxis. Wie in einem erstklassigen Hotel, zu dessen Standard es gehörte, alle Gäste ständig mit Namen anzureden. Während des zweistündigen Rundgangs hatte er den Namen Goldberg mindestens dreißigmal gehört, und es war ihm auf die Nerven gegangen. Letztlich hatte er sich gegen das Haus entschieden. Seine Mutter, die Stil und Ästhetik durchaus zu schätzen wusste, würde diesen Laden mit ihrer berlinerischen Ruppigkeit ordentlich aufmischen. Außerdem hasste sie alles Aufgesetzte, und genau so erschien es Goldberg: aufgesetzt. Ihm fiel Professor Weber ein. Ein Mann vermutlich in den Fünfzigern, der ihm und Magda seine kostbare Zeit gewidmet hatte. Er brannte offenbar für das, was er tat, und es war ihm gelungen, Goldberg mit der Begeisterung anzustecken. Für die Dauer des Gesprächs war der Funke übergesprungen. Aber sobald er auf den Flur getreten war und die betont leger gekleideten Betreuer sah, verflog die Euphorie.

»Ein Haus des Grauens«, hatte es Magda genannt. Seine Freundin hatte ihn begleitet und ihren Besuch mit den knappen Worten: »Genau das Richtige für Hilde« kommentiert. Ihre Ex-Schwiegermutter lebte auf einem ehemaligen Obsthof. Allein, weil niemand mehr etwas mit ihr zu tun haben wollte. Am wenigsten Magda.

Goldberg erhob sich. Magdas Tablet-PC lag auf dem Küchentisch. Er schnappte sich das flache Ding. Obwohl er nicht sonderlich internetaffin war, mochte er dieses handliche Gerät. Er nutzte es für seine gelegentlichen Recherchen im Internet. Zurück im Gartenstuhl rief er die Website des Stifts auf. In gedeckten Farben gehalten wirkte sie schlicht und elegant. Das Foto von Weber weckte in ihm die Erinnerung an das Gespräch während der Besichtigung. Die Situation hatte etwas Bizarres an sich gehabt. Der Professor hatte die Bewohner des Stifts Reisende genannt, wobei er den Begriff geradezu inflationär benutzte. Die Residenz sei nur eine weitere Station auf ihrer aller Reise, so hatte er sich ausgedrückt. Und seinen Reisenden wolle er diese Rast so angenehm wie möglich machen.

Webers Vita las sich wie eine Gebrauchsanweisung für den ultimativen Erfolg. Er betreute seine Reisenden medizinisch wie psychologisch. Er hatte beides in den Staaten studiert und war danach in die Forschung für Geriatrie gegangen, bis er »... von dem Gedanken beseelt wurde, einen Ort zu schaffen, an dem die älteren Mitbürger unter optimalen Bedingungen zu voller Reife aufblühten«. Goldberg hob die linke Augenbraue. Das war definitiv kein Ort für seine Mutter. Er hörte Schritte.

»Klopf, klopf.« Peter lugte um die Hausecke.

»Hey. Setz dich.« Er legte das Tablet zur Seite. »Was möchtest du trinken?«

»Gar nichts, danke.«

Sein Freund sah mitgenommen aus. Mit Blick auf den Garten kam sein Kollege über die Terrasse geschlurft. In der Hand hielt er ein Buch.

»Du hast ganz schön Zeit investiert. Richtige Beete mit Gemüse und so, Respekt.«

»Um ehrlich zu sein, ist das Magdas Verdienst.«

Peter legte das Buch im Gras ab und setzte sich ihm gegenüber auf einen der alten Holzstühle.

»Was ist das?«, fragte Goldberg und deutete auf das in Leinen gebundene Hardcover. Einen Begriff, den er von Magda gelernt hatte. Sie war leidenschaftliche Buchhändlerin.

»Darüber wollte ich mit dir sprechen«, begann Peter. »Bärbel hat es mir gegeben. Ich soll es mir anschauen, weil Henriette kurz vor ihrem Tod darauf bestanden hat, dass sie es einstecken sollte.«

»Und?«

»Ich habe über Bärbels Verdacht nachgedacht«, sagte er und zögerte weiterzusprechen. »Sie hat nicht unrecht, weißt du?«

»Was für einen Verdacht?« Goldberg hatte ein Gespür für ungewöhnliche Vorkommnisse und war bereit, sich jede Geschichte von allen Seiten anzuhören. Außerdem befand sich Peter in Schräglage, da war es erlaubt, steile Thesen aufzustellen.

»Henriette hat mir erzählt, dass ihr Herz das Einzige ist, worauf sie sich verlassen könne. Alles andere sei mehr oder weniger ›beschädigte Ware‹, so drückte sie sich aus.«

»Auch das stärkste Herz macht irgendwann schlapp.«

»Ja, das stimmt. Aber weißt du, wir haben viel miteinander geredet, sehr offen und ehrlich. Auch wenn sie Bärbel nichts davon erzählt hätte, ich bin sicher, mir hätte sie es erzählt, wenn es ihr nicht gut gegangen wäre. Wir haben uns in letzter Zeit oft getroffen. Ich mochte sie sehr gern.«

»Das ist uns nicht verborgen geblieben, Peter.«

»Ja, ja, ich weiß, dass die Wache sich wieder in ein Wettbüro verwandelt hat. Aber so etwas war das zwischen uns nicht.«

»O.k. Worauf willst du hinaus?«, fragte Goldberg sanft. »Dass irgendjemand nachgeholfen hat? Dass Henriette keines natürlichen Todes gestorben ist?«

Sein Kollege sah ihn an und nickte fast unmerklich. Er traute sich nicht, es laut auszusprechen, weil es auch in seinen Ohren absurd klang. »Ihr Tod gibt Rätsel auf«, sagte er stattdessen.

»Peter, die Frau war Ende sechzig. Manche sterben weitaus früher. Vielleicht war sie kränker, als sie es dir und Bärbel gegenüber zugegeben hat. Warum sollte sie sonst in dieses Stift gegangen sein?«

»Ja, das weiß ich alles. Und trotzdem, irgendetwas stimmt da nicht. Wenn sie wirklich vorgehabt hätte, dort zu bleiben, warum hat sie dann ihr Haus in Wewelsfleth behalten?«

»Bärbel hat dich ordentlich durcheinandergebracht.«

»Ja, mag sein. Aber sollte sie doch recht haben, finde ich das heraus, und wenn es das Letzte ist, was ich tue.«

Bevor Goldberg etwas erwidern konnte, ertönte eine kräftige Stimme.

»Seid ihr da?«

Peter und Goldberg wechselten einen überraschten Blick.

»Herrgott, ich hab es nicht mehr ausgehalten.« Hauke betrat die Terrasse, als wäre es seine eigene. »Meine Mutter ist völlig durch den Wind. Sie ist nur damit beschäftigt, die wildesten Verschwörungstheorien aufzustellen.«

Peter drehte sich zu ihm um. »Und dann lässt du sie allein?« Ihm gefiel die Vorstellung gar nicht.

»Rosi ist ja bei ihr. Mach dir nicht ins Hemd. Das sollen die Frauen unter sich regeln. Ich habe keine Nerven für so einen Quatsch.«

»Danke dir, Hauke, für deine einfühlsamen Worte«, kommentierte Goldberg und stand auf.

»Holst du mir ein Bier?«

Goldberg nickte und ging durch die Terrassentür in die angrenzende Küche.

»Hauke, du bist wirklich unmöglich. Deine Mutter braucht dich jetzt. Immerhin war Henriette ihre beste Freundin.« Peter war empört.

»Rosi macht das viel besser als ich. Das ist so ein Frauending.«

»So ein Unsinn! Wie kann man so unsensibel sein?«

Selbst in der Küche waren die beiden nicht zu überhören. Goldberg nahm zwei Flaschen Bier aus dem Kühlschrank und kehrte zu den Streithähnen zurück.

»Wenn ich ihr sage, dass ihre Verschwörungstheorien Bullshit sind, straft sie mich mit diesem Blick, als würde sie mich am liebsten auf der Stelle mit einem Blitz erschlagen wollen.«

»Mein Gott, sie steht unter Schock. Kannst du bitte mal ein bisschen Verständnis für deine Mitmenschen aufbringen?«

Goldberg reichte Hauke das kühle Blonde. Der öffnete beide Flaschen mit seinem Feuerzeug, das er für solche Gelegenheiten immer parat hielt. Das Rauchen gewöhnte er sich gerade mal wieder ab.

»Habe ich ja. Aber nicht länger als eine halbe Stunde«, sprach er weiter und reichte eine Flasche an Peter. »Nun nimm erst mal einen kräftigen Schluck, dann sieht die Welt schon ganz anders aus«, schlug Hauke vor.

Peter sah ihn erbost an. »Alkohol? Ist das deine Art, Trost zu spenden?«

Hauke hielt in der Bewegung inne. »Philip, sag du doch auch mal was.«

»Ich brauche einen Espresso.« Er ging zurück in die Küche, nahm die Schraubkanne vom Herd, füllte routiniert den Einsatz mit den gemahlenen Espressobohnen und schraubte die beiden Teile wieder aufeinander. Dann lehnte er sich gegen den Türpfosten.

»Wirklich, sehr hilfreich, Chef.« Hauke setzte die Flasche an und trank.

»Du bist so sensibel wie ein Klumpen Granit«, bemerkte Peter.

Hauke schnaubte leise. Nach dem Desaster mit Sophie, seiner letzten Freundin, hatte er einige Monate gebraucht, um sich davon zu erholen. Inzwischen hatte er die Nase voll von Frauen. Nicht nur von denen, die ihn anmachten, sondern von allen. Inklusive seiner Mutter und Schwester. Goldberg fing Haukes Blick auf und versuchte ihm stumm zu bedeuten, seinen Groll auf das weibliche Geschlecht Peter zuliebe zu zügeln.

»O.k., tut mir leid. Mit dem Tod ist nicht zu spaßen«, räumte Hauke ein und nahm wieder einen kräftigen Schluck. Peter ignorierte ihn. Schweigend starrte er auf die Bierflasche in seiner Hand.

»Peter glaubt, dass da etwas nicht mit rechten Dingen zugegangen ist.«

Hauke verschluckte sich und bekam einen Hustenanfall. »Fängst du jetzt auch damit an?«

Peter warf ihm einen warnenden Blick zu. »Beruhige dich. Es ist nur so ein Gedanke.«

»Lief da doch etwas zwischen euch?«, fragte Hauke ungeniert.

»Nein. Wir waren befreundet, das war alles.«

»Hätte mich auch gewundert, ich meine, die war fast zehn Jahre älter als du. Obwohl man ihr das nicht ansah, muss ich schon sagen. Spitzenfrau, ein echtes Schmuckstück. Ich hätte es dir jedenfalls gegönnt, Kumpel.«

»Wie großmütig von dir.«

»So bin ich eben.« Hauke erhob sich von seinem Stuhl und gab seinem alten Freund einen Klaps auf die Schulter. Das war seine unnachahmliche Art, Mitgefühl zu zeigen. Peter sah ihn an und nickte als Zeichen der Vergebung. Nonverbale Kommunikation auf höchstem Niveau.

»O.k.« Hauke setzte sich wieder in den Stuhl.

»Hör zu. Unser Dr. Battenberg hat gute Kontakte zum Amtsarzt, der vermutlich die zweite Leichenschau durchführen wird.«

Peters Gesicht hellte sich auf. »Ja. Das ist ausnahmsweise mal eine gute Idee von dir. Den rufe ich morgen gleich mal an.«

»Lass mich das besser machen.«

»Ausgerechnet du?«

»Ja, ausgerechnet ich, weil ich nämlich neutral bin. Außerdem kann ich ganz gut mit ihm.«

»Da will ich aber dabei sein!«

»Von mir aus. Ich rufe ihn morgen früh von der Wache aus an und frag ihn, ob er da etwas machen kann.«

»Hatte sie einen Hausarzt?«, fragte Goldberg, nicht ahnend, dass diese Frage eine Art Trigger bei seinen Kollegen auslösen würde.

Prompt drehte Peter sich zu ihm um. Sein Ton klang vorwurfsvoll. »Im Gegensatz zu dir schon. Warst du jetzt endlich mal dort?«

Goldberg überhörte die Frage. Er war nicht beim Hausarzt in Kremperheide gewesen. Seine Übelkeit war zwar nicht besser geworden, hatte sich aber auch nicht wesentlich verschlimmert. Seine Appetitlosigkeit schwankte stark. Es kam vor, dass er mehrere Tage hintereinander so gut wie gar nichts aß. Dann regulierte es sich wieder und er nahm wenigstens eine Mahlzeit am Tag zu sich. Ein Dauerzustand war das natürlich nicht.

»Weißt du, was wir machen?«, fragte Hauke an Peter gewandt. »Wir narkotisieren ihn. Dann stecken wir ihn ins Auto und fahren ihn höchstpersönlich

hin. Hat dein Sohanratsch noch was von der Schlaf-
beere übrig?«

»Ich besorge uns lieber etwas Härteres«, erwiderte Peter. »Aber im Ernst, sie hatte einen Hausarzt in
Hamburg.«

»Dann erkundigen wir uns bei ihm nach ihren
Herzproblemen«, sagte Goldberg.

»Der gibt uns nie und nimmer eine Auskunft«,
warf Hauke ein. »Habt ihr Schmalspurermittler schon
mal was von ärztlicher Schweigepflicht gehört?«

»Kennst du seinen Namen?«, fragte Goldberg,
Haukes Einwand ignorierend.

»Der Arzt hat sie sogar ein paar Mal im Stift besucht. Davon hat sie mir erzählt.«

»Ach, ein Hoch auf die Privatpatienten!« Hauke
prostete der Luft zu.

»Ich glaube, der hat seine Praxis in Blankenese.«

»Klar, wo auch sonst.« Niemand beachtete Haukes
Bemerkungen, der daraufhin einen großen Schluck
aus der Flasche nahm.

»Dann finde heraus, wie er heißt. Und wir sehen
morgen, was wir da machen können«, sagte Goldberg.

»Hallo? Vielleicht warten wir erst mal ab, was der
zuständige Amtsarzt sagt?«

»Den finde ich. Gib mir mal das Tablet.«

»Ihr habt sie doch nicht alle. Wenn da Bewohner
kaltgemacht werden, können die ihren erlauchten
Laden dichtmachen.«

Mit einem Wisch entsperrte Goldberg das Display und gab Magdas PIN ein. »Hier.«

»Bitte sagt meiner Mutter nichts davon, ja? Ich

39

flehe euch an. Die ist eh schon ganz aus dem Häuschen wegen der Sache. Wenn die spitzkriegt, dass wir ermitteln, habe ich keine ruhige Minute mehr.«

Peter durchstreifte die Suchmaschine Ecosia, Magdas erste Wahl, um die große Datenkrake zu meiden, während Goldberg auf das Blubbern der Schraubkanne wartete.

»Hier, das ist er. Dr. Gottfried von Helms.«

»Warum wundert mich dieser Name nicht?«

»Weil du eine ausgeprägte Kombinationsgabe besitzt«, erwiderte Goldberg und trat hinter seinen Kollegen, um einen Blick auf das Display zu werfen.

»Sehr witzig.« Hauke trank einen weiteren Schluck.

»Meinst du, Weber wird ihn über den Tod seiner Patientin informieren?«, fragte Peter.

»Sicher.«

»Ihr macht euch lächerlich, wenn ihr da anruft«, warf Hauke ein. Goldberg und Peter sahen auf. »Ihr zwei habt nicht den leisesten Hinweis auf Fremdeinwirkung, aber fangt das Ermitteln an. Wir haben genug mit den Einbrüchen rund um Kophusen zu tun. Schon vergessen?«

»Hauke, hier geht es vielleicht um Mord«, rief Peter aufgebracht.

»Du redest wie meine Mutter. Mann, die Frau war alt und wahrscheinlich krank. Solche Menschen sterben nun mal.«

Goldberg verzog das Gesicht, aber Hauke verstand den Wink nicht. Erst als Peter sich schweigend wieder dem Tablet zuwandte, begriff er, dass es hier um etwas anderes ging. Hauke atmete geräuschvoll aus. »Entschuldige.«

Für einen quälenden Augenblick blieb es still zwischen ihnen, bevor Peter das Schweigen brach: »Ich will nur sicher sein, Hauke. Bärbel sagt, dass sie nach dem zweiten Schluck Sherry zusammengebrochen ist. Einfach so, aus dem Nichts heraus. Das ist doch seltsam.«

»Sherry? Hat Bärbel auch davon getrunken?«, fragte Goldberg.

Peter schüttelte den Kopf. »Nein, dazu kam sie gar nicht erst.«

»Du hast vermutlich keine Probe, oder?«

»Wäre es nach Bärbel gegangen, hätte ich eine mitgehen lassen, aber wir waren nicht allein.«

Hauke sah auf. »Ich rufe Battenberg jetzt gleich an.« Er kramte sein Mobiltelefon aus der Jackentasche.

»Hast du seine Privatnummer?«, fragte Peter erstaunt.

»Ich sagte ja, ich kann ganz gut mit ihm.«

Das Blubbern der Kanne wurde lauter. Goldberg ging in die Küche und kam mit einer vollen Tasse zurück.

»Hallo Josef, hier spricht Hauke.«

Goldberg warf Peter einen Seitenblick zu, dessen Augen auf das Telefon geheftet waren.

»Danke, gleichfalls. Ich rufe in einer etwas heiklen Angelegenheit an.« Hauke räusperte sich. »Es geht um eine Verstorbene namens Henriette Stein, sie wohnte in dem noblen Kasten hier bei uns, der ELB-Residenz. Wir haben einen anonymen Hinweis erhalten, dass da jemand unter Umständen nachgeholfen haben könnte.«

Goldberg verstand Battenbergs Antwort nicht. Ungeduldig warteten sie, dass Hauke weitersprach.

»Sie hat verfügt, eingeäschert zu werden, so dass vermutlich der Amtsarzt die zweite Leichenschau übernimmt. Du hast doch gute Kontakte zu den Kollegen. Schuldet dir da zufällig jemand noch was?« Battenbergs Antwort gefiel Hauke nicht. Goldberg sah, wie er sich wand. »Ja, das ist mir klar. Es könnte aber durchaus sein, dass sie möglicherweise vergiftet worden ist.« Hauke berichtete dem Arzt von dem Sherry und dem plötzlichen Todesfall. Battenberg schien nicht erfreut, denn ihr Kollege verzog erneut das Gesicht. »Ja, Doc, ich weiß, dass das unsere Aufgabe ist. Aber bisher haben wir nur einen Totenschein mit natürlicher Todesursache und keinen konkreten Hinweis auf Fremdeinwirkung, der eine Obduktion rechtfertigen würde. Das weißt du ja besser als ich.« Battenberg ließ sich offenbar Zeit mit seiner Antwort. Dann grinste Hauke. »Danke. Mehr wollte ich gar nicht hören.«

»Und?«, fragte Peter, kaum dass sein Kollege das Gespräch beendet hatte.

»Er hat gesagt, er nimmt Kontakt mit dem zuständigen Amtsarzt auf. Sie können zwar nicht durch die Magenwände gucken, aber er sorgt dafür, dass sie sich Henriette sehr genau ansehen.«

Seufzend ließ Peter sich in den Gartenstuhl sinken. »Das wird Bärbel freuen.«

Goldberg lehnte sich gegen die schmale Fensterbank des Küchenfensters und musterte Peter verstohlen. Henriette musste ihm sehr viel bedeutet haben. Es war ein Jammer, dass sie so plötzlich verstorben war. Er hoffte, dass Peter dadurch nicht in ein großes, dunkles Loch stürzte. Goldberg hatte einige seiner Kollegen aufgrund schwerer Schicksalsschläge an den Alkohol oder sogar Drogen verloren. Wie aufs Stichwort stand Peter auf und erhob feierlich seine Bierflasche.

»Auf Henriette. Möge sie in Frieden ruhen!«

Hauke tat es ihm gleich. Goldberg schloss sich mit der Espressotasse an und gemeinsam prosteten sie Henriette Stein im Geiste ein letztes Mal zu. Es war ein bedrückendes Gefühl. Schweigend nahmen sie einen kleinen Schluck und Goldberg dachte im Stillen an seine tote Stieftochter Muriel. Möge auch sie in Frieden ruhen.

5

Goldberg schlug die Augen auf. Die Sonne schien ihm ins Gesicht. Er drehte den Kopf, aber der Platz neben ihm war leer. Seine Albträume waren in den vergangenen Monaten zwar weniger geworden, doch heute Nacht hatte er wieder von seiner langjährigen Ex-Freundin und Muriels Mutter Judith geträumt. Ein wirres Geflecht aus Bildern von ihr abwechselnd in einer Zwangsjacke und in einer Zelle. Nicht so schlimm wie der Traum von Muriel, der ihn in regelmäßigen Abständen heimsuchte, aber dennoch aufwühlend. Langsam richtete er sich auf. Das flaue Gefühl in der Magengegend hatte sich bereits eingestellt. Mehr als drei Espresso vertrug er einfach nicht. Das leise Röcheln der Bialetti drang aus der Küche an sein Ohr. Es versetzte ihm einen Stich. Jedes Mal, wenn Magda die betagte Schraubkanne benutzte, löste das ein leichtes Unbehagen in ihm aus. Er würde ihr das nie sagen. Schließlich wollte er ja, dass sie sich bei ihm wohlfühlte. Es hatte lange genug gedauert, bis Magda entschieden hatte, ihnen beiden eine Chance zu geben. Das wollte er unter keinen Umständen aufs Spiel setzen. Er stand auf und schleppte sich die schmale Treppe hinab. Durchs Küchenfenster sah er sie im Garten seines kleinen Häuschens liegen. Magda und er hatten sich entschieden, mehr Zeit bei ihm zu verbringen, der Gleichberechtigung wegen, und der Weg zum Revier war nicht so weit wie von Kollmar. »Guten Morgen.«

Magda hob den Kopf und blickte von ihrem Buch auf. Eine verirrte Strähne ihrer dunklen Haare fiel ihr ins Gesicht. Die altersschwache Gartenliege ächzte.

»Guten Morgen. In der Kanne ist noch etwas drin.« Sie warf ihm einen Luftkuss zu und vertiefte sich wieder in die Seiten. Magda war eine der letzten leidenschaftlichen Buchhändlerinnen, die den Anspruch hatten, wenigstens einen Bruchteil der Bücher selbst gelesen zu haben, die sie ihren Kunden empfahlen. Momentan hatte sie sich einen Kriminalroman vorgenommen. Obwohl sie diesem Genre nicht viel abgewinnen konnte, hatte es ihr ein Autor angetan, dessen Namen Goldberg regelmäßig wieder vergaß. Er selbst war kein großer Leser. Trotz Magdas unzähliger Versuche, ihn zu bekehren, fehlte ihm meistens die innere Ruhe dazu. Er beneidete sie darum, stundenlang in einen Roman abtauchen zu können. Goldberg hingegen war schon froh, bei einem Espresso wenigstens ein bisschen zu entspannen. Selbst nach fast sechs Jahren suchten ihn die Bilder von damals immer noch regelmäßig heim. Mit der Tasse in der Hand setzte er sich neben Magda. Ihr Lächeln verriet ihm, dass sie seinen bewundernden Blick genoss.

»Ich mache mich gleich auf den Weg«, sagte Goldberg, die Augen nicht von ihr abwendend.

Magda nickte. »Ich lese dieses Kapitel zu Ende, dann fahre ich auch.«

Nach drei Schlucken war die Tasse leer. Goldberg beugte sich zu ihr hinab, schob den Kopf zwischen ihr Gesicht und das Buch und küsste sie auf den Mund. Das war so ziemlich das Einzige, was sie vom Lesen abhalten konnte. Magda erwiderte den Kuss. Ihre Zungen verschlangen sich ineinander. Sie legte das Buch ins Gras. Goldberg spürte ihre Hände auf seinem Gesicht. Ihre Berührungen elektrisierten ihn. Sie drückte ihn an sich.

»Wir haben doch keine Zeit«, flüsterte sie zwischen ihren heftiger werdenden Küssen.

»Zeit ist relativ«, erwiderte Goldberg und ließ seine Hand unter ihr T-Shirt gleiten.

»Das ist Hausfriedensbruch.«

»Das kommt ganz auf den Blickwinkel an«, flüsterte er und entschied, ein wenig später zur Wache zu fahren.

Als Goldberg das Revier betrat, boten ihm seine Kollegen einen sehr vertrauten Anblick. Peter saß am Rechner, und Hauke stand in der Küche und war dabei, die betagte Kaffeemaschine dazu zu bewegen, ihren allmorgendlichen Pflichten nachzukommen.

»Du Scheißding, nun mach schon.« Freundlichkeit gehörte nicht zu seinem Repertoire.

»Guten Morgen zusammen«, begrüßte er sie.

»Du bist zu spät«, kommentierte Hauke.

»Ich weiß.«

Wenn Hauke auf eine Erklärung hoffte, musste Goldberg ihn enttäuschen. Er hatte nicht vor, aus seinem intimen Nähkästchen zu plaudern. Sein Leinensakko hängte er an den Garderobenständer und nahm sich einen der Haferkekse vom Schreibtisch. Peter sorgte stets für Nachschub. Mittlerweile waren sie zu seiner Hauptnahrungsquelle avanciert. Es war das einzig Essbare, das er ohne Bedenken zu sich nehmen konnte. Mit einer schwungvollen Geste setzte er sich auf den Besuchertresen. »Und, was rausgefunden?«

Peter sah auf. »Ich habe mit einer Sprechstundenhilfe aus der Hamburger Hausarztpraxis gesprochen. Helms war leider nicht da.« Er machte eine Pause und blätterte in einem neu angelegten Dossier. Bei Peter herrschte akribische Ordnung. Seine Unterlagen waren vorbildlich und penibel geführt. Analog genauso wie die digitalen Kopien. Eine Eins mit Sternchen sozusagen. »Sie bestätigt, dass Professor Weber angerufen und sie über die Medikamentengabe informiert hat. Es ist in ihrer Krankenakte vermerkt.«

»Wann war das?«

»Schon vor zwei Monaten. Sie erzählte, dass Dr. Helms sich darüber gewundert hatte.«

»Warum?«

»Laut ihrer Akte ging sie regelmäßig zu Check-up-Untersuchungen, unter anderem auch zum Kardiologen. Und der hat nie etwas feststellen können.«

»Hatte sie sonst irgendwelche Erkrankungen, die ein Herzversagen wahrscheinlich machen?«

»Nein. Bis auf eine leichte Arthrose war sie ihrem Alter entsprechend kerngesund.«

»Nahm sie Medikamente ein?«

»Außer gelegentlichen Schmerzmitteln wegen der Gelenke hat sie ihres Wissens nichts eingenommen. Die Sprechstundenhilfe sagte, dass sie sich immer gegen Medikamente gewehrt hat.«

»Umso erstaunlicher, dass sie dem Herzmedikament zustimmte.«

»Das habe ich auch gedacht.« Peter klappte die Mappe zu.

Hauke schlurfte an ihnen vorbei und setzte sich in seinen Schreibtischsessel. »Habt ihr zwei Schlauberger schon mal dran gedacht, dass so ein altes Herz von Natur aus schwächer wird?«

Peter ignorierte Haukes Bemerkung. »Wir sollten uns in dem Stift mal umsehen.«

»Ein paar diskrete Nachforschungen würden nicht schaden«, stimmte ihm Goldberg zu.

»Nachforschungen? Wir haben ja nicht einmal einen Fall. Können wir nicht erst die Leichenschau abwarten, bevor ihr gleich die Pferde scheu macht?«

»Bis dahin könnten die Täter ihre Spuren verwischt haben«, wandte Peter ein.

»Spuren? Was für Spuren denn, zum Teufel? Ihr

zwei werdet langsam paranoid. Kaum stirbt jemand in unserem Bezirk, ist es gleich ein perfides Verbrechen.«

Hauke nahm einen Schluck aus seinem Lieblingsbecher, der die Aufschrift trug: »Kein Bier vor vier«. Das Schnauben konnte Goldberg trotzdem hören. Seine Einwände waren durchaus berechtigt. Herzversagen mit Ende sechzig war nichts Ungewöhnliches, geschweige denn ein Grund, eine Ermittlung einzuleiten. Sein Bauchgefühl war zwiegespalten. Es bestand durchaus die Möglichkeit, dass sie es mit einem natürlichen Tod zu tun hatten. Allerdings kam auch ihm die ganze Sache seltsam vor, und bei der Einbruchserie rund um Kophusen waren sie ohnehin in einer Sackgasse gelandet. Sämtliche Spuren hatten sich im Nichts aufgelöst. Da tat Abwechslung gut. Doch in Wahrheit hatte diese Recherche einen therapeutischen Zweck. Peter brauchte jetzt das Gefühl, etwas tun zu können. Er selbst kannte das Prinzip der Machtlosigkeit und wusste, wie unerträglich sie sein konnte. Der Tod an sich war nicht das Problem; das Problem war, dass dieser Mensch von nun an nur noch in der eigenen Erinnerung existierte. Die zunehmend verblassen würde. Auch das kannte Goldberg und litt darunter. Muriel war immer bei ihm, aber die Bilder in seinem Kopf wurden schwächer, und er hatte Angst, dass sie bald völlig verschwanden. Die einzige Person, die das zu verhindern vermochte, war Judith. Nicht jetzt, dachte er und schob die Gedanken an sie beiseite.

»Wir könnten ja mal hinfahren und uns bei den anderen Bewohnern umhören«, schlug Peter vor.

»Und das nennst du unauffällig?« Hauke schüttelte den Kopf.

»Dann lassen wir eben unsere Uniform weg.«

»Und dann erkennt uns niemand, oder was?«

»Hauke, könntest du bitte aufhören, meine Vorschläge zu torpedieren?«

»Ich will dich nur vor Ärger bewahren. Wenn Weber nämlich was mitkriegt, haut der bestimmt mächtig auf die Tonne. Was meinst du, was bei dem abgeht, sobald das Gerücht auftaucht, in seiner protzigen Alten-WG treibt ein Killer sein Unwesen? Der macht mobil, darauf kannst du deinen Arsch verwetten.«

»Was schlägst du vor? Gar nichts zu tun und auf die nächste Leiche zu warten?«

»Warum gehst du automatisch von einem Serienkiller aus?«

Peter setzte zu einer Antwort an, aber Goldberg ging dazwischen: »Schluss jetzt. Wir werden das mit sehr viel Fingerspitzengefühl angehen.«

»Gut, dann bin ich ja eh raus«, bemerkte Hauke die Hände hebend.

»Im Gegenteil. Ich finde, es wird Zeit, an deinem Defizit zu arbeiten«, erwiderte Goldberg.

Haukes Gesicht verfinsterte sich. »Was soll das heißen?«

»Das würde mich jetzt auch interessieren. Du willst doch nicht, dass der uns die verdeckte Ermittlung vermasselt, nur weil er sich wieder wie ein Elefant im Porzellanladen aufführt.«

»Jetzt mach aber mal halblang, ja? Ich bin kein Vollidiot. Wer von uns beiden hat den Herrn Kommissar vom Dachboden befreit und die Alte vor dem sicheren Tod gerettet? Du ja wohl nicht.«

»Wie lange willst du dich denn noch auf diesen Lorbeeren ausruhen?«

»Kommt schon, hört auf damit. Wir brauchen eine konstruktive Atmosphäre.« Zähneknirschend verstummten seine beiden Kollegen. Goldberg war dabei, eine Strategie zu entwickeln, um Peter zu beschäftigen. Nur für den Fall, dass sein Freund Henriette mehr vermisste, als dieser selbst ahnte. »Hauke, du bist der Einzige, den sie nicht kennen«, erklärte er ruhig. »Somit kannst du dich dort umschauen, ohne Aufsehen zu erregen.« Haukes Miene verfinsterte sich noch mehr, aber er schwieg. »Schnapp dir Rosi und mach einen Termin zur Besichtigung aus.«

»Ich soll meine Schwester zu einem verdeckten Polizeieinsatz mitnehmen?«

»Hauke, übertreib nicht. Ihr seht euch nur etwas um. Das ist alles.«

»Eine großartige Idee«, warf Peter ein. »Ihr sucht einen Platz für eure Mutter. Genial, Philip.«

»Ja, super, Philip. Ganz tolle Idee.« Aus Haukes Worten triefte der Sarkasmus.

Goldberg warf ihm einen warnenden Blick zu, doch der ignorierte ihn. Peter stand auf und verzog sich ohne ein weiteres Wort in die kleine Pantryküche im hinteren Teil der Wache. Goldberg sprang vom Tresen. Neben Haukes Stuhl ging er in die Knie. »Wir sollten Peter das Gefühl geben, dass er nicht untätig ist. Ich glaube, dieser Verlust trifft ihn mehr, als er sich selbst eingesteht«, flüsterte er.

Hauke begriff und nickte langsam. »Meinst du, zwischen den beiden lief doch etwas?«

»Das ist doch egal.«

»Nein, ist es nicht. Wenn er tatsächlich was mit der Alten am Laufen hatte, wäre das ziemlich schräg.«

»Bitte, hilf mir, ihn ein wenig abzulenken.«

»Ja, ja, ist o.k. Ich rufe gleich mal Rosi an.« Er machte eine kurze Pause und rollte dann mit den Augen. »Meine Mutter wird begeistert sein.«

»Danke.« Goldberg legte ihm die Hand auf die Schulter.

»Das ist kein Grund, gleich sentimental zu werden.«

»Nein, natürlich nicht. Beim Tod eines geliebten Menschen ist Sentimentalität völlig unangebracht.« Goldberg erhob sich.

»Was ist jetzt?«, fragte Peter, der sich soeben wieder zu ihnen gesellte.

»Ich habe Hauke überzeugen können.«

»Machst du es?«

»Ja, verflucht noch mal. Aber dafür schuldet ihr beiden mir etwas. Ist das klar?«

»Ich würde eher sagen, wir sind quitt«, warf Goldberg ein. »Schon vergessen? Die Rettung aus der Kirchenkanzel, die liebevolle Versorgung bei deiner nicht unerheblichen Alkoholvergiftung und nicht zuletzt die absolute Diskretion gegenüber deiner Mutter.«

»Stimmt«, bekräftigte Peter, »die ahnt bis heute

nicht, was wirklich geschehen ist. Und du weißt, wie viel Anstrengung mich das kostet, solche Geheimnisse für mich zu behalten.«

Haukes Augen verengten sich zu schmalen Schlitzen. Aber er verkniff sich wohlweislich eine Bemerkung. Beherrscht zog er sein Telefon aus der Brusttasche des Hemdes. Er war kein guter Verlierer, doch er wusste, wann es Zeit war, sich geschlagen zu geben. Peter und Goldberg warfen sich einen zufriedenen Blick zu. Mit wenigen Sätzen erklärte er Rosi ihren Plan und bat sie, so schnell wie möglich einen Termin im Stift auszumachen. Es dauerte keine fünf Minuten, bis er sie wieder an der Strippe hatte. Brummend stimmte Hauke zu und unterbrach die Verbindung erneut. »Heute Nachmittag um vier Uhr sollen wir da sein.«

»Großartig.« Peter setzte sich zurück an seinen Schreibtisch. »Dann kümmere ich mich jetzt mal um das Personal des Stifts.«

Goldberg und Hauke nickten sich unbemerkt zu, während Peter bereits mit einer neuen Mappe beschäftigt war.

»Wir gehen rüber zu den Jansens und fühlen ihnen noch mal auf den Zahn«, sagte Goldberg und bedeutete Hauke, ihm zu folgen.

»Wenigstens eine sinnvolle Beschäftigung.«

Bei dem Einbruch in der Nacht zum Samstag waren ausgerechnet der riesige Flachbildschirm und der kostspielige Laptop stehen gelassen worden. Ob der vermeintliche Einbrecher die Geräte übersehen oder ihn jemand gestört hatte, war unklar. Goldberg traute dem Ehepaar nicht. Sie wirkten entspannt, als ginge sie das gewaltsame Eindringen in ihr Haus gar nichts an. Irgendetwas verheimlichten sie ihnen.

6

Punkt vier Uhr betraten die beiden Geschwister die Eingangshalle des Stifts. Ein angenehmer Duft nach Blumen schlug ihnen entgegen. Hauke ging davon aus, dass er dem monströsen Strauß auf dem runden Tisch in der Mitte entströmte. Die hohen Wände waren dunkelgrün gestrichen. Sie setzten sich deutlich von der weißen Decke mit dem protzigen Stuck ab. Hauke war kein Freund von solchen aufgemotzten Häusern, doch er musste zugeben, dass das gar nicht so übel aussah. Rosi zog ihn an dem Tisch vorbei.

»Komm schon«, flüsterte sie.

»Zerr nicht an mir herum. Du weißt, dass ich das hasse.« Rosi ließ den Ärmel seines in die Jahre gekommenen Jacketts los und hakte sich bei ihm unter. »Was soll das jetzt?«, knurrte er.

»Zur Abwechslung tun wir mal so, als würden wir uns nahestehen.«

»Was? Warum?«

Zu einer Antwort kam Rosi nicht mehr. Eine Frau trat lächelnd auf sie zu. »Die Geschwister Lohse, nehme ich an?«

Sie trug eine dunkle Hose, die Hauke an Marlene Dietrich denken ließ. Hießen diese weiten Dinger nicht sogar so? Die lilafarbene Bluse betonte ihre schmale Figur. Der halblange Bob rahmte ihr Gesicht ein, sodass sie gar nicht so schlecht aussah. Er mochte Frauen mit einem strengen Pony zwar nicht, aber die Frisur passte zu ihr. Er schätzte sie auf Anfang fünfzig.

»Ja. Dörte, und das ist mein Bruder Thomas.«

»Herzlich willkommen. Ich bin Elenor Weiß, die Hausmanagerin. Ich werde Ihnen alles zeigen.« Sie streckte die Hand aus. Ihr kräftiger Händedruck überraschte Hauke, er passte nicht so recht zu ihrem zierlichen Körper. »Es freut mich, Sie beide kennenzulernen«, sagte sie.

Hauke fügte sich mit einem gequälten Lächeln in dieses hirnrissige Theater, obwohl er sich mehr als dämlich vorkam in der Rolle des wohlhabenden Sohnes, der seine Mutter in einen Luxusbunker abschob. Es war alles andere als ein Vergnügen für ihn. Der grimmige Tod im Jedermann letztes Jahr hatte ihm mehr Spaß gemacht. Da hatte er sich wenigstens nicht verstellen müssen.

»Das Haus ist reizend«, sagte Rosi in einer für Haukes Geschmack viel zu hohen Tonlage.

Ihr gefiel offenbar dieses Schmierentheater. Übertrieben drückte sie seinen Arm, als wolle sie ihn festhalten. Und tatsächlich war er versucht, sich aus dem Staub zu machen, aber er musste an Peter und seine Mutter denken und beschloss, die Sache hier tapfer durchzuziehen. Rosi hatte ihnen beiden kurzerhand eine andere Identität verpasst. Ihm gefiel das nicht besonders, aber er bemühte sich um sein Sonntagslächeln.

»Wie geht es Ihrer Mutter?«, fragte Elenor Weiß und klang dabei wie eine dieser Psychotanten.

»Sie baut leider zügig ab. Ich schätze, wir werden uns beeilen müssen«, hörte er seine Schwester sagen.

»Oh, das ist sehr bedauerlich. Es ist nicht leicht, den nächsten Schritt zu wagen. Nehmen Sie sich alle Zeit der Welt. Ich bin für Sie da. Falls Sie Fragen haben, zögern Sie nicht, ich habe mir den Nachmittag für Sie freigehalten.« Sie machte eine kurze Pause. »Trinken wir erst einen Kaffee oder ein Glas Sekt zusammen, oder möchten Sie direkt mit dem Rundgang starten?«

Hauke unterdrückte eine Bemerkung. Er sah zu seiner Schwester, die schon eine passende Antwort parat hatte. »Wie wäre es, wenn wir zuerst das Haus besichtigen und im Anschluss einen Kaffee trinken?«

»Gut. Dann lassen Sie uns direkt beginnen.«

Die beiden Frauen lachten, als wären sie die besten Freundinnen. Hauke war ehrlich beeindruckt. Er hatte nicht damit gerechnet, dass Rosi scheinbar mühelos die Rolle von Dörte Lohse einnahm. Offenkundig lag das schauspielerische Talent in der Familie. Elenor Weiß führte sie zuerst in die Bibliothek. Drei alte Menschen saßen dort bei einer Tasse Kaffee und lasen Zeitung. Widerstrebend musste

Hauke zugeben, dass es ein ganz passabler Anblick war. So konnte man sich das Altwerden schon gefallen lassen. Die Hausmanagerin flüsterte Rosi, oder besser gesagt Dörte, etwas Unverständliches ins Ohr, um die drei Anwesenden nicht zu stören. Da die beiden Frauen die Vorhut übernommen hatten, konnte Hauke sich in aller Ruhe einen Eindruck von diesem Heim verschaffen. Schließlich war er der Polizist und nicht Rosi. Die fast schon herrschaftliche Einrichtung des Raumes entsprach nicht Haukes Geschmack. In seinen Augen war es zu protzig, aber dennoch fühlte er sich nicht so fehl am Platz, wie er erwartet hatte. Als Nächstes führte Frau Weiß sie den breiten Gang hinunter zu den »Gesellschaftsräumen«. Ihre Bewegungen waren geschmeidig, und Hauke ertappte sich dabei, ihren Hintern zu begutachten, während er hinter den beiden hertrottete. Schmerzlich musste er an Sophie denken. Sie hatte sich nie wieder bei ihm gemeldet. Daraufhin hatte er entschieden, die Sache endgültig zu vergessen. Zu seiner alten Form hatte er bisher nicht zurückgefunden. Selbst den Marner Karneval hatte er ungenutzt verstreichen lassen.

»Hier können sich unsere Reisenden treffen, um sich zu unterhalten oder gemeinsam zu spielen.« Elenor Weiß öffnete eine Flügeltür und trat ein. Das Geschwisterpaar folgte ihr.

Unsere Reisenden? Hauke verkniff sich ein Schnauben. Der Parkettboden glänzte. Ebenso die antiken Holzmöbel. An einer Seite erstreckte sich ein alter Buffetschrank in Blau, was einen geschmackvollen Kontrast zu den sandfarbenen Wänden bildete.

Hauke hob den Kopf und betrachtete die Deckenbemalung. Altmodische Blumen und Frauen, die aussahen, als wären sie auf einer Lesben-Swingerparty.

»Ein Traum, nicht wahr? Ein junger, sehr aufstrebender Künstler hat dieses Werk vollbracht«, erklärte Elenor Weiß.

Hauke zuckte zusammen. Vollbracht, war ein Wort, das sich ihm die Nackenhaare aufstellen ließ.

Die Hausmanagerin bemerkte ihren Fauxpas. »Setzen wir unseren Rundgang fort.«

Hauke nickte gequält. Er folgte den beiden, während Rosi allerlei unnütze Fragen stellte. Der nächste Raum, vor dem sie stehen blieben, ähnelte eher einem gediegenen Restaurant als einem Speisesaal in einem Altenheim. Weiße Tischdecken, weiße Stoffservietten. Zudem allerhand Gläser neben jedem Gedeck und viel zu viel Besteck für Haukes Begriffe.

»Das ELB-Restaurant. Hier kocht Frederik Richter, ein Sternekoch aus Berlin. Wir schätzen uns glücklich, ihn für unser Haus gewonnen zu haben. Er geht auf jede erdenkliche Vorliebe unserer Reisenden ein. Falls Ihre Mutter eine Unverträglichkeit haben sollte, berücksichtigen wir das selbstverständlich.«

Wieder traute Hauke seinen Ohren nicht. Es war für ihn nur schwer zu glauben, dass es den reichen Schnöseln gefiel, wenn man sie Reisende nannte. Wozu auch? Für die meisten war hier schließlich Endstation.

»Ausgezeichnet, nicht wahr, Thomas?«, sagte Rosi

und stieß ihm den Ellenbogen unsanft in die Rippen.

»Äh, ja. Nicht übel.«

»Nicht übel? Na hör mal! Es ist bezaubernd. Glauben Sie meinem Bruder kein Wort, Frau Weiß. Er ist in diesen Dingen etwas grob.«

Elenor Weiß beugte sich zu Rosi. »Sind das nicht alle Männer?«

Die beiden Frauen lachten komplizenhaft. Hauke atmete tief ein und wieder aus. Wenigstens eine Sache, die der ansonsten völlig überflüssige Yoga-Kurs gebracht hatte. Das Atmen half ihm, sein erhitztes Gemüt abzukühlen.

»Ich denke, jetzt kommt das Richtige für Sie, Herr Lohse. Folgen Sie mir bitte.«

Wenig später standen sie in der Tür zu einem Raum, in dessen Mitte ein Billardtisch thronte. Zwei ältere Herren in schnieker Freizeitkleidung waren in ein Spiel vertieft. Hauke konnte ein Grinsen nicht verhindern. Das war tatsächlich schon mehr nach seinem Geschmack. Vielleicht war dieser Kasten doch gar nicht so schlecht.

»Und für Sie, Frau Lohse, habe ich auch etwas. Entschuldigen Sie uns einen Moment, Herr Lohse, ich bringe Ihnen Ihre Schwester gleich wohlbehalten zurück.«

Hauke hörte gar nicht zu. Seine Aufmerksamkeit wurde von dem Spiel der bunten Kugeln absorbiert. Er trat an den Tisch. Die weiße Kugel rollte gerade quer über den grünen Stoff und bugsierte eine rote in das nächstliegende Loch.

»Respekt«, sagte Hauke und klatschte Beifall.

Der Mann mit den schlohweißen Haaren sah auf und deutete eine Verneigung an. Trotz seiner Buntfalten-Cordhose und dem rosa Kaschmirpullover wirkte er ganz sympathisch.

»Danke, junger Mann. Spielen Sie auch?«

»Na ja, hin und wieder. Gibt in Kophusen ja nicht viele Möglichkeiten.«

»Dann kommen Sie doch zu uns. Wir suchen immer fähige Mitspieler.«

»Gern«, sagte Hauke, der es in diesem Augenblick ernst meinte. Womöglich konnte er die reichen Pinkel bei einem netten Pokerspiel übers Ohr hauen. Tat sich da etwa eine lukrative Nebenbeschäftigung auf?

»Besuchen Sie jemanden hier im Haus?«, fragte der andere, dessen faltiges Gesicht dezent gebräunt war. Er trug ein weniger auffälliges, aber nicht minder geschmackloses Poloshirt mit einem aufgenähten gestickten Emblem. Seine dunkle Jeans hielt Haukes musterndem Blick immerhin stand.

»Nein. Meine Schwester und ich sind auf der Suche nach einem Pflegeplatz für unsere Mutter. Sie baut stark ab.«

Wo kam das nun wieder her? Bärbel ging es blendend, wenn man mal von Henriettes Tod absah. Und er hoffte, dass das noch sehr lange so blieb.

»Das tut mir leid. Aber glauben Sie mir, dieses Haus ist eine wahre Freude. Noch sind wir ja fit, und man fühlt sich hier aufgehoben wie in einem Fünf-Sterne-Hotel. Und wenn es körperlich bergab geht, buchen wir einfach das Pflegeprogramm dazu«, erwiderte der Mann in der Cordhose.

»Sind Sie sicher?«, fragte Hauke skeptisch.

»Sehen Sie sich um! Ist das nicht herrlich?« Der Mann im Poloshirt beschrieb eine ausladende Geste mit den Armen. »Ich heiße übrigens Jochen Kunstmann, und das ist Gerd Kiefer«, stellte er sich und seinen Mitspieler vor. Die Männer reichten sich die Hand.

»Thomas Lohse.«

»Glauben Sie mir, Thomas. Es gibt keinen besseren Ort zum Altwerden«, erklärte Jochen, der der Ältere von beiden zu sein schien.

Hauke wurde bewusst, dass irgendwann der Tag kommen würde, an dem seine Mutter nicht mehr so konnte, wie sie wollte. Bevor er dieses Haus betreten hatte, hatte er nie ernsthaft darüber nachgedacht, aber diesen Schuppen hier konnten sie sich jedenfalls nicht leisten.

»Da hat er verdammt recht.« Auf Gerds Gesicht schlich sich ein breites Grinsen.

Die Stimmung zwischen den feinen Herren war verdächtig ausgelassen. Hauke begutachtete ihre Pupillen. Nicht das geringste Anzeichen eines rauschhaften Zustands. Den beiden schien ihr Aufenthalt wirklich gut zu bekommen. Kein Wunder, dachte Hauke, wenn man die Kohle hatte, sich diesen Luxus zu leisten. Bei ihrer Rente und seinem Gehalt würde Bärbel eher in die abgeranzte Bude im Nachbardorf kommen. Da stand sicher kein Billardtisch, und die Bewohner aßen auch nicht im ELB-Restaurant, bekocht von einem Sternefuzzi.

»Wie ist es jetzt mit einer Partie?«, forderte Gerd ihn auf.

Hauke winkte ab. »Vielen Dank, ein anderes Mal.« Er war ja schließlich nicht zu seinem Vergnügen hier. Außerdem hatte er nicht genug Bargeld dabei, um den beiden ein Spiel »unter Freunden« vorzuschlagen.

»So jung und schon ein Spielverderber.« Jochen lachte.

»Kommst du, Bruderherz?«

Hauke drehte sich um und sah Rosi im Türrahmen stehen.

»Das ist Ihre Schwester, Thomas?«, bemerkte Jochen, der sogleich seinen Posten am Tisch aufgab, um Rosi galant einen angedeuteten Handkuss zu verabreichen. »Eine bildhübsche Frau.«

Sie lächelte verlegen.

»Da kann ich meinem Freund nur zustimmen.« Gerd trat zu ihnen und hauchte ihr einen zarten Kuss auf beide Wangen. Hauke beobachtete die Szene argwöhnisch. Kurz überlegte er, den Möchtegern-Casanovas einen ordentlichen Schlag ins Gesicht zu verpassen, doch Rosi schien es zu genießen. Sie kicherte wie ein kleines Mädchen. Frauen, dachte er und schnaubte in sich hinein.

»Ich danke Ihnen, meine Herren.«

»Wissen Sie«, flüsterte Jochen und beugte sich zu ihr, »hier trifft man nicht viele hübsche junge Damen wie Sie.« Sein Lachen klang mehr wie ein Bellen. Gerd klopfte seinem Freund auf den Rücken.

Hauke beeilte sich, dieses peinliche Stelldichein zu beenden. »Wir müssen dann mal weiter.« Hastig schob er seine Schwester aus der Tür.

»Auf Wiedersehen«, rief Rosi.

»Wann immer Sie wollen, schöne Frau.«

»Du bist nicht hier, um den alten Männern den Kopf zu verdrehen«, zischte er, nachdem er die Tür geschlossen hatte. »Oder suchst du einen reichen Kerl, der dich aushält?«

»Ich habe doch gar nichts getan.« Sie sah ihn ungläubig an. »Brüderchen, was meinst du, was bei mir in der Kneipe abgeht? Du hast ja keine Ahnung.«

Hauke hielt abrupt inne. »Wie bitte?« Er sah seine Schwester ungläubig an. »Und warum kriege ich davon nichts mit?«

»Wenn du dabei bist, traut sich natürlich niemand. Aber kaum bist du aus der Tür …«

Weiter kam Rosi nicht. Elenor Weiß hatte sie erreicht. »Wie Sie sehen, sind unsere Reisenden sehr aufgeschlossen. Man ist nie allein, es sei denn, man wünscht keine Gesellschaft. Für den Fall gibt es genügend Rückzugsorte, auch außerhalb des eigenen Appartements.«

Mit einer auffordernden Geste bat sie die beiden, ihr wieder zu folgen. Na warte, dachte er. Die Vorstellung, dass Rosi in ihrem Gasthaus vor schmierigen Typen nicht sicher war, ärgerte ihn. Darum würde er sich unbedingt kümmern müssen. Am Ende des Flurs blieb Frau Weiß vor einer weiteren Flügeltür stehen. Hauke rollte heimlich mit den Augen. Auf Dauer konnte Luxus langweilen, dachte er, als Elenor Weiß die Türen öffnete. Doch der Raum übertraf seine kühnsten Erwartungen. Er war fast dreimal so groß und glich einem Ballsaal.

Hauke war sprachlos. Dieser alte Kasten hatte wirklich einiges zu bieten. Von hier aus gelangte man in einen Wintergarten, der sich über die gesamte Breite des Saals erstreckte.

»Oh, wunderschön«, entfuhr es Rosi sichtlich begeistert.

»Mein persönlicher Lieblingsplatz«, sagte Elenor Weiß. Sie schritt durch den Raum wie eine Königin, als fühlte sie sich hier selbst wie zu Hause. Und so begrüßte sie auch die beiden Frauen, die an einem Tisch saßen und Patiencen legten. Sie hoben die Köpfe. Hauke nickte ihnen zu.

»Das ist ... wundervoll.« Rosi trat zur Fensterfront.

»Ja, das ist es. Professor Weber hat wahre Wunder vollbracht.«

Wunder klang in Haukes Ohren doch reichlich übertrieben, aber er musste anerkennen, dass es ein ansehnlicher Ort war.

»Gehen wir kurz runter in den Garten.« Die Hausmanagerin öffnete die Glastür. Sie traten auf die ausladende Terrasse, von der eine Freitreppe auf eine große Rasenfläche führte. Von wegen Garten! Hauke fand, dass dieses Grundstück eher einem Park glich. Mit seinem mickrigen Garten hinter seinem Haus hatte es jedenfalls nichts gemeinsam. Ein paar alte Bäume boten im Sommer Schatten. Dazwischen tummelten sich bunte Strandkörbe. Hier konnte man es aushalten. Einziger Knackpunkt war, dass er als Polizeiobermeister niemals so unverschämt viel Geld verdienen würde, um sich hier einzunisten. Mit ihren hohen Absätzen hatte

Elenor Weiß etwas Mühe, nicht im weichen Gras-
boden einzusinken, ließ es sich aber nicht anmerken.
Strahlend erklärte sie, dass ein ganzes Team hochka-
rätiger Landschaftsgärtner die Grünanlagen gestaltet
habe. Hauke nickte anerkennend. Die hatten ordent-
liche Arbeit geleistet, da gab es nichts zu meckern.
Rosi und Elenor gingen wieder ein Stück voraus.
Hauke überlegte, ob er sich ihnen anschließen sollte,
aber er entschied sich dagegen. Stattdessen schlug er
die entgegengesetzte Richtung ein.

Das Gebäude sah auch von außen ebenso impo-
sant aus wie von innen. Die prächtige Jugenstil-
Villa aus Backstein glich einem herrschaftlichen
Gutshof. Die grünen Fensterläden verliehen dem
Haus einen besonderen Charme. Es besaß ein aus-
gebautes Souterrain. Ächzend ging er in die Knie
und spähte durch die Scheibe. Der Raum lag im
Halbdunkel. Schemenhaft erkannte er mehrere Kli-
nikbetten, allesamt von einer durchsichtigen Folie
abgedeckt. An der Seite standen Infusionsständer,
an denen jeweils ein Plastikbeutel hing. Hauke
kniff die Augen zusammen, doch er konnte nicht
erkennen, ob sie gefüllt waren. Das Ganze sah nach
einer voll eingerichteten Krankenstation aus. Wurden Pflegebedürftige und Kranke hier ins Souterrain
abgeschoben? Wie passte das ins Bild dieser Luxus-
Herberge? Seine Knie knackten, als er sich ungelenk
aufrichtete. Er sah sich um. Rosi und Elenor setzten
sich gerade in einen der Strandkörbe. Hauke nutzte
die Chance und eilte um die Hausecke. Er schlich
zu einem der kleinen Fenster. Mit einem schnellen
Blick versicherte er sich, dass er alleine war. Er

spähte durch die dreckige Scheibe. Die komplette Einrichtung war auch hier mit Folie abgedeckt. Darunter ein weißer Tresen, rechts davon ein Arbeitsplatz mit einem Bildschirm. Darüber hatte man Regale an die Wand montiert, die ebenfalls unter Folie ausharrten. Sie waren leer. Soweit Hauke das erkennen konnte, schien es sich um ein unbenutztes Labor zu handeln. Plante Weber, zusätzlich eine Privatklinik aufzumachen? Vorsichtshalber schoss er ein paar Fotos mit seinem Smartphone, bevor er sich mühevoll erhob und den Rückweg antrat.

7

Rosi und Elenor hatten sich nicht aus ihrem Strandkorb wegbewegt. Ihre Beine ragten hervor. Hauke schlenderte unauffällig in den Wintergarten zurück. Die zwei alten Damen saßen noch immer an ihrem Platz, in ihre seltsamen Karten vertieft. Er wünschte sich, Philip wäre hier. Sein Chef war ein Meister darin, Menschen auszufragen. Fingerspitzengefühl nannte er es. Hauke musste zugeben, dass das nicht gerade sein Spezialgebiet war. Fieberhaft überlegte er, wie er es möglichst clever anstellen konnte, die alten Schachteln anzusprechen, doch die kleinere Dame kam ihm zuvor.

»Was schleichen Sie so um uns herum, junger Mann?«, fragte sie, ohne von ihren Karten aufzublicken. Hauke schoss die Scham ins Gesicht. »Sie brauchen nicht gleich rot zu werden.« Sie grinste.

Wie hatte die Alte das gemacht? Sie hatte ja nicht mal aufgesehen.

»Maria, ich glaube, der junge Mann will uns aushorchen.«

Die Hitze in Haukes Gesicht nahm zu. War er so stümperhaft?

»Da verwette ich meine Karten drauf«, erwiderte Maria.

Sie kicherten. Haukes Wangen glühten. Wie konnte man in dem Alter noch so auf Zack sein? Reiß dich zusammen, mahnte er sich und trat entschlossenen Schrittes auf sie zu. »Mein Name ist Thomas Lohse. Ich bin mit meiner Schwester hier. Wir suchen …«

Maria schnitt ihm das Wort ab. »Sie sind hier, um sich dieses Etablissement anzuschauen. Um entweder ihren Vater oder ihre Mutter hierhin abzuschieben. Und damit Sie das schlechte Gewissen nicht plagt, geben Sie ein Vermögen dafür aus.«

Ihre Stimme klang freundlich, aber ihre Augen funkelten. Ihre Mitbewohnerin feixte sich einen. Hauke war kurz davor zu explodieren, er würde seine Mutter nie in ein Altersheim abschieben. Weder in dieses noch in ein anderes.

»Keine Sorge, junger Mann. Maria ist immer ein wenig vorschnell. Setzen Sie sich doch zu uns.«

Hauke gehorchte. Die beiden Alten warfen sich einen kurzen Blick zu. Dann reichten sie ihm die Hand und stellten sich vor. Maria war vierundachtzig. Ihren Mann hatte sie vor drei Jahren verloren und seitdem wohnte sie allein. Irgendwann hatte sie keine Lust mehr dazu und entschied sich, hierher umzuziehen. Kinder gab es nicht. Hiltrud Bose war noch ein bisschen älter und teilte ein ähnliches

Schicksal. Ihrer Ehe war jedoch ein Sohn entsprungen, der sie zur Großmutter gemacht hatte.

»Glauben Sie mir, junger Mann, das sind die teuersten Patiencen, die ich in meinem langen Leben gelegt habe.« Maria warf ihm einen abschätzenden Blick zu. »Ihr Sakko sieht nicht danach aus, als könnten Sie sich das hier leisten. Hoffentlich ist es bei Ihrer Frau Mutter besser bestellt.«

Hauke war völlig verblüfft. Er war bisher nie jemandem begegnet, der mit ihm in dieser Art und Weise sprach. Jedenfalls keinem Fremden.

»Sie müssen Maria verzeihen, Sie ist ehrlich und direkt. Nehmen Sie's nicht persönlich.«

»Hör auf, dich für mich zu entschuldigen. Wir müssen so genommen werden, wie wir sind. Wer das nicht verträgt, soll sich gefälligst andere Gesellschaft suchen.«

»Sehen Sie, was ich meine?«

Hauke kam es so vor, als würde er einer weiblichen, reichlich in die Jahre gekommenen Version von sich selbst gegenübersitzen. Und das war nur schwer erträglich.

»Du bist schrecklich harmoniebedürftig. Die Zeit, die uns noch verbleibt, ist inzwischen zu kurz für höfliche Floskeln und Nettigkeiten.«

Hiltrud ignorierte ihre Freundin. »Wie können wir Ihnen helfen?«

»Ähm. Na ja, also meine Mutter ist alt und gebrechlich.«

»Es sind fast immer die Frauen, die übrig bleiben«, bemerkte Maria beiläufig.

»Nun lass ihn doch ausreden.«

»Dann soll er sich gefälligst beeilen. Wie gesagt, unsere Zeit ist begrenzt.«

Hauke hatte Mühe, sich auf das zu konzentrieren, was er eigentlich sagen wollte. Er klaubte seine Gedanken zusammen und versuchte, die Kontrolle zurückzugewinnen. »Kann man es hier aushalten oder ist es außen hui und innen pfui?«

Maria wiederholte seinen letzten Satz, als wäre ihm ein besonders guter Witz gelungen. Dabei meinte er das durchaus ernst.

»Was ist so witzig?«, fragte er.

»Ihre Wortwahl«, erwiderte Maria.

Hauke kam sich dumm vor, und das ärgerte ihn. Was bildete sich diese alte Schabracke eigentlich ein? Machte sich ganz offensichtlich über ihn lustig. Er wollte schon aufstehen und die beiden sitzen lassen, doch er zwang sich, seiner Wut nicht nachzugeben.

»Verzeihen Sie«, sagte Hiltrud, »wir benehmen uns nicht sehr galant Ihnen gegenüber. Sie müssen ja denken, wir sind zwei verrückte alte Schachteln.«

Ja, das kommt hin, dachte er, ein Schnauben unterdrückend.

»Es ist reizend hier. Sie können Ihre Mutter getrost zu uns bringen«, bemerkte Hiltrud entschuldigend.

»Ja, aber nur, wenn sie es lustig mag. Wir wollen keine griesgrämigen Alten hier haben.«

»Maria!« Sie warf ihrer Spielpartnerin einen warnenden Blick zu. »Im Ernst, es gefällt uns allen hier. Professor Weber und sein Team kümmern sich rührend um uns.«

»Wird man hier auch medizinisch versorgt?« Hauke gewann seine Fassung zurück. Sollten die Alten ihn doch für einen Trottel halten, er würde sie nach allen Regel der Kunst ausfragen.

»Ja. Professor Weber war vorher in der Forschung tätig und ist immer auf dem neusten Stand. Da kann mein Hausarzt nicht mithalten. Außerdem ist er ein außergewöhnlich attraktiver Mann«, erklärte Hiltrud und zwinkerte ihm zu.

Je oller, desto doller, kam es Hauke in den Sinn. Waren die hier alle sexbesessen?

»Ja, Weber ist ein hübscher Kerl«, stimmte Maria ihrer Freundin zu. »Und ein ausgezeichneter Arzt. Er ist der Einzige, der meine Herzrhythmusstörungen in den Griff bekommen hat. Und ich war bei sämtlichen Kardiologen von Hamburg bis Stuttgart.«

»Stimmt, auf dem Gebiet der Kardiologie ist er eine Koryphäe. Maria galt als hoffnungsloser Fall, müssen Sie wissen. Und jetzt? Sehen Sie sie sich an. Ihr geht es fantastisch.«

»Meine Mutter hat einen angeborenen Herzfehler«, log Hauke. »Ich habe gehört, hier soll eine Bewohnerin an Herzversagen gestorben sein. Wenn er so eine Koryphäe ist, wie kann das denn passieren?«

»Henriette hat seine Anweisungen nicht immer befolgt. Das kommt eben davon, wenn man die Medikation selbst bestimmt.«

»Maria, sei nicht so pietätlos. Immerhin ist sie tot.« Über den Tisch hinweg warf sie ihr einen strafenden Blick zu, bevor sich ihr Wort wieder an

Hauke richtete. »Henriette hielt nichts von Tabletten. Sie hatte des Öfteren Auseinandersetzungen mit Professor Weber deswegen. Hätte sie seine Anweisungen befolgt, dann würde sie sicher noch leben.«

»Selbst schuld«, murmelte Maria, nicht um das letzte Wort verlegen.

Ein Geräusch unterbrach ihre Unterhaltung. Hauke drehte sich um. Rosi und Elenor kamen auf sie zu.

»Wie ich sehe, haben Sie bereits Kontakt aufgenommen.« Hauke glaubte, in Elenor Weiß' Stimme einen Hauch von Sorge zu vernehmen. Anscheinend kannte sie ihre Pappenheimer gut.

»Keine Angst, Miss Ellie, ich habe nur in den höchsten Tönen von Professor Weber geschwärmt.« Verschwörerisch blinzelte Maria Hauke zu.

Er nickte. »Ihrer Ansicht nach ist der Professor eine Art Wunderheiler.«

»Kommen Sie, lassen wir die beiden Damen mit ihren Karten allein. Ich möchte Ihnen zum Abschluss unseres Rundgangs gerne noch eines der Appartements zeigen.«

»Ich hoffe, wir sehen uns wieder, junger Mann«, sagte Hiltrud lächelnd.

»Davon können Sie ausgehen«, erwiderte er und wandte sich zum Gehen.

Rosi hakte sich wieder bei ihm ein, als wären sie auf einer Schnösel-Dinnerparty. Sie kam näher und flüsterte: »Hast du einen Schlag bei älteren Frauen? Du solltest deine Strategie überdenken.«

»Sehr witzig.«

Im ersten Stockwerk angekommen, öffnete Elenor Weiß eine der vielen Türen. Sie traten in eine großzügig geschnittene Zwei-Zimmer-Wohnung mit Küche und Bad. Nach Peters Beschreibung konnte das die von Henriette gewesen sein.

»Eine Reisende hat uns kürzlich verlassen und ist zu einem anderen Ort aufgebrochen.« Bingo, dachte Hauke. »Es ist immer traurig, wenn eine Seele uns verlässt.« Elenor Weiß blieb in der Mitte des Raums stehen. »Das ist eine unserer bestausgestatteten Einheiten. Je nach Wunsch kann man seine Wohnungen entweder möbliert oder unmöbliert mieten. Nur die Küche ist voll ausgestattet. Sehen Sie sich gerne um. Ich lasse Sie einen Augenblick allein.« Lächelnd zog sie sich zurück.

Hauke sah ihr nach, bis sie die Tür hinter sich geschlossen hatte. »Das ist tatsächlich Henriettes Wohnung.«

»Sollen wir sie durchsuchen? Hast du diese Handschuhe dabei?«

»Mach mal halblang. Wir haben keinen Durchsuchungsbeschluss. Außerdem habe ich gar nicht damit gerechnet, dass wir hier reinkommen.« Er blickte auf den Tisch und die beiden Sessel, von denen Bärbel erzählt hatte. Die Gläser mit der Karaffe waren natürlich längst weggeräumt. Überhaupt sah das Zimmer nicht mehr bewohnt aus.

»Wo fangen wir an?«

»Wir fangen nirgendwo an. Es gibt keine Ermittlung und keinen Fall.«

»Feigling.«

Sie betraten die Küche. Sämtliche Lebensmittel waren entfernt, der Mülleimer war geleert worden.

Im Bad sah es nicht anders aus. Keine persönlichen Gegenstände mehr. Zurück im Wohnzimmer blickte Hauke sich um. Im Wohnzimmerschrank zwischen einigen Büchern stand noch ein schickes Uhrenradio im Holzfarben-Retro-Design. Es war nicht groß, offenbar hatte man es vergessen oder sie waren mit der Räumung noch nicht fertig. Ihm gefiel das Ding, so eines hatte er schon lange gewollt. Würde jemand merken, wenn es fehlte? Er nahm das Radio vom Regal und wog es in der Hand. Schwer war es nicht. Aber Moment mal, dachte er, als ihm das daumengroße Plastikding auffiel, das auf der Rückseite klebte und ein bisschen über den Rand herauslugte. Prüfend sah er sich das Gehäuse näher an.

»Ach nee«, entfuhr es ihm, als er erkannte, dass es sich dabei um eine versteckte Kamera handelte. Kein Zweifel.

»Was ist?« Rosi kam näher.

»Steck das ein.«

»Was?«

»Du sollst das Ding einstecken.«

»Ist der von Henriette?«

Rosi öffnete ihre Tasche. Hauke ließ die Uhr darin verschwinden. Es klopfte. Er horchte auf. Instinktiv entfernten sie sich einige Schritte von dem Schrank. Die Tür ging auf und ein Mann trat ein.

»Guten Tag. Mein Name ist Professor Marcus Weber. Wie ich höre, haben Sie sich schon mit allem Wesentlichen vertraut gemacht.«

Haukes Körper straffte sich. Er spürte Rosis Hand an seinem Arm. Was für ein Idiot er doch war.

Die Kamera zeichnete sicher noch auf und hatte ihren Diebstahl nun live über eine App auf das Smartphone von diesem Professor gestreamt. Ganz ruhig, dachte er und überlegte, ob es ihm gelingen würde, den Mann zu überwältigen.

Rosis Griff wurde fester. Anscheinend dachte sie das Gleiche wie er. Weber schloss die Tür und kam lächelnd auf sie zu.

8

Goldberg hatte sich in sein Büro zurückgezogen, um in aller Ruhe ein Telefonat zu führen. Er wählte Jens Steirers Nummer. Es dauerte nicht lange, bis sein Freund in Berlin den Anruf entgegennahm. »Philip, mein Lieber. Gibt es Probleme?«

Jens fragte nicht ohne triftigen Grund. Er war vor einiger Zeit Goldbergs Therapeut gewesen und hatte ihn aus einem tiefen Loch befreit. Seitdem verband sie eine enge Freundschaft. Aber nach Berlin fuhr er nur noch selten. Seine Eigentumswohnung hatte er inzwischen vermietet. Dorthin würde er nicht zurückkehren. Das Kapitel hatte er geschlossen. »Leider ja.«

»Albträume?«

»Nein, es geht nicht um mich. Ich mache mir Sorgen um Peter.«

»Wieso, was ist mit ihm?«

»Eine gute Freundin von ihm ist gestern gestorben.

Henriette. Und ich bin mir nicht sicher, wie viel er wirklich für sie empfunden hat.«

»Wie nimmt er es denn auf?«

»Im Moment ist er sehr gefasst. Doch du kennst ihn, er redet nicht gern über seine Gemütszustände. Ich hatte gehofft, du könntest dich vielleicht aus Berlin loseisen und vorbeikommen.«

»Ich kann niemanden gegen seinen Willen behandeln.«

»Das weiß ich. Du sollst deine Dienste ja nur unverbindlich anbieten.«

»Meine Dienste? Philip, ich bin keine Tippelschickse.«

»Das würde ich aber zu gerne mal sehen.«

Jens seufzte leise. »Ich habe Patienten.«

»Und am Wochenende?«

»Habe ich ein Privatleben.«

»Magda würde sich freuen.«

»Wie läuft es zwischen euch?«

»Sehr gut.« Goldberg hatte niemandem von Judiths Brief erzählt, den er vor einiger Zeit aus der Forensischen Psychiatrie erhalten hatte. Sie hatte sich seitdem nicht wieder gemeldet. Und Hilde, ihre Mutter, wusste nichts von ihr. Sie hatte ihre Tochter bislang nicht einmal besucht. Aber er war keinen Deut besser. Er hatte es nicht fertiggebracht. Ehrlicherweise musste er zugeben, dass die Vorstellung, seine Ex-Freundin wiederzusehen, ihm eine höllische Angst einjagte. Erst jetzt kam ihm der Gedanke, dass er Jens gar nicht Peter zuliebe anrief, sondern wegen sich selbst.

»Wie geht es deinem Magen?«, fragte Jens.

»Besser«, log er.

»Hör zu. Lass mich heute mal über meinem Terminplan grübeln und ich rufe dich morgen an. Schließlich haben wir uns seit der Panchakarma-Kur nicht mehr gesehen.«

»Sohanraj würde sich sicher freuen.«

»Und du? Freust du dich auch oder willst du mich womöglich gar nicht sehen?«

»Blödsinn. Magda hat einen interessanten Kaffeeladen entdeckt. Da müssen wir unbedingt mal hin.«

»Möglicherweise erzählst du mir dann ja, was wirklich los ist.«

Das war das Problem mit besten Freunden, dachte Goldberg. Man konnte vor ihnen nichts geheim halten. Im schlimmsten Fall wussten sie besser über einen Bescheid als man selbst. »Ruf mich an, wenn du weißt, ob du es nach Kophusen schaffst.«

»Mach ich.«

Gerade als Goldberg das Gespräch beendet hatte, klopfte es. »Ja?«

Peter steckte den Kopf zur Tür herein. »Kann ich dich kurz stören?«

»Klar, komm rein.«

Er blieb vor dem Schreibtisch seines Chefs stehen. »Henriette hat ein Testament beim Notar hinterlegt. Sie hatte ja keine direkten Erben. Und rate mal, wer einen Teil ihres Vermögens bekommt?«

»Unser werter Professor Weber für seine luxuriöse Alten-WG?«

»Jedenfalls so gut wie. Ein Viertel geht an die ELB-Residenz-Stiftung. Den Rest kriegt eine Organisation, die sich gegen Tierversuche starkmacht.«

»Weber hat eine Stiftung gegründet?«

»Ja. Ich habe es schon recherchiert. Sie ist gemeinnützig und handelt operativ. Das bedeutet, dass sie selbst Projekte zum Stiftungszweck durchführen darf. Vorsitzende ist eine gewisse Elenor Weiß. Die wiederum als Hausmanagerin im Stift arbeitet.«

»Wie passend. Kurze Dienstwege.«

»Die Frau ist geschäftstüchtig. Sie organisiert Spendengalas, Charity-Veranstaltungen und so ein Zeug. Die sind dabei, eine Krankenstation im Stift aufzubauen.«

»Eine Privatklinik für ältere Menschen?«

»Ja, so was in der Art. Geplant ist ein Fachzentrum für Geriatrie mit angeschlossenem Forschungslabor. Das dauert aber. Die Planungen haben erst begonnen.«

»Forschung kostet viel Geld.«

»Die wollen das groß aufziehen. Mit internationaler Unterstützung. Weber hat scheinbar gute Kontakte in die USA.«

»Und das ausgerechnet hier in Kophusen?«

»Laut dem Internetauftritt der Stiftung wollen die langfristig expandieren. Kophusen ist quasi das Modellprojekt.«

»Da kommt Henriettes Vermögen nicht ungelegen. Ist das vielleicht Teil der Stiftungspolitik? Reiche, kinderlose Menschen aufzunehmen, um im Todesfall an das Erbe zu kommen?«

»So weit habe ich noch gar nicht gedacht«, räumte Peter ein. »Aber jetzt, wo du das sagst …«

»Finde mal heraus, ob Henriette die erste Bewohnerin ist, die im Stift gestorben ist, oder ob es schon mehrere gab. Wenn ja, würde ich gerne wissen, an wen ihr Vermögen ging.«

»Wird erledigt.«

»Hat dir Henriette mal davon erzählt?«

»Nee. Über Geld haben wir nie gesprochen. Sie mochte das nicht.«

»Kennst du einige der Bewohner näher?«

Peter schüttelte den Kopf. »Ich war gestern zum ersten Mal dort.«

»Wir brauchen eine Liste aller Bewohner. Schon was von Hauke und Rosi gehört?«

»Noch nicht.« Peter drehte sich um und trat aus dem Zimmer.

»Lass die Tür ruhig offen.«

»Schon fertig mit Nachdenken?«

Goldberg nickte. Es dauerte nicht lange und er hörte, wie Peter sich am Rechner zu schaffen machte, die Tasten klapperten unter seinen Fingern. Der Kommissar lehnte sich zurück. Möglich, dass die getarnte Ermittlung am Ende doch noch kriminelle Machenschaften zutage förderte. So ein Apparat verschlang Unsummen von Geld, allein das Haus würde einen großen Teil der Spenden auffressen. Zwar ging es ihm in erster Linie um Peter, aber wenn sie tatsächlich auf Ungereimtheiten stießen, hätte sich der Aufwand doppelt gelohnt. Lange würde er diese inoffizielle Ermittlung nicht durchhalten. Schließlich gab es echte Verbrechen, die sie aufklären mussten. Aber einige Tage konnte er das schon rechtfertigen. Sein Bauch sagte ihm, dass mit dem Konstrukt des Stifts irgendetwas faul war. Warum startete man ein solches Mammutprojekt in einem kleinen Nest wie Kophusen? Suchte man sich da nicht einen verkehrsgünstigeren und vor allem standesgemäßeren Ort wie Hamburg, Berlin oder München aus? Kophusen hatte keine hohe Millionärsdichte, Hamburg schon. Soweit Goldberg informiert war, stammte Weber nicht hier aus der Gegend. Wo war also der Bezug? Er beschloss, zu Bärbel zu fahren. Als Henriettes engste Vertraute hatte sie vielleicht Kontakt zu anderen Bewohnern des Hauses gehabt.

Wenig später betrat er das Wirtshaus Bei Rosi. Haukes Mutter war gerade dabei, einen frei gewordenen Tisch neu einzudecken. Es lief gut. Die Hundertfünfundzwanzig-Jahr-Feier letzten Sommer hatte dem kleinen Ort zusätzliche Touristen beschert. Jetzt im Frühjahr war das Wirtshaus zwischen fünfzehn und achtzehn Uhr geschlossen. Ab Mai hatte es durchgehend geöffnet.

»Du arbeitest schon wieder?«, begrüßte Goldberg Bärbel, die überrascht aufsah. Sie hatte ihn nicht kommen hören.

»Nützt ja alles nichts. Wat mutt, dat mutt.« Sie sah erschöpft aus. Normalerweise strahlte sie, doch heute rang sie sich nur ein müdes Lächeln ab. »Hast du Hunger? Rosi hat einen fantastischen Hackbraten gemacht.«

Er schüttelte den Kopf. Das war so ziemlich das Letzte, wonach ihn gelüstete. »Zu früh. Vielleicht heute Abend.«

Er setzte sich an den freien Tisch am Fenster neben Murle, eine der vier Katzen, die vor drei Jahren hier eingezogen waren. Das Quartett hatte dem

Gasthaus zu einiger Berühmtheit in der Umgebung verholfen. Heute war der schwarzen Samtpfote jedoch nicht nach seiner Gesellschaft. Die ansonsten sehr neugierige Murle döste neben einem der Gäste auf der Eckbank. Das Streicheln der Frau ließ sie sich gönnerhaft gefallen. Goldbergs Auftauchen entlockte ihr einen kurzen Blick, bevor sie sich wieder ihren Träumen widmete.

»Ich komme wegen Henriette«, sagte er.

Bärbel hielt mitten in der Bewegung inne und sah ihn an. Sie hatte vor einiger Zeit entschieden, in Kophusen zu bleiben. Rosi konnte Hilfe gebrauchen. Mutter und Tochter hatten sich zusammengerauft und wider Erwarten funktionierte es gut zwischen ihnen.

»Möchtest du einen Espresso?«

»Lieber nicht.«

»Was willst du wissen?« Ihr müder Blick hatte sich in Luft aufgelöst. Eilig setzte sie sich neben ihn auf die andere Seite, sodass die Gäste nichts mitbekamen.

»War sie bei deinem Besuch irgendwie anders als sonst?«

»Nein.«

»Hast du sie oft im Stift besucht?«

»Ja. Wir haben viel Zeit zusammen verbracht. Seitdem sie hier war, habe ich sie fast jeden Tag gesehen.«

»Was hältst du von Weber und seinen Reisenden?«

»Weber ist ein Idiot.« Bärbel nahm kein Blatt vor

den Mund. »Aufgeblasen und von sich eingenommen, aber er scheint ein sehr guter Arzt zu sein.«

»Was hat es mit den Herztabletten auf sich?«

Ihr Gesicht verzog sich zu einer wütenden Grimasse. Sie hatte Mühe, ihren Zorn zu bändigen. »Ich sage dir, da stimmt was nicht. Sie hatte keine Herzprobleme. Das hätte sie mir erzählt. Wir hatten keine Geheimnisse voreinander.«

»Ist es möglich, dass sie dich bloß nicht beunruhigen wollte?«

»Quatsch.«

»Warum sollte Weber ihr sonst Medikamente verschrieben haben?«

»Um sich zu profilieren natürlich.«

Goldberg konnte verstehen, dass sie aufgebracht war und einen Schuldigen suchte. Wenn jemand so plötzlich ohne ersichtlichen Grund starb, war das schwer zu begreifen. Wer wusste das besser als er. »Kanntest du einige der Heimbewohner?«

»Und ob.« Bärbel rückte ein Stück näher. »Die sind da alle ganz schön durchgeknallt.«

»Inwiefern?«

»Na ja, wie sagt man? Exzentrisch halt.«

»Sind dort alle wohlhabend?«

»Darauf kannst du deinen süßen Hintern verwetten. Hast du dir diesen Palast einmal angesehen?« Goldberg nickte. »Die sind alle stinkreich. Henriette schwamm ja in dem Erbe ihres Mannes. Wir haben nie darüber gesprochen, wie viel es letztlich war, aber es muss schon eine Menge sein.« Die plötzliche Erinnerung trieb ihr die Tränen in die Augen. »Entschuldige.« Sie griff nach dem Geschirrhandtuch, das an ihrer Schütze hing, und wischte sich damit übers Gesicht.

»Dafür musst du dich nicht entschuldigen.«

Sie nickte. »Die sind da halt unter sich. Malen, reden, Gesellschaftsspiele. Einige sind richtig nett, aber eben sehr anspruchsvoll. Einmal habe ich mit Henriette dort Kaffee getrunken und eine Dame beschwerte sich über den Käsekuchen. Er sei klumpig. In einem Ton, sage ich dir. Wenn jemand hier so mit mir umspringen würde, würde ich ihn hochkant rausschmeißen. Aber dort sind das Könige, die sich alles erlauben können.«

»Hast du mal Verwandte gesehen?«

»Von Henriette? Die hatte keine mehr.«

»Nein, ich meine von den anderen Bewohnern?«

Bärbel überlegte kurz. »Nein, jetzt, wo du es sagst … Einmal hat Jochen, ein netter Herr, mich eingeladen. Er sagte, er sei einsam, weil ihn nie jemand besuchen kommt.«

»Kennst du Elenor Weiß?«

»Und ob. Nach außen eine kultivierte Person, aber wehe, wenn ihr etwas nicht passt. Dann mutiert die zum Hausdrachen. Ich habe mal mitbekommen, wie sie eines der Zimmermädchen zusammengestaucht hat, weil sie einen Fleck übersehen hatte. Mein lieber Schwan, die möchte ich nicht zur Chefin haben.«

Als er zusammen mit Magda dort gewesen war, hatte sich Weber persönlich um sie bemüht. Genau wie Peter kannte er die Frau nur von der Website.

»Ist dir dort je etwas Seltsames aufgefallen?« Goldberg sah sie aufmerksam an.

Bärbels Stirn legte sich in Falten. »Diese Kontrolluntersuchungen.«

»Was ist damit?«

»Die wenigsten von denen sind ernsthaft krank, aber jeden Tag wird eine Blut- und Urinprobe genommen und Blutdruck gemessen. Ich fand das immer merkwürdig. Die Pflegeleitung bestand darauf. Man durfte vorher nicht das Zimmer verlassen.«

»Warum ist Henriette in dieses Heim gegangen? Sie kam doch ohne fremde Hilfe zurecht. Wenn ihr das Haus in Wewelsfleth zu groß gewesen wäre, hätte sie sich doch was Kleineres kaufen können.«

»Ich habe mich das auch oft gefragt. Vielleicht war sie einsam nach Richards Tod. Sie konnte nicht gut alleine sein und das nötige Kleingeld hatte sie ja.«

Auf dem Weg zurück ins Revier dachte Goldberg über Bärbels letzten Satz nach. Ihn würden keine zehn Pferde dort hineinbekommen, selbst wenn seine Pension es zuließ. Was sie nicht tat. Die Vorstellung, mit Leuten unter einem Dach zu leben, die er nicht mochte, missfiel ihm zutiefst. Falls er sich jemals für eine Art Senioren-WG entscheiden würde, dann mit Menschen, die ihm am Herzen lagen. War es nur die Einsamkeit, die Henriette dazu bewogen hatte, dort hinzuziehen? Oder gab es einen anderen Grund? Und warum vermachte sie einen Teil ihres Vermögens an die Stiftung? Goldberg schlenderte an der Kirche vorbei. Das Bild des volltrunkenen Hauke schlich sich in seine Gedanken, doch bevor er schmunzeln konnte, vibrierte sein Telefon. Unbekannte Rufnummer. Er tippte auf den grünen Hörer. »Hallo?«

»Guten Tag, spreche ich mit Philip Goldberg?«

»Ja, und mit wem spreche ich?«

»Hier ist Dr. Hecht. Amtsarzt. Es geht um Frau Henriette Stein. Dr. Battenberg hat mich heute Morgen angerufen.«

»Ich verstehe.«

»Besteht ein konkreter Verdacht Ihrerseits?«

»Nein.«

»Was soll die ganze Sache dann? Wie ich hörte, ist die Dame im Haus von Professor Weber verschieden. Gibt es da Unstimmigkeiten? Wenn ja, dann würde ich das gerne wissen. Weber ist nämlich ein äußerst renommierter Kollege.«

Goldberg war stehen geblieben. Der Arzt klang irritiert, hart an der Grenze zur Verärgerung. Er musste diesen Mann einfangen. Unter keinen Umständen durfte Weber von ihren vermeintlichen Ermittlungen Wind bekommen.

»Herr Dr. Hecht, ich danke Ihnen, dass Sie sich so engagieren. Um ehrlich zu sein, hatten wir auf Ihre Diskretion gehofft. Wir haben einen anonymen Hinweis bekommen«, log er. »Hinzu kommt, dass einer meiner Beamten der Toten sehr nahestand, und er möchte verständlicherweise sämtliche Zweifel ausgeräumt wissen.«

Goldberg hoffte, Hecht würde etwas Mitgefühl

haben. Doch der Mann am anderen Ende zeigte sich dafür nicht empfänglich.

»Hören Sie, Herr Goldberg, ich nehme meinen Beruf ausgesprochen ernst. Und ich mag es nicht, wenn man meine Arbeit untergräbt. Ihr Beamter in allen Ehren, aber es ist nicht meine Aufgabe, die Befindlichkeiten Ihres Mitarbeiters zu berücksichtigen. Oder ist das ein glaubwürdiger Hinweis?«

»Glaubwürdig genug, um ihn ernst zu nehmen.« Für das Lügen hatte er immer schon eine besondere Begabung gehabt.

»Falls ich Spuren einer möglichen Fremdeinwirkung finde, lasse ich es Sie wissen. Und das nächste Mal rufen Sie mich direkt an und schicken mir nicht einen Ihrer Spitzel auf den Hals.«

»Entschuldigen Sie, ich hatte nicht vor, Ihre Autorität und Ihr Fachwissen infrage zu stellen. Es tut mir leid, wenn das falsch angekommen ist.«

»Ihre Kophusener Ermittlungsmethoden können Sie vielleicht bei sich auf dem Dorf anwenden, aber hier herrschen Gesetze, an die wir uns zu halten haben. In diesem Sinne, auf Wiedersehen, Herr Goldberg.«

Ohne eine Antwort abzuwarten, beendete der Arzt das Gespräch. Das Eis, auf dem sie sich bewegten, war dünn, und wenn sie nicht aufpassten, würden sie einbrechen.

9

»Herzlich willkommen. Entschuldigen Sie, ich wollte Sie nicht erschrecken. Setzen wir uns doch.« Weber nahm an dem Esstisch Platz. Die Geschwister warfen sich einen kurzen Blick zu. Die Hand seiner Schwester löste sich endlich von seinem Arm. Der Professor fand es offenbar nicht unangebracht, im Appartement einer Toten über die Neubelegung des frei gewordenen Platzes zu sprechen. Er machte es sich auf einem der Stühle bequem. »Frau Weiß sagte mir, dass Sie hier sind. Und da dachte ich, ich stelle mich kurz vor.«

Hauke musterte den Mann. Weber war ein cooler Typ, der sicher keine Probleme hatte, Frauen kennenzulernen. Zusätzlich zu seinem guten Aussehen hatte er noch den richtigen Beruf. Frauen flogen ja bekanntlich auf weiße Kittel. Er spürte einen Hauch von Bewunderung in sich aufsteigen.

Während der Arzt sie mit gedämpfter Stimme über

die Gepflogenheiten des Hauses informierte, den Alltag der Reisenden beschrieb, lobte er die ausgezeichnete Arbeit seines Teams. Hauke spürte, dass Rosi sich neben ihm zunehmend entspannte. Wie waren sie bloß auf den Trichter gekommen, dass er sie bedrohte? So ein Quatsch. Der Kerl konnte keiner Fliege was zuleide tun. Immerhin war er Arzt. Hatten die nicht so einen hypostatischen Eid geschworen?

»Ist Ihre Mutter gebrechlich, oder hat sie ernsthafte Krankheiten, die wir bedenken sollten?«, fragte er.

»Na ja, sie kann schlecht laufen und ihr Herz macht nicht mehr so richtig mit«, erklärte Rosi.

»Hat sie bereits einen Pflegegrad?«

»Nein. Bis jetzt hat sie bei mir gewohnt, aber ich habe nicht genug Zeit, mich um sie zu kümmern. Mein Mann und ich sind viel auf Reisen, wissen Sie.«

Weber nickte verständnisvoll. Hauke mied den Augenkontakt mit Rosi. Langsam wurde sie ihm unheimlich. Ihr Mann, wiederholte er in Gedanken. Sie war nie verheiratet gewesen, außerdem hatte er das Gefühl, dass seine Schwester ohnehin mehr dem weiblichen Geschlecht zugetan war. Offen hatten sie das nie besprochen. Soweit er sich erinnern konnte, hatte es nie eine ernsthafte Beziehung zu einem Mann oder einer Frau in ihrem Leben gegeben. Außer einigen kurzen Intermezzos. Er nahm sich vor, sie bei passender Gelegenheit ganz direkt zu fragen.

»Ja, in der heutigen Arbeitswelt ist es schwierig,

die familiären Bande aufrechtzuerhalten. Ich verstehe das sehr gut. Deshalb wird es immer wichtiger, Orte zu schaffen, an denen sich die älteren Menschen zu Hause und aufgehoben fühlen.«

»So wie ihr hinreißendes Stift.«

Hauke stockte, hatte er gerade richtig gehört? Hinreißend? Rosi war immer für eine Überraschung gut.

»Danke, das freut mich. Wir geben uns sehr viel Mühe, und ich denke, das spürt man. Dieses Projekt ist mein Lebenswerk, wenn ich das so sagen darf. Es wird die Pflege revolutionieren. In einigen Jahren wird es viele solcher Einrichtungen geben. Je nach Finanzlage der Reisenden können unterschiedliche Stufen gewählt werden. Die Idee dahinter ist, dass die weniger Vermögenden durch die Vermögenden getragen werden. Querfinanzierung, wenn man so will.«

Weber führte sie in seine Theorie des Älterwerdens ein, schilderte ihnen den, wie er sich ausdrückte, bedauernswerten Zustand der meisten Pflegeeinrichtungen und servierte ihnen seine Lösungsansätze auf dem Silbertablett. Als wäre er der Heilsbringer, auf den sie alle gewartet hatten. Zum Schluss empfahl er einen Probeaufenthalt für ihre Mutter, um zu sehen, ob es ihr gefiel. Dann endlich verabschiedete er sich. Kaum dass er das Zimmer verlassen hatte, erschien Elenor Weiß wieder. Wie abgesprochen, dachte Hauke und erinnerte sich an die vielen Auf- und Abtritte beim Jedermann. Es wirkte, als führten die beiden ein Bühnenstück auf, in dem Rosi und er die einzigen Zuschauer waren.

»Ich denke, ich habe Ihnen nun alles gezeigt«, sagte die Hausmanagerin und bat sie hinaus auf den Flur.

Bis auf den Keller, dachte Hauke. Gemeinsam nahmen sie die Treppe nach unten und standen wieder vor dem großen Salon. Das Angebot eines Kaffees oder Proseccos schlugen sie aus. Sie versprachen, sich bald mit ihr in Verbindung zu setzen.

Als die beiden ins Freie traten, atmete Hauke auf. Fremden Leuten, die er nicht ausstehen konnte, so in den Arsch kriechen zu müssen, war nicht sein Ding. Er hasste jegliche Art von Maulkorb, deshalb würde er auch nie Dienststellenleiter werden.

»Wusste gar nicht, dass du so schamlos lügen kannst.«

»Das hat Spaß gemacht. ›Mein Mann und ich sind viel auf Reisen‹«, äffte sie sich selbst nach. »Klingt doch gut.«

»Ja, nur dass das nicht annähernd stimmt.«

»Willst du in dem Fall nun weiterkommen oder nicht?«

»Hast du das Radio?«

»Ja, natürlich. Soll ich es dir geben?«

»Später, wenn wir außer Sichtweite sind.«

»Meinst du, die beobachten uns?« Rosi sah über ihre Schulter.

»Keinen Dunst. Aber besser, wir sind vorsichtig.«

»Hast du etwas von den beiden Damen erfahren können?«

»Rosi«, Hauke blieb abrupt stehen, »das ist eine

laufende Ermittlung. Darüber darf ich mit dir nicht sprechen.«

Sie stoppte ebenfalls. »Ach, jetzt auf einmal! Aber mitkommen und dir den Allerwertesten retten, durfte ich.« Damit drehte sie sich um und stapfte in Richtung Wagen.

»Wieso hast du mir bitte den Arsch gerettet?« Hauke folgte ihr. »Wer hat sich denn bei mir festgekrallt, als würde es zu Ende gehen?«

»Ja, ja. Du hättest dich nie mit Elenor unterhalten können.«

»Hat sie dir was Interessantes erzählt?«

»Na ja, das nicht, aber sie hat mich sehr detailliert nach unseren familiären Verhältnissen ausgefragt.«

Als sie an Rosis Wagen angekommen waren, stiegen sie ein. Sein alter ampelgrüner Jetta hätte nicht genug hergemacht. Da war ihr neues Mini-Cabrio, das sie auf Pump gekauft hatte, natürlich standesgemäßer. Offenbar verdiente sie inzwischen mehr als er. Außerdem setzte sie die Kiste als Firmenwagen ab. Kurz dachte er daran, bei ihr im Wirtshaus einzusteigen. Er stand gern hinter dem Tresen und zapfte Bier. Auf diese Weise konnte er sie auch vor den schmierigen Typen beschützen. Doch er verwarf den Gedanken gleich wieder. Schweigend fuhren sie los. Hauke ergriff Rosis Tasche, die auf dem Rücksitz lag, und kramte darin nach dem Radio.

»Vorne im Fach«, sagte Rosi. »Brauchst du keine Handschuhe?«

»Wir haben eh keine Fingerabdrücke, mit denen

ich sie abgleichen könnte. Weber wird die uns kaum freiwillig geben.«

»Glaubst du, Mama hat recht?«

Hauke bekam das kleine Gerät zu fassen und zog es heraus. »Ich glaube, Mama ist ganz schön durch den Wind«, erwiderte er und legte die Tasche zurück auf den Sitz.

Die Kamera war nicht größer als sein Daumen und sie war mit einem Stück doppelseitigem Klebeband oben am Gehäuse befestigt worden, so dass die Linse darüber hinausragte. Vorsichtig entfernte er die Kamera. Auf der Rückseite gab es einen winzigen Knipser, an dem man wählen konnte, ob die Aufzeichnungen übers Handy gestreamt oder digital auf eine Karte gespeichert werden sollten. Dort konnte man sie auch abstellen. Jetzt stand der Knipser auf Out. Weber schien also nicht live zugeschaltet gewesen zu sein. Hauke untersuchte das Ding und entdeckte eine SD-Mikrokarte, auf der sicher einige Aufzeichnungen zu finden waren. Neben der lokalen Speicherung war es ebenso möglich, sich die Bilder per Live-Stream auf dem Smartphone oder Tablet anzusehen. Hauke wusste das.

»Wir sind da, Bruderherz.«

Die Geschwister verabschiedeten sich, und Rosi fuhr hupend davon. Einen Moment blieb er vor dem Einfamilienhaus stehen, das nun schon fast zwanzig Jahre seine berufliche Heimat darstellte. Mit einmal kam es ihm schal und langweilig vor. Als Kind hatte er immer Polizist werden wollen. Und jetzt? Tat er so, als würde er weltbewegende Verbrechen aufklären und die Welt retten. Zugegeben, seitdem Philip hierher versetzt worden war, gab es spannendere Fälle, aber war das wirklich alles? Die nächsten zwanzig Jahre in Kophusen verbringen? Ein lautes Klopfen riss ihn aus den schwermütigen Gedanken. Peter sah zum Fenster raus und winkte ihm zu. Hauke schob die Überlegungen beiseite und betrat die Wache.

»Es gibt Neuigkeiten«, rief Peter von seinem Platz. »Nimm dir einen Kaffee und setz dich.«

Philip hockte auf dem Tresen. Alles wie immer, dachte Hauke. Mit dem Kaffeebecher in der Hand ließ er sich auf seinen Schreibtischstuhl fallen. Alles wie immer, wiederholte er gedanklich. Die Zeit rann einem durch die Finger, ohne dass man etwas damit anfing. Übermannt von dieser plötzlichen Sinnkrise, hörte er Peters Frage nicht.

»Hallo. Erde an Hauke. Was ist das?«, rief Peter.

»Was?« Hauke hob den Kopf.

»Das Radio, das du mitgebracht hast.«

»Ach so, ja klar. Hier, die Kamera steckte an dem Uhrenradio im Wohnzimmerschrank.«

Philip sprang vom Tresen. Peter war ebenfalls aufgestanden. Sie schauten ihm über die Schulter.

»Das ist ja ein Ding«, bemerkte Peter.

»Wie kommen wir an die Aufnahmen ran?«, fragte Philip, der keine Ahnung von solchen Sachen hatte.

»Wir haben einen Adapter, damit können wir uns die Aufnahmen auf der Speicherkarte ansehen. Warte, ich hole ihn.« Peter eilte zu dem Rollcontainer unter seinem Schreibtisch und zog die Schublade auf. Lautstark wühlte er darin.

»Wenn wir Glück haben, hat jemand die Aufnahmen auf der Speicherkarte gesichert. Normalerweise überspielt sie ältere Daten, sobald die Karte voll ist«, sagte Hauke.

»Hier, ich hab ihn.« Peter kam mit dem Adapter zurück.

Hauke schob die Karte in die vorgesehene Öffnung und verband das Kabel mit seinem Rechner. Auf dem Bildschirm ploppte ein neues Icon auf. Er wählte es mit einem Doppelklick aus. Automatisch öffnete sich ein Fenster. »Na, da bin ich ja mal gespannt.«

Auf dem Monitor erschienen mehrere Dateien. Nachdem er eine ausgewählt hatte, klickte er auf den Pfeil, und vor ihnen tauchte das Zimmer von Henriette auf. Der Weitwinkel der Kamera erfasste fast den gesamten Raum. Den Fokus bildete die Sitzecke. Rechts im Anschnitt erkannten sie den Esstisch. Eine ganze Weile passierte nichts. Nur ab und zu ging Henriette durch das Bild und kam wieder zurück.

»Wie viel Material ist es?«, fragte Philip.

»Das war eine 128-GB-Speicherkarte. Kommt natürlich auf die Qualität der Aufnahmen an. Ein paar Stunden werden es wohl sein.«

»Wer hat die Aufzeichnung gemacht?«, fragte Peter.

»Erst dachte ich an Weber«, begann Hauke, unterschlug allerdings den peinlichen Vorfall vorhin. »Aber der scheint nichts von der Kamera zu wissen, oder er hat sich nichts anmerken lassen. Vielleicht gehörte sie aber auch deiner Freundin.« Hauke setzte ein anzügliches Lächeln auf. »Gibt es da etwas, was du uns erzählen möchtest?«

»Halt die Klappe. Wie oft soll ich noch sagen, dass wir nur Freunde waren.«

»Schon gut, war ja nur ein Scherz.«

Peter überging Haukes Entschuldigung. »Wieso sollte sie ihr eigenes Zimmer überwachen?«

»Hat den Angestellten vielleicht nicht getraut.«

»Ich glaube nicht, dass Henriette sich mit so etwas auskannte.«

»Hatte Sie einen Computer, Tablet, Smartphone?«, fragte Hauke.

»Nicht dass ich wüsste.«

»Hauke, ich möchte, dass du dir alle Aufnahmen ansiehst«, bestimmte Philip.

»Wieso er und nicht ich?«, fragte Peter aufgebracht.

»Weil du befangen bist. Tut mir leid«, erwiderte Philip.

Peter verzog das Gesicht.

»Keine Angst, Kollege, ich schaue die mir ganz genau an.«

»Ja, ja.«

»Habt ihr sonst noch etwas herausgefunden?«, fragte Philip.

Hauke berichtete ihnen von dem Rest ihres Besuches. Bei den Namen Jochen Kunstmann und Gerd Kiefer klingelte es bei Peter sofort. Sie stammten beide aus Kophusen. Kunstmann, ein erfolgreicher Architekt, hatte sich vor etlichen Jahren in München niedergelassen. Kiefer war angesehener Rechtsanwalt und nach Düsseldorf gezogen.

»Die beiden Frauen kenne ich nicht.« Peter tippte die Namen in das Suchfeld ihrer internen Datenbank. »Nichts. Keine Suchergebnisse.«

Was hat er denn erwartet, dachte Hauke. Ein paar reiche alte Leute, die ihren Lebensabend im Nobelheim verbrachten, waren doch nicht automatisch gesuchte Verbrecher. Er schüttelte den Kopf. Philip berichtete von Henriettes Testament und von seinem Gespräch mit Dr. Hecht.

»Wann ist die Leichenschau?«, fragte Hauke.

»Das hat der Doktor mir nicht verraten. Ich schätze, morgen oder übermorgen«, erwiderte Philip.

»Ist schon interessant, dass Henriette ihre Kohle diesem Laden spendet.«

»Um genau zu sein, ist es ja nur ein Teil. Aber ich sehe das genauso wie Hauke. Weber hat von dem Testament gewusst. Und wenn die jetzt anfangen, den Klinikbereich unten im Keller auszubauen, brauchen die sicher mehr Geld denn je«, mutmaßte Peter.

»Eine Privatklinik im Souterrain erscheint mir nicht sehr exklusiv«, wandte Philip ein.

»Kommt darauf an. Wenn du als Insasse nur mal schnell ein Stockwerk tiefer musst, um deinen Oberschenkelhalsbruch operieren zu lassen, finde ich das ganz schön kommod«, meinte Hauke.

»Außerdem heißt es auf der Website der Stiftung, dass Kophusen nur das Pilotprojekt ist. Die planen weitere, größere Einrichtungen dieser Art«, ergänzte Peter.

»Trotzdem. Warum hat Weber nicht gleich ein passenderes Gebäude ausgesucht?«, fragte Philip.

»Aus Mangel an Startkapital? Jeder fängt mal klein an«, entgegnete Hauke.

»Ausgerechnet in der Elbmarsch?«

»Philip, überleg mal«, setzte Hauke an, »ein Schuppen wie der ist in unserem Kaff doch erheblich billiger als in Blankenese oder sonst wo. Blick auf die Elbe gibt es hier auch. Außerdem stehen die Leute auf so einen edlen Landhaus-Quatsch. Entschleunigung, sage ich nur.«

»Das stimmt. Gekocht wird nur aus regionalen Produkten vom Demeter-Hof aus Horst. Toller Hofladen.«

»Seit wann kaufst du bitte im Hofladen ein?« Hauke sah seinen Freund misstrauisch an.

»Seit ich eine Dokumentation darüber gesehen habe, wie Tiere konventionell gehalten werden. Hast du dir die Tierquälerei mal angeschaut? Außerdem will ich mein Gemüse nicht mit Pestiziden vergiftet haben.«

Hauke rollte mit den Augen. »Hat dieser Yogafritze dir das eingetrichtert?«

»Nein, da bin ich von ganz alleine drauf gekommen. Stell dir vor.« Peter hatte schon damals immer die teuren Öko-Äpfel von der alten Deterding gekauft. Aber da war Marion die treibende Kraft gewesen. »Ich zeige dir mal den Film, den ich über Tiertransporte gesehen habe. Da wird dir speiübel, mein Lieber«, ereiferte er sich.

»Ich will so etwas nicht sehen.«

»Ja, immer schön die Augen zumachen. Davon wird die Welt aber nicht besser.«

»Ach, aber davon, überteuertes Gemüse einzukaufen?«

»Das ist nicht überteuert. Arbeit muss bezahlt werden. Weißt du, wie mühsam so eine Ernte ist, ohne die Hilfe von Pestiziden und diesem ganzen chemischen Dreck?«

Jetzt musste Hauke aufpassen. Wenn Peter sich derart aufregte, konnte die Diskussion noch Stunden dauern, und darauf hatte er keine Lust. Hilfe suchend sah er zu Philip. Der war in seine Gedanken abgetaucht und starrte Löcher in die Luft. Na toll.

»Guck dir mal die Massentierhaltung an. Diese armen Viecher hacken sich gegenseitig die Augen aus und kommen reihenweise ums Leben. Hast du eine Ahnung, wie lange die Schweine in so einem LKW eingepfercht sind?«

»Ja, du hast recht und ich habe meine Ruhe.«

»Du bist ein ignoranter Esel. Selbst Rosi ist umgestiegen.«

Hauke stutzte und warf Peter einen ungläubigen Blick zu. »Was?«

»Ja, wusstest du nicht, was? Frag sie mal. Nur noch Fleisch aus artgerechter Tierhaltung und zertifiziertes Gemüse.«

»Du spinnst ja.«

»Nein. Kannst mal sehen, wie viel sie dir nicht erzählt, weil du so ein verbohrter, sturer Esel bist.«

Er war sprachlos. Rosi war jetzt eine dieser Ökotanten? Was verheimlichte sie ihm noch alles? Zugegeben, seine Beziehung zu Sophie hatte ihn mächtig abgelenkt, aber das würde sich ändern. Es war Zeit, die Zügel wieder in die Hand zu nehmen.

Philip sprang vom Tresen. »Um offiziell eine Ermittlung einzuleiten, brauche ich Beweise oder zumindest Indizien. Wenn die Obduktion eine Fremdeinwirkung ausschließt, müssen wir die Sache leider abhaken. Es sei denn, wir finden etwas auf den Aufzeichnungen.«

Verstohlen warf Hauke einen Blick zu Peter, der ihn funkelnd erwiderte. Die Diskussion war noch nicht beendet. Philip nahm die Jacke vom Haken. »Einen schönen Feierabend euch beiden. Und bitte, kommt mir unversehrt morgen wieder.«

»Sehr witzig.«

Ihr Chef schloss die Tür hinter sich und ließ sie allein zurück.

»Tut mir leid, Peter.« Hauke unterbrach das Schweigen und schob seinem Kollegen den Teller mit den Haferkeksen über den Tisch. »Komm, nimm dir einen, und dann gehen wir zu Rosi und essen einen halben Öko-Hahn.«

»Du bist ein wahrer Freund, auch wenn du mich manchmal zur Weißglut bringst.«

Hauke nickte. »Ich weiß.«

10

Am nächsten Morgen vibrierte Goldbergs Telefon. Erstaunt über den frühen Anruf, stellte er die Tasse auf dem Abtropfgitter der Spüle ab und griff nach dem Handtuch. Die Hände notdürftig abgetrocknet, nahm er das Gespräch an. Es war Dr. Hecht, der ihm von der Leichenschau, die er heute früh bereits durchgeführt hatte, berichtete. Dabei war er auf Injektionsorte der zweiten Wahl gestoßen, Einstichstellen, die sich momentan nicht genauer bestimmen ließen. Prof. Weber sei bereits darüber informiert worden, erklärte er und fügte hinzu, dass auch seinem geschätzten Kollegen keine plausible Erklärung dafür eingefallen war. Deshalb hatten sie einstimmig beschlossen, die Staatsanwaltschaft einzuschalten. Wie schön, dachte Goldberg, dass die beiden Mediziner sich einig waren. Wenn Weber etwas mit den Stichen zu tun hatte, war er jetzt jedenfalls gewarnt.

Doch Goldberg ließ Hechts Gedankenlosigkeit unerwähnt. Es war ohnehin zu spät.

»Das ist sicherlich in Ihrem Sinne, Herr Goldberg«, schloss Dr. Hecht seinen Bericht.

»Wo haben Sie die Einstichstellen gefunden?«

»Zwischen den Zehen. Mehr oder weniger frisch.«

»Drogen?«

»Möglich.«

»Was könnte es sonst gewesen sein?«

»Zu diesem Zeitpunkt wäre das reine Spekulation. Ich lasse Sie es wissen, sobald ich belastbare Ergebnisse habe. Auf Wiederhören, Herr Goldberg.«

»Auf Wiederhören, Dr. Hecht, und danke.« Er ließ das Telefon nachdenklich in der Hand kreisen. Einstichstellen an den Füßen kannte er von Drogenkonsumenten, die nicht wollten, dass man ihre Abhängigkeit bemerkte, oder Alternativen brauchten, weil ihre Arme bereits mit Nadelstichen übersät waren. Bei Henriette konnte er sich weder das eine noch das andere vorstellen. Weber musste sie übersehen haben, was sicher nicht ungewöhnlich war. Er wählte Haukes Nummer.

»Gibt es etwas Neues von den Aufnahmen?«

»Mann, es ist grad mal halb neun. Ich bin noch auf dem Weg zur Wache.«

»Du bist zu spät, Hauke.«

»Das sagt der Richtige.«

»Ich muss heute früh noch etwas erledigen, bevor ich zum Revier komme.«

»Und was?«

»Sage ich euch, wenn ich wieder zurück bin. Wie geht es Peter?«

»Gut. Ich war gestern mit ihm bei Rosi. Meine Mutter und er können sehr überzeugend sein.«

»Kümmere dich um die Aufnahmen.« Damit beendete er das Telefonat. Die Einstichstellen hob er sich für später auf. Bevor er losfuhr, rief er in der ELB-Residenz an. Er verabredete sich mit Prof. Weber und einige Minuten später saß er in seinem Saab.

Auf dem Weg zum Stift dachte er darüber nach, ob jemand wie Henriette drogenabhängig sein oder einen Hang zur Überwachung haben konnte. Es erschien ihm unglaubwürdig. Aus welchem Grund sollte sie ihr eigenes Zimmer observieren, außer sie misstraute dem Personal? Vielleicht hatte es in der jüngsten Vergangenheit Diebstähle gegeben, aber besorgte sich eine Ende-Sechzig-Jährige gleich eine Überwachungskamera? Oder aber Henriette hatte gar nichts von der Kamera gewusst. Möglicherweise hatte Weber die Kamera installiert, um seine Reisenden zu überwachen. Eine Vorsichtsmaßnahme, falls einem etwas zustieß? Er musste herausfinden, ob es in den anderen Appartements auch diese Radios samt Kamera gab. Auf der schmalen Straße setzte der Saab in einem der Schlaglöcher auf. Er drosselte die Geschwindigkeit, bis er die Einfahrt des Stifts erreichte. Das Kopfsteinpflaster war ebenso alt wie das Gebäude selbst. Langsam rumpelte der Wagen die wenigen Meter bis zum Parkplatz. Goldberg stieg aus und stapfte über den weißen Kies.

Weber empfing ihn im Salon. Er sah besorgt aus. Prompt entschuldigte sich Weber, dass ihm selbst die Einstichstellen an Henriettes Füßen verborgen geblieben waren. Er sicherte ihm seine volle Unterstützung zu und brachte ihn in eine Kammer im ersten Stock, in der man Henriettes Sachen vorläufig untergebracht hatte. Ein richterlicher Beschluss war nicht nötig. Der Professor drückte ihm die Schlüssel in die Hand.

»Meine Mitarbeiter haben es noch nicht geschafft, das Zimmer von Frau Stein komplett zu räumen. Die Möbel stehen noch. Aber die persönlichen Gegenstände sind so gut wie alle hier. Sehen Sie sich es gerne in Ruhe an. Vielleicht finden Sie ja etwas, das uns Aufschluss gibt. An dem Bund ist auch der Schlüssel zu ihrem Appartement. Nummer sechs, den Gang entlang.«

»Haben Sie ein Mobiltelefon oder einen Laptop gefunden?«

Weber verneinte, versprach aber, seine Mitarbeiter zu befragen. Dann entschuldigte er sich mit den Worten, er müsse zur Visite, und verschwand. Goldberg schloss die Tür auf und betrat den Raum. Er schaltete das Licht an. Das Zimmer hatte sicher früher als Speisekammer gedient. Auf alten Holzregalen standen einige Kartons mit der Aufschrift Henriette Stein. Er schloss die Tür hinter sich, zog die Einweghandschuhe über und begann mit der Durchsuchung.

Neben Kleidung und einigen alten Fotos fand er auch kleinere Alltagsdinge. Anscheinend besaß sie keinen Schnickschnack, der sinnlos auf Regalen

einstaubte. Alles war fein säuberlich in Papier ein-
gewickelt, als wolle die Bewohnerin nur umziehen.
Es war traurig zu sehen, was am Ende übrig blieb.
Ein gelebtes Leben, verpackt in fünf Pappkartons.
Ihm fiel seine Mutter ein und er hoffte, dass ihnen
beiden dieses Schicksal möglichst lange erspart blieb.
Nachdem er mit den Kartons fertig war, verließ er
die Kammer und nahm sich das Appartement vor.
Wie immer überfiel ihn ein beklemmendes Gefühl,
wenn er sich in der Wohnung eines Toten befand. Er
kam sich wie ein Eindringling vor, ein uner-
wünschter Gast, der sich an den Habseligkeiten der
Verstorbenen zu schaffen machte. Selbst nach so
vielen Jahren hatte sich dieses Gefühl nicht gelegt.
　　Systematisch inspizierte er die Möbelstücke.
Doch die Schränke waren bereits ausgeräumt und
deren Inhalt in den Kartons verpackt worden, die
in der Kammer lagerten. Ob die Bücher Henriette
gehört hatten oder als Inventar dienten, wusste er
nicht. Er ließ vom Schrank ab und ging ins Schlafzimmer. Man hatte das Bett mit einem weißen
Laken abgedeckt. Der Kleiderschrank war ebenfalls
leer. Vorsichtig setzte er sich auf die Matratze.
Manchmal hatte er das Gefühl, dass er den Geist
eines Toten in der Wohnung spüren konnte. Hier
ging es ihm ähnlich. Er hätte sich nicht gewundert,
wenn Henriette plötzlich aus dem Bad gekommen
wäre. Er richtete seinen Blick auf den Nachttisch,
der neben dem Bett stand. In manchen Hotels gehörte eine Bibel zur Standardausstattung, ob das
hier auch so war? Neugierig zog er die Schublade
auf. Keine Bibel. Stattdessen fiel sein Blick auf ein

transparentes Stück Papier, das man leicht übersehen konnte. Er zog die Lade bis zum Anschlag auf.
Der DIN-A5-Bogen war ganz nach hinten ge-
rutscht. Behutsam nahm er ihn heraus. Bei dem
Anblick der zwei krakelig gemalten Kreise, die
nicht größer als seine Fingerkuppe waren, beschlich
ihn ein seltsames Gefühl. Er drehte das Papier um.
Weiter unten stand eine Zahl und daneben las er,
ebenso krakelig geschrieben: Die Lichtung. Was
hatte das zu bedeuten? Vorsichtshalber faltete er den
Bogen und schob ihn in die Innentasche seines
Sakkos. Zuletzt nahm er sich Bad und Küche vor,
doch er fand nichts Auffälliges.

Auf der Fahrt hierher hatte er sich vorgenommen, zumindest in eine der anderen Einheiten
einen Blick zu werfen. Goldberg verließ Henriettes
Appartement und sah sich auf dem Flur um. An der
nächstbesten Tür blieb er stehen. Er klopfte. Nichts
geschah. Erst bei der fünften Tür öffnete ihm ein
alter Mann im Schlafanzug, der ihn aus glasigen
Augen anstarrte.

»Sie sind nicht Schwester Katrin«, bemerkte er.

»Das stimmt. Mein Name ist Goldberg. Philip
Goldberg.«

Das Unterhemd des Alten war fleckig. Den kno-
chigen Arm auf einen Stock gestützt, musterte er
ihn argwöhnisch. »Und was wollen Sie von mir?«

»Ich möchte mich gerne mit Ihnen unterhalten.
Wissen Sie, ich überlege, ob dies der richtige Platz
für meine Eltern ist, und da dachte ich ...« Weiter
kam er nicht, der alte Mann unterbrach ihn.

»Und da wollen Sie von mir erfahren, ob es mir hier gefällt?«

»Gewissermaßen ja. Prof. Weber lobt sein Haus in den höchsten Tönen. Ich würde gerne wissen, ob es tatsächlich so angenehm ist, wie es nach außen hin scheint.«

Der Alte zögerte. Er schien weitaus gebrechlicher zu sein als die anderen Bewohner. Und deutlich misstrauischer.

»Es dauert nicht lange«, versprach Goldberg.

Sein Gegenüber nahm den Stock in die linke Hand und zog die Tür auf. Er schlurfte in den Raum. Der Kommissar schlüpfte durch den Türspalt. Diese Wohneinheit schien nur aus einem einzigen Zimmer zu bestehen, das zugleich Schlaf- und Wohnzimmer war. Eine weitere Tür auf der linken Seite führte sicher ins Bad, schätzte Goldberg.

»Also, was wollen Sie wissen?«

»Ich versuche, mir ein realistisches Bild vom Leben hier zu machen.« Während der Kommissar erklärte, dass er unsicher war, ob dieser Platz das viele Geld wert sei, sah er sich unauffällig um. Der Mann hatte sich auf die Bettkante gesetzt und hörte ihm zu. Seine faltige Haut hing an den nackten Armen hinunter. Die Füße ragten aus der Schlafanzughose, aber auf diese Entfernung war es unmöglich zu erkennen, ob auch er Einstichstellen zwischen den Zehen hatte. Nach wenigen Minuten verflüchtigte sich das Misstrauen des Mannes, und er wurde redselig. Goldberg ließ seinen Blick wandern. In dem Zimmer herrschte Unordnung. Offene Medikamentenschachteln lagen auf dem Tisch verteilt.

Hier sah es schon deutlich mehr nach einem Altersheim aus. Doch weder auf dem Sideboard noch in den Regalen fand er ein Radiogerät wie bei Henriette. Nichts, das auf eine versteckte Kamera hindeutete.

»Zum Glück hat meine Tochter einen reichen Mann geheiratet, der das alles hier bezahlen kann. Von der lausigen Rente, die ich bekomme, wäre das nicht möglich.«

»Ich verstehe.«

»Wenn Sie es sich leisten können, schicken Sie Ihre Eltern ruhig hierher. Sind zwar 'ne Menge Lackaffen hier, aber von denen bekomme ich nicht viel mit. Bin die meiste Zeit auf dem Zimmer. Meine Knochen machen nicht mehr mit.«

»Oh, das tut mir leid.«

»So ist das, wenn man alt wird.«

»Und die medizinische Versorgung? Kümmert man sich gut um Sie?«

»Kann mich nicht beklagen. Die Schwestern nehmen sich Zeit und sind sehr geduldig mit mir. Kein Vergleich zu anderen Heimen. Wenn ich mit Franz telefoniere, dann ist der immer ganz traurig. Der ist auch in einem Heim. Aber da herrschen andere Verhältnisse.«

Goldberg nickte. Das konnte er sich zweifelsfrei vorstellen. Um nicht unhöflich zu erscheinen, wechselten die beiden Männer noch einige Worte, bevor er sich verabschiedete. Kurz darauf stand er wieder im Salon und wartete. Er wollte mit Prof. Weber sprechen, der allerdings noch mit einem Reisenden beschäftigt war, wie man ihm am Empfangstresen mitgeteilt hatte. Goldberg setzte sich in einen der Sessel. Seine Stimmung war gedrückt. Aber was hatte er von dem Besuch erwartet? Dass er in jedem Zimmer eine der getarnten Kameras fand, mit denen sie ihre Reisenden unter Beobachtung stellten?

Weber trat ein. »Herr Goldberg, ich hoffe, Sie mussten nicht zu lange warten?«

»Nein.« Er stand auf.

»Haben Sie etwas Aufschlussreiches finden können?«

»Leider nicht. Ich fürchte, wir müssen auf das Ergebnis der Obduktion warten.« Der Professor nickte. »Können Sie sich vorstellen, dass Frau Stein Drogen genommen hat? Hätten Sie das bemerkt?«

»Nein, das kann ich mir nicht vorstellen und ja, wir hätten das bemerkt. Wir haben unsere Reisenden unter strenger ärztlicher Kontrolle.«

»Verstehe. Ist Ihnen etwas an Frau Stein aufgefallen in den letzten Tagen?«

»Wie meinen Sie das?«

»War ihr Verhalten anders als sonst?« Weber überlegte kurz. Dann schüttelte er den Kopf. »Wären Sie so freundlich, mir vorsorglich eine Liste sämtlicher Bewohner zukommen zu lassen?«

»Herr Goldberg«, Webers Stimme senkte sich, »Sie verstehen, dass ein Haus wie unseres auf Diskretion angewiesen ist. Außerdem sehe ich keinen Grund dafür. Frau Stein ist ja nichts zugestoßen.«

»Wenn ich mich nicht irre, ist das hier eine Seniorenresidenz und kein Safe House für ehemalige Geheimagenten.«

»Nein, natürlich nicht. Aber wir sichern unseren

Reisenden eine geschützte Atmosphäre zu. An die bevorstehende DSGVO ab 2019 muss ich Sie als Staatsbeamten wohl nicht erinnern.«

»Prof. Weber, wenn sich herausstellen sollte, dass Frau Stein eines gewaltsamen Todes gestorben ist, wird es mit Ihrer geschützten Atmosphäre vorbei sein. Dann ist das eine Mordermittlung. Das ist Ihnen hoffentlich klar. Wenn erst die Kriminalpolizei und die Staatsanwaltschaft ermitteln, wird es für Sie weitaus ungemütlicher.«

Weber sah ihn an. Er schien sich das Aufheben um sein kostbares Projekt vorzustellen. Es dauerte nicht lange und er nickte zustimmend. »Ja, Sie haben recht. Je eher wir dieses Missverständnis aus der Welt räumen, desto besser. Kommen Sie, Elenor wird Ihnen die Liste geben. Aber ich bitte Sie, diese Informationen äußerst vertraulich zu behandeln.«

»Selbstverständlich.«

»In diesem Haus wohnen einige sehr angesehene Menschen, die auf unsere Verschwiegenheit zählen.«

»Ich verstehe.«

»Gut. Ich danke Ihnen.«

»Eine Frage habe ich noch. Auf Ihrer Internetseite steht etwas von einem geplanten Fachzentrum. Warum haben Sie sich ausgerechnet Kophusen als Standort ausgesucht?«

Prof. Weber lächelte. »Um ehrlich zu sein, ist meine Großmutter daran schuld.« Goldberg sah ihn fragend an. »Die Mutter meines Vaters besaß früher einen alten Hof in Grevenkop. Als Junge liebte ich diese Gegend. Ich habe einige Sommerferien hier verbracht. Eine wundervolle Zeit, an die ich mich gerne erinnere. Wie Sie sehen, bin ich sentimental. Das ist alles.«

Wenig später saß Goldberg in seinem Saab. Er starrte durch die Windschutzscheibe. Prof. Weber war sehr hilfsbereit gewesen. Die Liste der Bewohner hätte er nicht rausgeben müssen. Und trotzdem blieb ein schaler Beigeschmack zurück. Es fiel ihm schwer, es präziser zu beschreiben. Irgendetwas störte ihn. Er würde warten, bis es an die Oberfläche seines Bewusstseins schwappte. Hoffentlich war es dann nicht zu spät.

11

Auf der Wache herrschte Stille. Peter saß konzentriert am Rechner, während Hauke unablässig auf seinen Bildschirm starrte, einen riesigen Kopfhörer über den Ohren. Die Aufzeichnungen der Kamera langweilten ihn. Die meisten hatte er bereits durchgesehen, aber außer ein paar Besuchen seiner Mutter war nichts Besonderes passiert. Der Ton der Aufnahmen war so mies, dass er nicht einmal hören konnte, was die beiden Frauen besprochen hatten. Größtenteils sah er Henriette allein. Im Sessel, am Esstisch oder auf dem Weg in die Küche. Auf Hauke machte es den Eindruck, als würde sie von der Existenz der Kamera gar nichts wissen. Sie verschwendete nicht einen prüfenden Blick auf das Gerät, geschweige denn, dass sie sich die Aufzeichnungen irgendwann ansah. Hauke bekam immer mehr das Gefühl, dass niemand von der Existenz dieser Kamera wusste. Kein Arsch kümmerte sich um das verfluchte Ding, was den Schluss nahelegte, dass die Aufzeichnungen von einer anderen Person außerhalb des Heims über einen Stream verfolgt wurden. Wenn das der Fall war, hatten sie diesen Jemand mit dem Diebstahl aufgeschreckt. Hauke unterbrach die Aufnahmen und klickte auf Pause. Er brauchte einen Kaffee.

»Und?«, fragte Peter.

»Keine Angst, ich habe euch nicht in flagranti ertappt.«

»Das konntest du auch gar nicht. Ich habe sie nie dort besucht.«

»Na, Gott sei Dank.« Noch im selben Augenblick tat ihm seine Bemerkung leid. Das kam so gut wie nie vor, doch jetzt bedauerte er es. »Entschuldige, ich …« Er beendete den Satz nicht, weil ihm die richtigen Worte fehlten. Aber das war auch nicht nötig, Peter wusste, was er meinte.

»Wäre schön, wenn du zur Abwechslung mal etwas sensibler sein könntest.«

Hauke nickte und gelobte gedanklich Besserung. Aus der Küche zurück, setzte er sich wieder an den Bildschirm. Mehrmals war er versucht, einfach vorzuspulen, um zu sehen, ob die Kamera den Todeszeitpunkt aufgezeichnet hatte. Doch Philip hatte ihn gebeten, damit zu warten, bis er auf der Wache eintraf. Gehorsam stülpte er sich die Kopfhörer über und klickte auf Play.

Derweil war Peter dabei, das Personal des Stifts zu überprüfen. Die Internetseite lieferte nur einseitige Informationen, sodass er sie sicherheitshalber alle durch die Datenbank laufen ließ. Fehlanzeige. Keiner der auf der Seite aufgeführten Angestellten hatte sich etwas vorzuwerfen. Er verlagerte die Suche ins Netz. Inzwischen war es ein fester Bestandteil seiner Arbeit. Am Anfang hatte er nicht glauben können, wie leicht es war, an Informationen zu kommen. Was manche Leute freiwillig im Internet über sich preisgaben, war erstaunlich und besorgniserregend. Aber gut für ihn. So stieß er im Zusammenhang mit Weber auf einen Beitrag in einem Gesundheitsportal, in dem man Einrichtungen sowie Ärzte bewerten konnte. Darunter fand er eine Bemerkung von Kätzchen22, die sich ausführlich über angebliche Machenschaften in einer gewissen Waldresidenz zur Tanne ausließ.

»Dieser hochnäsige Doc hat nur das Dollarzeichen im Blick und kümmert sich einen Scheiß um die alten Leute. Hauptsache, Kohle. Wenn es euch darum geht, ein nettes Heim zu finden, dann lasst bloß die Finger von diesem sogenannten Professor Weber.«

Peter durchforstete sämtliche Beiträge. Einige stimmten Kätzchen22 zu, während andere sie wegen ihrer scharfen Kritik angriffen. Er druckte die betreffenden Einträge aus und notierte sich den Namen der Einrichtung. Im Zuge der Recherche stieß er auf weitere Bewertungen, die alle ähnlich klangen. In einem Beitrag war von Abzocke die Rede.

Der Internetauftritt der Waldresidenz zur Tanne war nicht mehr zu finden. Einem Zeitungsbericht zufolge war die Einrichtung in Monreal vor neun

Jahren geschlossen worden. Er fand ein paar Fotos des früheren Heims in dem Achthundert-Einwohner-Dorf in der Eifel. Wirklich hübsch, dachte er. Eines davon druckte er für sein Dossier aus. Abgesehen von zahlreichen Bildern fand er viele Beiträge über Weber im Netz. Peter musste zugeben, dass sein Werdegang eindrucksvoll klang. Nachdem er promoviert hatte, veröffentliche er zahlreiche medizinische Abhandlungen zum Thema Geriatrie, die Peter nur flüchtig las. Als er alles zusammengestellt und ausgedruckt hatte, knöpfte er sich Elenor Weiß vor. Im Gegensatz zu Weber, war sie erst nach ihrem Medizinstudium in die Staaten gegangen. Peter vermutete, dass sie sich dort kennengelernt hatten. Aber anstatt Karriere als Ärztin zu machen, hängte sie ein BWL-Studium dran, das sie in erstaunlicher Geschwindigkeit abschloss, und ging ins Management. Jetzt wurde ihm klar, woher die potenten Sponsoren für Webers Pläne kamen. Elenor verfügte über gute Kontakte in die Wirtschaft. Die unzähligen Bilder von Charity-Veranstaltungen überflog er rasch. Ihm war dieses wohltätige Gehabe zuwider. Entweder man spendete Geld oder man ließ es. Die Tür ging auf und Philip trat ein. Die beiden Beamten sahen auf.

»Peter, ich habe eine Liste aller Bewohner des Stifts. Kannst du die bitte checken?«, sagte er ohne ein Wort der Begrüßung.

»Klar, leg sie hier hin.« Peter deutete auf den Ablagekorb.

Hauke nahm die Kopfhörer ab. »Endlich kann ich vorspulen.«

Philip überging die Bemerkung. »Ich habe noch etwas für dich. Kennst du das?«

Er griff in die Innentasche des Leinensakkos und zog ein Stück Papier heraus. Es sah aus wie das Pauspapier, mit dem Peter früher Comics abgezeichnet hatte. Er schüttelte den Kopf. Woher sollte er das kennen?

»Ich habe es in Henriettes Nachttisch gefunden. Magst du dir das mal genauer ansehen?«

Peter nickte. Er nahm den Bogen und betrachtete ihn. Die winzigen Kreise irritierten ihn, aber auf die Schnelle konnte er nichts damit anfangen. Auf der anderen Seite las er Die Lichtung und entdeckte eine Zahl. Irgendwie kam es ihm bekannt vor, aber es blieb keine Zeit, darüber nachzudenken, woher er die Worte kannte. Stattdessen brachten sie sich gegenseitig auf den neusten Stand.

»Können wir dann endlich diese Aufzeichnungen abschließen?«

»Lass mal sehen.« Philip rollte den Chefsessel aus seinem Büro an Haukes Schreibtisch. Peter gesellte sich zu ihnen. Wohl war ihm dabei nicht. Widerwillig verfolgte er die Bilder im Suchlauf.

»Stopp«, rief Philip. Hauke klickte auf Pause. »Von da ab will ich es sehen.«

Die Zeitanzeige am unteren Bildrand zeigte vierzehn Uhr zehn an. Am Todestag. Peter spürte ein Unbehagen aufsteigen. Wollte er das wirklich mit ansehen? Er schüttelte den Kopf. »Entschuldigt, aber ich kann das nicht«, entschied er und eilte zurück auf seinen Platz.

Auf dem Bildschirm erschien Henriette. Für ihr Alter sah sie ganz passabel aus, fand Hauke. Peter hätte keinen schlechten Fang gemacht. Hauke warf ihm einen flüchtigen Blick zu, verkniff sich aber eine Bemerkung. Philips Schlag auf die Schulter ließ ihn hochschrecken.

»Aua!«, rief er. »Was soll das?«

»Sieh dir das an.«

Hauke wandte den Kopf wieder zum Bildschirm. »Ach nee.«

»Was ist passiert?«, fragte Peter, der Mühe hatte, auf seinem Platz sitzen zu bleiben.

Hauke ignorierte die Frage. Denn auf dem Bildschirm geschah endlich etwas Aufregendes. Zum ersten Mal hatte sie ihren Blick direkt in die Kamera gerichtet. Sie schaute noch immer in die Linse. Es kam ihm vor, als würde sie sie ansehen, was natürlich Unfug war. Trotzdem blieb das Gefühl, von dieser Frau ertappt worden zu sein. Henriette schien zu überlegen. »Sie hat definitiv von der Kamera gewusst«, stellte Hauke fest.

»Nur weil sie in die Kamera schaut? Das heißt nicht, dass es ihre war. Sie kann auch einfach von der Existenz der Kamera gewusst haben«, widersprach Philip.

»Wieso …« Peter sprang vom Stuhl auf.

»Psst«, machte Hauke.

Peter verstummte zwar, aber er hielt es nicht länger auf der anderen Seite des Tisches aus und hastete zu ihnen hinüber. Henriette machte gerade einen Schritt auf die Kamera zu, entschied sich jedoch anders und setzte sich wieder in den Sessel.

»Die wartet auf jemanden«, bemerkte Hauke.

»Ja, auf Bärbel. Wieso wollte sie das filmen?«, fragte Peter.

Es folgten einige Minuten, in denen nichts weiter geschah. Doch dann bewegte sie sich und öffnete den Mund. Der Ton war grauenhaft, sie verstanden kein Wort von dem, was Henriette sagte. Plötzlich erhob sie sich und verschwand aus dem Bild.

»Was macht sie denn jetzt?« Peter war aufgeregt.

»Beruhige dich«, flüsterte Hauke.

Kurze Zeit später kam sie mit einer Gestalt zurück ins Bild. Der Mann stand mit dem Rücken zur Kamera. Sein Gesicht war nicht zu erkennen.

»Scheiße, verflucht, dreh dich um«, stieß Hauke hervor.

Außer einem unverständlichen Gemurmel war nichts zu hören. Scheinbar funktionierte das Mikrofon nicht vernünftig. Mit einer entsprechenden Geste bat Henriette den Fremden, Platz zu nehmen, doch der schüttelte den Kopf.

»Wer ist das?«, flüsterte Peter mehr zu sich selbst.

»Könnte das Weber sein?«, fragte Hauke.

»Nein, der hat eine schmalere Statur«, erwiderte Philip.

»Sie geht in die Küche«, bemerkte Peter, der hörbar nervöser wurde.

Henriette verschwand erneut aus dem Sichtfeld. Am rechten Bildrand war der Türrahmen zu sehen. Dann setzte sich die Gestalt in Bewegung. Der Mann machte einen Schritt auf die kleine Sitzgruppe zu, wobei er etwas aus seiner Anzugjacke holte.

»Halt an«, befahl Philip. Hauke stoppte die Aufzeichnung. »Seht ihr das?«

Zeitgleich beugten sich die Köpfe der Beamten vor.

»Das ist eine Tüte«, sagte Peter.

»Ja, aber könnt ihr erkennen, was da drin ist?«

Wie aufs Stichwort beugten sich die drei Köpfe ein weiteres Stück vor.

»Nee, ne?« Ungläubig zog Hauke den Kopf zurück, um ihn gleich wieder nach vorne zu schieben. »Ist das Kokain oder was?«

»Quatsch.« Peter schlug mit der flachen Hand gegen Haukes Hinterkopf.

»Aua. Sag mal, geht's noch? Ich kann doch nichts dafür.«

»Henriette und Kokain. Du spinnst ja.« Peter strafte ihn mit einem wütenden Blick.

»Das ist eindeutig weißes Pulver.«

»Na und? Das kann alles Mögliche sein.«

»Ach, und was bitte?«

»Lass die Aufzeichnungen weiterlaufen«, unterbrach Philip.

Die Bilder setzten sich wieder in Bewegung. Fassungslos starrte Hauke auf den Mann, der das Tütchen jetzt gut sichtbar in der Hand hielt. Immer noch mit dem Rücken zur Kamera, stoppte er vor dem Tisch. Das Einzige, das sie erkennen konnten, war, wie die leere Hand zurück in die Anzugtasche glitt. Hauke stoppte die Aufnahme.

»Um Gottes willen. Dieser Kerl hat sie vergiftet. Er hat Gift in die Sherryflasche geschüttet.« Peter war außer sich.

»Und wo ist das Tütchen abgeblieben?«, fragte Hauke.

»Philip, du musst Hecht anrufen. Die müssen Henriettes Mageninhalt untersuchen. Das ist der Beweis, jemand hat sie umgebracht.«

»Bleib geschmeidig, Peter, das machen die so oder so.« Hauke bereute seine Formulierung sofort.

»Geschmeidig? Hast du sie noch alle?«

Aufgeregt stapfte Peter durch den Raum. Hauke warf Philip einen besorgten Blick zu. Der nickte. »Keine Sorge, ich rufe Hecht sofort an.«

Philip zückte seine alte Nokia-Möhre. Hauke blieb hilflos sitzen und begann, sich ernsthaft Sorgen um seinen Freund zu machen.

12

Goldberg hatte Dr. Hecht am Telefon über die Aufzeichnungen informiert, der wie erwartet nicht sonderlich beeindruckt schien. Er erklärte, sobald die Staatsanwaltschaft Frau Stein zur Obduktion freigab, werde er sie nach Hamburg überführen lassen, und selbstredend nahm man sich dort sämtliche Organe vor. Die Ergebnisse werde er ihnen unverzüglich mitteilen. Für einen gewöhnlichen Amtsarzt maßte er sich viel Bedeutung an, dachte Goldberg. Er hoffte, der Rechtsmediziner in Hamburg würde ihm einen ordentlichen Dämpfer verpassen. Bedauerlicherweise kam Henriettes Leichnam nicht in die Kieler Rechtsmedizin. Mit Bruno konnte man wenigstens vernünftig sprechen.

Es hatte gedauert, bis Peter sich wieder einigermaßen im Griff hatte. Hauke war mit ihm zu Rosi gegangen, um etwas zu essen zu holen. Goldberg hatte keinen Appetit. Um sämtlichen Diskussionen über sein ungesundes Essverhalten aus dem Weg zu gehen, hatte er sich eine Suppe bestellt.

Er saß an Haukes Rechner und schaute sich die Aufzeichnung der Kamera noch einmal an. Das Gesicht des Mannes war nicht zu erkennen. Der Besuch hatte nur wenige Minuten gedauert. Es wirkte so, als hätte er Henriette dieses Tütchen gebracht und sei danach wieder verschwunden. Hauke hatte eine Kopie an die Kollegen nach Itzehoe geschickt; die sollten die Aufzeichnungen genauer unter die Lupe nehmen und Vergrößerungen anfertigen. Goldberg hielt den Film an. Das Tütchen mit dem weißen Pulver sah tatsächlich verdächtig nach Kokain aus. Da hatte Hauke schon recht. Allerdings konnte es genauso gut irgendein Gift sein, das er dem Sherry zugesetzt hatte. Die Flasche hatte direkt vor ihm auf dem Tisch gestanden. Demnach wäre es Mord gewesen, und Henriette hätte ihren Mörder gekannt. Aber warum die Kamera, überlegte er.

Am Ende der Aufnahme hatte Henriette die Kamera abgeschaltet. Damit stand für Goldberg fest, dass es ihre gewesen war. Was bezweckte sie mit den Aufnahmen? Ratlos spulte er vor und sah sich die Bilder erneut an. Nachdem der Unbekannte verschwunden war, tauchte das Tütchen nicht mehr auf. Er hatte es zweifelsfrei nicht in der Hand gehalten, die er in die Tasche seines Anzugs schob. Wo konnte es abgeblieben sein? Henriette verschwand danach für einige Minuten in der Küche und dann ins Schlafzimmer. Man sah gerade noch ihren Unterkörper im Anschnitt. Was sie dort gemacht hatte, würde man wohl nie erfahren. Vielleicht nur ihr

Make-up erneuert? Kurz bevor Bärbel das Zimmer betreten hatte, hatte sie die Kamera abgeschaltet.

Von anderen Besuchen Bärbels existierten ebenfalls Aufzeichnungen. Goldberg fragte sich, weshalb Henriette die Kamera diesmal ausgeschaltet hatte. Hatte sie vorgehabt, mit ihrer Freundin ein vertrauliches Gespräch zu führen? Bärbel hatte nichts Auffälliges bemerkt, aber möglich, dass sie nur nicht so genau hingesehen hatte. Goldberg starrte auf den schwarzen Bildschirm. Ob Henriette gewusst hatte, dass sie in der nächsten Stunde sterben würde? Konnte es Selbstmord gewesen sein? Hatte ihr dieser Mann in ihrem Auftrag ein tödliches Gift gebracht? Er schüttelte den Kopf. Sie hätte sich nicht in Bärbels Beisein das Leben genommen, oder doch? Aber warum? In Goldbergs Augen ergab das alles keinen Sinn. All die anderen Aufnahmen waren völlig belanglos. Nichts, was sich gelohnt hätte, aufgezeichnet zu werden. Wozu also die Kamera? Das Vibrieren in seiner Hosentasche unterbrach seine Gedankengänge. Es war Jens.

»Hast du kurz Zeit?«, fragte er ohne eine Begrüßung.

»Ja.«

»Ich komme am Donnerstag vorbei und muss am Montag für eine Sitzung wieder zurück sein.«

»Du bist der beste Freund, den ich habe. Ich danke dir.«

»Hör auf zu schleimen.«

»Nein, im Ernst. Ich mache mir Sorgen. Wir haben Video-Aufzeichnungen von Henriette gefunden, die Peter sehr aufgewühlt haben. Selbst Hauke ist besorgt, und du weißt, dem verschlägt nichts so schnell die Sprache.«

»Was ist auf den Aufnahmen zu sehen? Ihr Tod?«

»Nein, zum Glück nicht. Ein Besucher mit einem seltsamen Tütchen, aber das erkläre ich dir, wenn du hier bist. Hast du schon eine Zugverbindung?«

»Ja, ich komme übermorgen um sechzehn Uhr neununddreißig an. Holst du mich wieder in Altona ab?«

»Klar. Ich schulde dir was.«

»Um ehrlich zu sein, bin ich ganz froh, mal hier rauszukommen.«

»Was ist los?«

»Überarbeitet und Großstadtkoller.«

»Du? Du liebst Berlin doch.«

»Langsam entwickelt sich diese Zuneigung zu einer Art Hassliebe.«

»Mach einen Termin bei Sohanraj.«

»Habe ich schon.«

»Du bekommst mein Haus, ich schlafe die zwei Nächte bei Magda.«

»Das klingt wirklich verlockend.«

Sie verabschiedeten sich und Goldberg ließ sich erleichtert in den Schreibtischstuhl sinken. Auf Jens hatte er sich immer verlassen können. Die letzten Jahre hatte er nur mit seiner Hilfe überlebt. Das Gefühl, dass er jederzeit für ihn da war, gab ihm Halt. Er dachte an Muriel und seufzte. Sein Magen zog sich zusammen. Die Bilder des Unfalls wurde er nicht los, sie verblassten nur sehr, sehr langsam. Selbst das Quietschen der Bremsen, die knackenden

Knochen konnte er immer noch hören. Überwiegend nachts, wenn es still und dunkel um ihn herum war. Die glücklichen Bilder hingegen verblassten sehr schnell. An ihr Lachen erinnerte er sich nur noch vage. Bald würde es ganz verschwinden. Das Schuldgefühl nagte an ihm. Egal ob es begründet war oder nicht. Für dieses Gefühl gab es keine Absolution. Von niemandem. Damals oben auf dem Dachboden hatte er sich befreit gefühlt. Mit dem Messer an seiner Kehle. Nur leider war es nicht von Dauer gewesen. Das Gefühl der Schuld hatte einen Käfig um ihn errichtet, in dem es zuweilen sehr einsam war. Eine lebenslängliche Strafe, die er absaß. Er spürte, wie sich die Schwere auf seinen Körper legte. Das war der Zeitpunkt aufzustehen, sich gegen die Dunkelheit zu wehren. Goldberg kannte die Anzeichen und stemmte sich aus dem Stuhl. Er zwang seine Aufmerksamkeit zurück auf den Fall. Sie mussten herausfinden, wer der Mann auf dem Video war. Er nahm sich das Dossier, das Peter von Elenor Weiß angelegt hatte, von dessen Schreibtisch und wählte die Nummer des Stifts. Sie meldete sich nach dem dritten Klingeln.

Das Gespräch dauerte nicht lange. Goldberg wollte wissen, ob sie Buch über die Besuche der Bewohner führten und ob sie sich an einen Mann erinnerte, der Henriette letzten Sonntag besucht habe. Elenor Weiß brachte ihre Verwunderung über diese Frage zum Ausdruck. Nachdem Goldberg allerdings nicht antwortete, verneinte sie auf beide Fragen, und sie legten auf.

Sobald die Großaufnahmen aus Itzehoe vorlagen,

konnten sie das Personal befragen. Aber die Wahrscheinlichkeit, dass ihn jemand ohne Gesicht wiedererkannte, war gleich null. In welche Richtung sie auch gingen: Alles endete in einer Sackgasse.

13

Den restlichen Nachmittag verbrachten sie mit der Ermittlungsarbeit an den Einbrüchen und wurden darüber hinaus zu einem Verkehrsunfall gerufen. Zum Glück gab es keine Verletzten.

Nach Dienstschluss fuhr Goldberg nach Hause und genehmigte sich einen Espresso. Hauke und Peter waren zu Rosi gegangen, um ein Bier zu trinken, aber er hatte sich ausgeklinkt. Es war geradezu rührend, wie Hauke sich um seinen Freund kümmerte. Er wollte ihn nicht allein lassen, obwohl er sich den ganzen Abend mit Verschwörungstheorien herumplagen würde. Bärbel und Peter waren zurzeit eine explosive Mischung.

Als Magda anrief, telefonierten sie eine Stunde miteinander. Von Jens' bevorstehendem Besuch war sie begeistert gewesen. Danach setzte er sich auf die Terrasse. Die letzten Sonnenstrahlen läuteten das Ende des Tages ein. Goldberg mochte diese Zeit besonders. Die blaue Stunde. Das Großstadtleben vermisste er nicht oft. Höchstens ein paar Cafés. Aber das war leicht zu verschmerzen. Er genoss die Ruhe und hoffte, dass sie sich irgendwann auf ihn übertragen würde. Seine innere Anspannung stand im drastischen Gegensatz zu der äußerlichen Gelassenheit, die er ausstrahlte. Es gab nur wenige Menschen, die diese Diskrepanz, in der er seit dem Unfall lebte, erfassten.

Das Telefon schreckte ihn aus seinen Gedanken. Zu Hause stellte er es von Vibration auf Klingeln um, falls er zu einem Einsatz gerufen wurde. Er stand auf und schaute auf das Display. Die Nummer kannte er nicht. »Hallo?«

»Guten Abend, Herr Goldberg. Hier spricht Prof. Keller aus Schleswig, Sie erinnern sich vielleicht an mich.«

»Ja, was kann ich für Sie tun?« Die Taktung seines Pulses nahm schlagartig zu und seine Muskeln verkrampften sich.

»Verzeihen Sie bitte die späte Störung.«

»Kein Problem. Was ist passiert?«

Der Mann am anderen Ende räusperte sich. Die hörbare Verlegenheit des Arztes versetzte Goldberg in höchste Alarmbereitschaft.

»Es ist nicht leicht für mich, es Ihnen zu sagen.«

Er spürte Übelkeit in sich aufsteigen. Vor seinem inneren Auge sah er sich an ihrem Grab stehen. Das Gefühl des Verlustes überfiel ihn derart heftig, dass es ihn im gleichen Augenblick überraschte. Komm schon, dachte er, verkniff sich aber eine Bemerkung. Er hielt die Spannung kaum aus.

»Wie Sie sich sicher denken können, rufe ich wegen Frau Frank an. Sie möchte Sie sehen.«

Goldbergs Herz setzte aus. Ob vor Erleichterung oder Schreck, war unmöglich zu bestimmen. Vermutlich war es ein bisschen von beidem.

»Deswegen rufe ich so spät an. Ich wollte mit Ihnen in Ruhe darüber reden.«

Ruhe hatte er gerade gar nicht im Angebot. Sein Herz setzte wieder ein und pumpte das Blut durch seinen Körper. Unfähig zu sprechen, versuchte er, sich auf den Atem zu konzentrieren, um nicht völlig die Fassung zu verlieren.

»Ich kann mir vorstellen, dass diese Information Sie beunruhigt, deshalb würde ich es Ihnen gerne erklären.«

»Ich höre«, war alles, was er hervorpresste.

Nach einigen einleitenden Worten über die Therapiesitzungen begann er, von den Fortschritten zu berichten, die Judith gemacht zu haben schien. Sie zeige sich kooperativ und versuche ernsthaft, ihre Persönlichkeitsstörung zu überwinden. Die Medikamente konnten bereits reduziert werden. Sie sei klar und habe deutlich weniger Aussetzer. Ihre Therapeuten seien überrascht, wie gut sie auf die Behandlung angesprungen war. Goldberg dachte an ihren Brief. Darin hatte sie ihn um Hilfe gebeten. Im ersten Augenblick hatte er geglaubt, sie sei in Gefahr, und hatte sich mit der forensischen Psychiatrie in Verbindung gesetzt. Deshalb kannte er Prof. Keller bereits. Erst später wurde ihm klar, dass ihre Bitte anders gemeint gewesen war. Sie brauchte seine Nähe, ein Gespräch mit ihm, nicht seine polizeiliche Unterstützung. Aber genau das war es, was ihm regelrecht Angst einjagte.

»Herr Goldberg, es ist unüblich, dass die Opfer von Gewaltverbrechen ihre Peiniger besuchen. Und selbstverständlich entscheiden Sie selbst, ob Sie sich dazu in der Lage fühlen oder nicht. Meine Kollegen und ich haben allerdings selten einen Fall wie diesen. Frau Frank bereut es aufrichtig. Sie hat das Ausmaß und die damit verbundenen Konsequenzen ihres Verhaltens begriffen. Wir sind der Meinung, dass wir bald mit einigen Lockerungsmaßnahmen beginnen können.«

»Sie ist wieder gesund?«

»Sagen wir, sie ist auf dem Wege der Besserung. Letztlich entscheiden das unabhängige Experten. Aber wir werden eine Empfehlung abgeben, die wird voraussichtlich positiv ausfallen.«

»Warum soll ich sie dann besuchen?«, fragte Goldberg, obwohl er die Antwort erahnte.

»Sie hat noch einen langen Weg vor sich. Die Trauerarbeit hat erst begonnen. Wir glauben, dass es eine Möglichkeit wäre, sie ein Stück näher in die Realität zu bringen. Frau Frank hat das tiefe Bedürfnis, mit Ihnen zu sprechen, Ihnen zu sagen, wie leid es ihr tut und wie außerordentlich sie ihr Verhalten bedauert. Außerdem haben Sie etwas Wesentliches gemeinsam. Ihren Verlust. Vielleicht wäre es eine Chance für sie beide.«

»Eine Chance? Für was? Muriel zu beweinen? Zu betrauern? Ich habe meine Trauerarbeit geleistet, Herr Keller.« Überrascht von der plötzlichen Wut verstummte Goldberg. Es ärgerte ihn, dass ausgerechnet der Arzt Zeuge dieses Ausbruchs wurde.

»Ich verstehe Ihre Reaktion und bitte Sie lediglich, darüber nachzudenken. Sie könnten das Gespräch natürlich jederzeit unterbrechen oder beenden. Sie allein entscheiden, ob und wie Sie es führen möchten.«

Goldberg war ein Mensch, der seinen inneren Impulsen folgte. Diese Vorgehensweise hatte ihn beruflich weit nach vorne gebracht. So manche Ermittlung war allein durch sein drängendes Bauchgefühl aufgeklärt worden. Nicht umsonst hatte er kurz vor dem Unfall eine Beförderung zum Hauptkommissar erhalten. Er hatte eine neue Ermittlungsgruppe leiten sollen. Doch dazu war es nicht mehr gekommen. Privat hatte er seinen Impulsen nicht immer vertraut, wie genau jetzt, in diesem Moment, als er sich sagen hörte, er werde darüber nachdenken, obwohl er die Vorstellung, mit Judith in einem Raum zu sitzen, unerträglich fand.

»Das freut mich, Herr Goldberg. Danke. Rufen Sie an, wenn Sie sich entschieden haben. Für Fragen stehe ich Ihnen jederzeit zur Verfügung.«

»Auf Wiedersehen.«

»Auf Wiedersehen, Herr Goldberg.«

Die Sonne war inzwischen untergegangen und hatte dem Tag ein Ende bereitet. Jedoch völlig anders, als er sich das noch vor zwanzig Minuten vorgestellt hatte. Vorsichtshalber speicherte er die Mobilnummer in seinem Telefon ab und stand auf. An Schlaf war diese Nacht nicht zu denken, da konnte er ebenso gut seine Bialetti aufsetzen. In der Küche entschied er sich dann gegen den Kaffee. Stattdessen ging er ins Wohnzimmer. Goldberg trank selten Alkohol, und wenn, dann nur in verträglichen Dosen. Aber es gab Situationen, da brauchte er etwas Hochprozentiges.

Das Barfach des alten Highboards gab ein leises Quietschen von sich, als er es öffnete. Die Flasche mit dem Grappa stand ganz weit hinten. Sie war ein Abschiedsgeschenk seiner Berliner Kollegen gewesen. Er umfasste den Flaschenhals, mit der anderen Hand zog er den Korken ab. Damals hatte er sich gewundert, wie sie auf die Idee gekommen waren, ausgerechnet ihm Alkohol zu schenken. Jetzt war er dankbar dafür. Er nahm einen kräftigen Schluck direkt aus der Flasche. Die Flüssigkeit verursachte ein leichtes Brennen. Er verzog das Gesicht und schüttelte sich. Wie konnte man dieses Zeug bloß trinken? Das Brennen verschwand, und er setzte die Flasche erneut an. Kaum dass er den nächsten Schluck genommen hatte, kamen auch schon die Tränen.

14

Peters Kopf brummte. Mühsam quälte er sich aus dem Bett. Gerade als er die Senkrechte erreicht hatte, begann es hinter seinen Schläfen heftig zu pochen. Das würde ein grauenhafter Tag werden. Er kam auf die Beine und schlurfte mit leichtem Schwindel aus dem Zimmer. Um nicht zu stolpern, drehte er sich seitlich und nahm Stufe für Stufe. Die Treppe seines alten Hauses, die das Erdgeschoss mit dem ersten Stock verband, war steil und schmal. Hinzu kam, dass die Decke tief über seinem Kopf hing, sodass er seinen Brummschädel einziehen musste, was die Kopfschmerzen noch verstärkte.

Nachdem er eine Kopfschmerztablette mit einem Schluck Wasser hinuntergespült hatte, füllte er die Kaffeekanne und setzte die Maschine in Gang. Auf dem Weg ins Badezimmer am Ende des Flurs kam er an Marions Bild vorbei. Das amüsierte Lächeln seiner verstorbenen Frau ließ ihn seufzen.

»Ja, ich weiß. Aber nach dem, was in den letzten Tagen passiert ist, musst du das verstehen.«

Wie jeden Morgen stellte er sich unter die Dusche und wechselte von kalt auf heiß. Danach fühlte er die Lebensgeister in seinen Körper zurückkehren. Der Kaffee verscheuchte die Übelkeit, und nach gut einer halben Stunde stiefelte er am Deich entlang Richtung Wache. Die frische Luft tat ihm und seinem noch immer benommenen Kopf gut. Als er gegen acht Uhr auf dem Revier ankam, war er bereits einigermaßen regeneriert. Meistens war er der Erste, der das Gebäude betrat. Hauke kam notorisch zu spät zum Dienst, wenn Philip ihn nicht abholte. Peter setzte auch hier die Kaffeemaschine in Gang und ließ den Rechner hochfahren. Die Dossiers wiesen noch gewaltige Lücken auf, die er im Laufe des Vormittages schließen wollte.

In seinem E-Mail-Postfach wartete bereits die Antwort der Kollegen aus Itzehoe. Sie hatten die Vergrößerungen von den Videoaufnahmen geschickt. Offenbar war es keine hochwertige Kamera, die Henriette benutzt hatte. Die Bilder waren pixelig, der Mann kaum zu erkennen. Die Großaufnahme des Plastiktütchens, das er in seiner Hand hielt, brachte ebenfalls keine neuen Erkenntnisse.

Die Kaffeemaschine verstummte. Peter stand auf. Seine Kopfschmerzen waren hinter einem Schmerzmittelschleier verschwunden. Er füllte den Becher und setzte sich zurück an den Schreibtisch. Neben den Lücken in den Dossiers wollte er sich dem seltsamen Bogen Papier widmen, den Philip bei Henriette gefunden hatte. Sorgfältig faltete er ihn auseinander und betrachtete die beiden krakeligen Kreise. Er wendete es und fragte sich, was die Zahl, die sich im unteren Rand befand, bedeutete. Zehn. Es war die Schrift von Henriette, da war er sich sicher. Was mochten die Worte Die Lichtung nur bedeuten? War das ein Hinweis auf eine Lichtung im Wald? Eher unwahrscheinlich hier oben. Mit einem Mal schoss ihm der Buchumschlag in den Kopf, auf dem die nackten Frauenbeine im Wald abgebildet waren. »Natürlich, das Buch!«, entfuhr es ihm. Der Titel des Buches lautete: Die Lichtung. Deshalb hatte Henriette darauf bestanden, dass Bärbel es einsteckte. Aber wo hatte er es gelassen? Fieberhaft ging er Henriettes Todestag gedanklich noch einmal durch. Die Kopfschmerzen meldeten sich pochend zurück. Vom Stift war er mit Bärbel ins Wirtshaus zu Rosi gefahren. Von dort aus hatte er Philip angerufen und war zu ihm gegangen. Zu Hause hatte er es nicht gehabt, da war er sich sicher. Er musste es bei Philip liegen gelassen haben. Hastig nahm er den Hörer zur Hand und drückte eine der Kurzwahltasten. Sein Chef meldete sich nach wenigen Sekunden. Peter erklärte ihm die Situation. Während sie telefonierten, durchsuchte Philip seine Küche. Peter dirigierte ihn über den Hörer in den Garten. Hatte er es nicht dort auf dem Rasen abgelegt? Tatsächlich lag es im tiefen Gras neben dem Gartenstuhl, auf dem er gesessen hatte. Peter atmete erleichtert aus. Philip versprach, sich gleich auf den Weg zu machen, und sie legten auf.

Peter griff sich an den schmerzenden Kopf. Das Buch war ihm vollkommen entfallen. Bärbel hatte bei Rosi darauf gedrungen, dass er es an sich nahm, weil sie sicher war, dass es etwas zu bedeuten hatte. Und sie hatte recht behalten.

Wenig später saß Peter an seinem Schreibtisch, den aufgeschlagenen Roman vor sich. Die Schrift war winzig, sodass er Mühe hatte, sie zu lesen. Ihm wurde schmerzlich bewusst, dass das Alter zunehmend voranschritt. In ein paar Jahren würde er in Rente gehen und sabbernd in einem Sessel sitzen, dachte er. Wer würde sich dann um ihn kümmern? Unterm Strich war er allein und würde es bestimmt auch bleiben. Mit Ende fünfzig kam es nicht mehr so oft vor, dass man jemand kennenlernte, geschweige denn einen Menschen, der einen liebte und umgekehrt. Kinder hatte er nicht, nur einen missratenen Neffen, der sich einen feuchten Kehricht für ihn interessierte. Blieben nur noch seine Schwester und Hauke. Er wischte die betrüblichen Aussichten beiseite und konzentrierte sich wieder auf den Bogen vor ihm.

Philip hatte sich auf Haukes Stuhl neben ihn gesetzt. Eine schwache Alkoholwolke waberte zwischen ihnen. Ob sie von seinem nächtlichen Exzess herrührte oder von Philip, konnte er nicht eindeutig bestimmen.

Bei der Ziffer am unteren Rand des Transparentpapiers tippten sie auf eine Seitenangabe. Peter strich das Pergament glatt. Es war exakt so groß wie die Buchseite, sodass er es passgenau auflegen konnte. Nacheinander las er die beiden Wörter vor, um die sich die zwei Kreise schmiegten. Philip notierte sie auf der Schreibtischunterlage. Peter ergriff eine seltsame Mischung aus kindlicher Aufregung und dunkler Vorahnung. Am Ende starrten die beiden Beamten auf die Nachricht, die Henriette ihnen hinterlassen hatte.

»Was soll das bedeuten?«, fragte Peter.

»Sagt dir das gar nichts?«

Er las die Wörter erneut und schüttelte den Kopf. »Nein. Wieso hat sie es Bärbel nicht einfach gesagt? Wozu diese Geheimniskrämerei?«

»Ich weiß es nicht.«

»Das ergibt doch alles keinen Sinn.«

»Hör auf, dich darüber zu wundern. Sie wird ihre Gründe gehabt haben. Unser Job ist es, herauszufinden, was sie uns mitteilen wollte.«

»Evas Vater«, wiederholte Peter. »Wer ist Eva?«

»Denk nach, hat sie den Namen dir gegenüber erwähnt?«

»Denk nach, denk nach! Ich mache seit Tagen nichts anderes.«

»Es tut mir leid, Peter. Ich wollte dich nicht unter Druck setzen.«

»Nein, mir tut es leid. Entschuldige. Meine Nerven sind nicht die besten zurzeit. Und dieser Restalkohol macht aus den grauen Zellen den reinsten Matsch.«

»Lass uns überlegen. Sie wollte, dass Bärbel die Nachricht findet. Es muss irgendetwas geben, was Henriette im Stift gefunden hat. Offenbar fürchtete sie, dass man ihr Geheimnis entdeckte oder jemand ihr auf die Schliche kam.«

Peter hörte Philips Worte, aber sie drangen nicht bis in sein Gehirn vor. Er war mit einem anderen

Gedanken beschäftigt. Die Tatsache, dass Henriette sich nicht an ihn gewandt hatte, kränkte ihn. Er fragte sich, ob er ihr gegenüber nicht kompetent genug aufgetreten war. Hatte sie ihn womöglich gar nicht ernst genommen? Hatte sie gar nicht das für ihn empfunden, was er zu spüren meinte?

»Peter?«

Der Klang seines Namens riss ihn aus den Gedanken.

»Peter, alles in Ordnung mit dir?«

»Ich versteh das nicht.«

»Was auch immer du dir in deinem Kopf zusammenbastelst, hör auf damit. Wir werden jetzt versuchen, das Rätsel zu lösen, und alles andere klären wir danach, o.k.?«

Peter nickte, ohne seinen Chef anzusehen.

»Wenn Henriette keines natürlichen Todes gestorben ist, finden wir das heraus.« Philip legte ihm die Hand auf die Schulter.

Als die Tür aufging, sahen die beiden Männer auf. Hauke schlich wie über ein Feld aus rohen Eiern am Tresen vorbei. Erst auf Höhe seines Schreibtischs bemerkte er sie.

»Was macht ihr denn da?« Haukes Gesicht glich einer Gipsmaske. Kein Wunder, dachte Peter, der Mann hatte mindestens doppelt so viel getrunken wie er. Dafür war er erstaunlich früh zum Dienst erschienen.

Sein Chef erhob sich und reichte Hauke das Blatt Papier. Selbst das zaghafte Rascheln schien in seinem Kopf ein Gewitter auszulösen. Peter sah, wie

Hauke das Gesicht zu einer schmerzverzerrten Grimasse verzog.

»Wir haben die Nachricht entziffert«, erklärte Philip.

»Was für eine Nachricht?«

»Diese Kreise passen auf die Seite eines Buches, das Henriette deiner Mutter gegeben hat.«

Hauke verstand immer noch nicht, seine Stirn runzelte sich. Philip schob ihm seinen Stuhl zu, nahm auf dem Tresen Platz und erklärte ihm, was er verpasst hatte. Währenddessen schaltete Hauke den Rechner ein. Man konnte sehen, wie langsam sich die neue Information in seinem Kopf ausbreitete. Heute Morgen waren alle Gehirne träge, mehr oder weniger ausgeprägt.

»Und was soll das bedeuten? Hat sie in dem Laden rumspioniert?«, fragte Hauke.

So etwas in der Art musste es sein, überlegte Peter. Die Kamera, diese ominöse Nachricht. Es schien, als habe Henriette auf eigene Faust in dem Stift ermittelt. Er nahm einen großen Schluck Kaffee. »Womöglich ist sie zu dem Zweck überhaupt da hingezogen«, sagte er.

Die beiden Kollegen sahen ihn überrascht an. Der dumpfe Schmerz in seinem Kopf ließ nach und machte endlich Platz für ermittlungsrelevante Gedanken.

»Du meinst, Henriette hegte einen Verdacht gegen das Stift oder womöglich gegen Weber persönlich?«, fragte Philip.

»Ich habe mich von Anfang an gewundert, warum eine fitte Frau wie Henriette aus diesem tollen

Haus in Wewelsfleth auszieht, um sich in einem Seniorenstift einzuquartieren.«

»Da könnte etwas dran sein«, stimmte Philip ihm zu.

»Um Miss Marple zu spielen?« Hauke schien wenig überzeugt.

»Aber was könnte zu ihrem Verdacht geführt haben, und woher wusste sie davon?«, fragte Philip.

»Peter, schau vorsichtshalber mal nach, ob du irgendeine Verbindung zwischen Henriette, dem Stift oder einem der Angestellten findest. Überprüfe zuerst die Verbindung zu Weber. Er hat mir erzählt, dass seine Großmutter in Grevenkop einen Hof hatte.«

Peter nickte und machte sich eine Notiz. Das Rumoren in seinem Kopf war gänzlich abgeklungen und einer neu entfachten Euphorie gewichen. Er hatte das Gefühl, endlich eine Spur zu haben, die vielleicht zur Klärung dieser seltsamen Vorkommnisse beitragen konnte. Konzentriert machte er sich an die Arbeit.

Nach gut einer Stunde hatte er bereits erste Ergebnisse. Bärbel hatte ihm am Telefon von Henriettes Kindheit erzählt. Allerdings ging Bärbel nicht davon aus, dass Henriette und Weber sich gekannt hatten. Jedenfalls hatte sie nie etwas Derartiges erwähnt, und Bärbel war überzeugt, dass ihre beste Freundin mit ihr darüber gesprochen hätte. Der Name Eva sagte ihr leider nichts. Als Peter aufgelegt hatte, hegte er den Verdacht, dass Henriette doch ein paar Geheimnisse vor ihrer besten Freundin gehabt hatte. Bis in den letzten Winkel konnte man einen Menschen nie kennen. Jeder hatte Geheimnisse, es kam nur darauf an, wie schwerwiegend sie waren. Sorgfältig notierte er alles. Danach versuchte er noch etwas mehr über die Waldresidenz in Monreal herauszufinden. Doch das Netz gab nicht viel her, was von Interesse war. Für eine weitere Stunde vergrub er sich in die Untiefen der virtuellen Informationen und stieß auf einen Forenbeitrag, in dem ein User einen gewissen Dr. Hans Just erwähnte. Peter öffnete ein neues Fenster und tippte den Namen ein, als das Telefon klingelte. »Revier Kophusen, Polizeiobermeister Brandt.«

»Moin, Peter, hier ist Trautchen.«

Peter rollte mit den Augen. Immer wenn Trautchen Eckert anrief, hieß das Arbeit für sie, die nirgendwohin führte. »Trautchen, was ist passiert?«, fragte er, ganz dein Freund und Helfer.

»Ihr müsst kommen, hier stimmt etwas nicht.«

Beinahe hätte Peter gefragt, was es denn dieses Mal sei, doch er verkniff sich die Spitze.

»Hier steht schon seit Tagen ein fremdes Auto rum. Ich wette, da ist was passiert.«

15

Goldberg und Hauke fuhren im Streifenwagen die
Hauptstraße ortseinwärts entlang. Auf dem Weg
zum Friedhof, wo Trautchen das Auto gesehen hatte, dachte Goldberg an den gestrigen Abend zurück.
Er hatte die Flasche fast geleert und war sturzbe-
trunken auf dem Sofa eingeschlafen. Als er gegen
fünf Uhr morgens aufgewacht war, fühlte sich sein
Gesicht an, als hätte er die gesamte Nacht über ge-
weint. Von seinen Kopfschmerzen ganz zu schweigen, war ihm noch übler als sonst. So einen Abend
hatte er lange nicht mehr erlebt. Normalerweise
mied er Alkohol, wenn es ihm nicht gut ging, aber
gestern war eine Ausnahme gewesen. Ein potenzi-
elles Treffen mit Judith hatte Panik in ihm ausgelöst,
die sich nur mit einem komatösen Schlaf abfedern
ließ. Nach einem Besuch auf der Toilette hatte sich
seine Übelkeit gelegt und er war unter die Dusche

geschlichen. Bewegungen waren nur in Zeitlupe möglich gewesen. Kurz gesagt, es war grauenhaft gewesen, und er schwor sich, nie wieder auch nur in die Nähe von Grappa zu kommen.

Dank Peters erster Lösungsansätze für die rätselhafte Nachricht auf dem Transparentpapier hatte er seine innere Unruhe heute Morgen erfolgreich verdrängen können. Der kleine Ausflug zum Friedhof ersparte ihm weitere Gedanken an Judith, sodass ihm Trautchen Eckert unbekannterweise auf Anhieb sympathisch war. Auch wenn ihre Behauptungen in der Regel jeglicher Grundlage entbehrten, passte der Zeitraum eines verwaisten Autos erstaunlich gut zu ihrem neuen Fall. Hauke bog auf den Parkplatz und stellte den Streifenwagen neben einem dieser weißen SUVs ab, die zunehmend die Straßen bevölkerten.

»Ist er das?«, fragte Goldberg.

»Ja. Protzauto«, kommentierte Hauke. »Als ob man so einen Wagen wirklich brauchen würde.«

Sie stiegen aus und umrundeten das Fahrzeug. Die Beifahrertür war eingedellt und verkratzt.

»Diese Arschlöcher fahren so ein riesiges Scheißding und können gar nicht damit umgehen.«

»Vielleicht ein Unfall«, beschwichtigte Goldberg.

»Ich tippe auf ein Garagentor oder den feinen Carport am Haus in Blankenese. So ein Schlitten kostet mindestens fuffzigtausend.«

Hauke zog das Telefon aus der Hosentasche und rief Peter an. »Ja, hier auch. Machst du mal 'ne Halterabfrage?« Hauke gab ihm das Pinneberger Kennzeichen durch.

Goldberg formte die Hände zu einem Trichter und blickte in das Wageninnere. Außer ein paar CDs auf dem Beifahrersitz konnte er nichts Auffälliges erkennen. Das Zuklappen einer Tür lenkte seine Aufmerksamkeit ab. Er drehte sich um und sah eine kleine, runde Frau, die gerade aus dem Haus gegenüber trat. Sie marschierte direkt auf sie zu. Vermutlich die Anruferin, dachte Goldberg. Er kannte Trautchen Eckert nur vom Hörensagen. Persönlich hatte er das Vergnügen bisher nicht gehabt.

»Jetzt geht es los«, murmelte Hauke.

»Trautchen, nehme ich an?«, fragte Goldberg Hauke, ohne den Blick von der resoluten Frau abzuwenden, die gerade die Straße überquerte.

»Ja, wie sie leibt und lebt«, erwiderte Hauke fast lautlos.

»Moin, Moin«, brüllte sie, während sie zügig näher kam. »Gut, dass ihr euch so schnell kümmert. Dieser Wagen steht schon seit vier Tagen hier herum und keinen interessiert das.«

»Mit ihrem Organ hätte sie sich für eine Rolle beim Jedermann bewerben sollen. Die hätte das locker ohne Mikro geschafft«, flüsterte Hauke.

Nach wenigen Schritten hatte sie die Beamten erreicht und blieb direkt vor ihnen stehen. Von einem natürlichen Körperabstand hielt sie offenbar nicht viel.

»Moin, Trautchen, das ist mein Chef.«

»Goldberg. Philip Goldberg.«

Sie reichten sich die Hand.

»Guten Tag. Trautchen Eckert. Mein Mann ist der Friedhofsgärtner. Wir wohnen gleich gegenüber. Deshalb ist mir der Wagen auch sofort aufgefallen. Kein Itzehoer Kennzeichen, und der Mann ist nicht wieder aufgetaucht.«

Ihre braunen Haare hatte sie zu einem nachlässigen Dutt zusammengebunden, der sie älter aussehen ließ. Goldberg schätzte sie auf Ende fünfzig.

»Warum sind Sie sich so sicher, dass der Wagen nicht bewegt worden ist?« Eine heikle Frage, das war Goldberg bewusst. Niemand gab gerne zu, dass man den ganzen Tag am Fenster hockte und seine Umgebung beobachtete.

»Also, erst einmal steht er immer noch auf demselben Parkplatz. Zweitens arbeitet mein Mann gleich da drüben an den Gräbern, er hätte gehört, wenn sich dieses Auto bewegt hätte, und drittens bin ich viel zu Hause.«

Eine nette Umschreibung, dachte Goldberg.

»Was habt ihr jetzt vor?«, fragte sie, als erwartete sie, dass sie das Fahrzeug gleich mitnehmen würden.

»Das überlass mal schön uns«, sagte Hauke in einem Ton, der keine Einmischung duldete.

»Wir werden uns mit dem Halter des Fahrzeuges in Verbindung setzen und danach sehen wir weiter. Vielen Dank für Ihre aufmerksame Beobachtung, Frau Eckert.«

Sie lächelte. »Sehr gern, Herr Kommissar. Ich tue meine Bürgerpflicht und werde Sie immer wissen lassen, wenn hier etwas passiert. Heutzutage weiß man ja nie. Man sagt, die Einbrüche nehmen zu. Stimmt das?«

»Nein«, erwiderte Hauke knapp. »Tschüss, Trautchen.«

Sie versuchte, Goldbergs Blick einzufangen. Doch statt ihn zu erwidern, hob er die Hände zu einer entschuldigenden Geste in Richtung Hauke, der bereits auf dem Weg zum Streifenwagen war. Als sie die Wagentüren geschlossen hatten, winkte Goldberg ihr zum Abschied zu.

»Zu der Frau darf man nicht zu nett sein, Philip. Die nagelt einen gnadenlos fest, und dann wirst du die neugierige Schachtel nicht mehr los. Vertrau mir, ich kenne die.« Hauke setzte den Wagen zurück.

»O.k., wie du meinst.« Goldberg ließ den Gurt einrasten.

»Was?« Hauke bremste abrupt ab und drehte sich zu ihm. »Was hast du gesagt?«

»Schau bitte, wohin du fährst.«

»Das mache ich, wenn du aufhörst, dich so komisch zu benehmen. Du hast mir in den vier Jahren, die wir uns jetzt kennen nicht ein einziges Mal widerspruchslos zugestimmt.« Er legte den ersten Gang ein und rollte vom Parkplatz. »Was ist los mit dir?«

»Nichts.«

»Das kannst du deiner Oma erzählen.«

»Die sind beide tot.«

»Sehr witzig. Hat es mit der Übelkeit zu tun? Warst du endlich beim Arzt?«

»Nein.«

»Oder ist etwas mit Magda und dir?«

Langsam wurde Hauke ihm unheimlich. Seit der Geschichte mit Sophie letztes Jahr war er viel aufmerksamer geworden. Nicht unbedingt feinfühliger, aber er hatte die Einstellungen seines Radars sensibilisiert.

»Ist alles in Ordnung bei euch?«

»Danke der Nachfrage. Alles gut.«

»Wenn nicht, du weißt, wo du mich findest. Ich bin gerade in Übung.«

Goldberg nickte und versuchte, die Aufmerksamkeit von sich abzulenken. »Wie geht es Peter denn?«

Hauke atmete laut aus. »Irgendwie haben wir kein Glück mit den Frauen. Liegt das an unserem Job?«

Es war eine ernst gemeinte Frage, und wenn sie in Berlin oder Hamburg arbeiten würden, hätte Goldberg sie eindeutig bejaht. Aber Kophusen war nicht gerade ein Mekka des Verbrechens. Trotz ihrer immer dünner werdenden Personaldecke war die Belastung kaum zu vergleichen.

»Manchmal hat man einfach kein Glück«, erwiderte Goldberg lapidar. Er wollte sich auf keine Grundsatzdiskussion einlassen.

»Ja, mag sein. Wenigstens läuft es bei euch rund.«

»Ich habe Jens gebeten, uns zu besuchen. Vielleicht kann er ihm helfen.«

Hauke bog auf die Hauptstraße ab. »Soll er Peter untersuchen oder was?«

»Nicht direkt.«

»Was soll das schon wieder heißen?«

»Ich möchte nur nicht, dass Peter den Boden unter den Füßen verliert.«

»Na ja, von mir aus, ist ja nur vorsorglich, und für einen Seelenklempner ist er ein netter Kerl.« Hauke machte eine Pause. »Oder kommt er wegen dir?«

Eine kluge Frage, dachte Goldberg. Er wusste das selbst nicht so genau. Nach dem gestrigen Anruf von Prof. Keller würde ein Gespräch mit Jens ihm sicher guttun. Er war der Einzige, der verstand, warum ihn ein möglicher Besuch bei Judith so ängstigte. Außerdem brauchte er seine professionelle Meinung. Jens hatte mehrere psychologische Gutachten für das Gericht erstellt. Wenn jemand sich damit auskannte, dann er.

»Philip, hörst du mich?«

»Nein, ähm, ja. Also nein, er kommt nicht wegen mir, und ja, ich höre dich.«

In nächster Zeit würde er aufpassen müssen, damit weder Hauke noch Peter Verdacht schöpften. Auch vor Magda würde er sich zusammenreißen. Diese Geschichte musste unter Verschluss bleiben, und für die Verschwiegenheit seiner Kollegen legte er nicht einmal den kleinen Finger ins Feuer.

»Setzt euch, ich habe sensationelle Neuigkeiten!« Peter sah, wie Philip sich auf den Tresen mühte. Seine Bewegungen waren heute nicht so schwungvoll wie sonst. Überhaupt benahm er sich höchst eigenartig, fand Peter. Doch jetzt war keine Zeit dafür. »So, meine Herren, haltet euch gut fest.«

Hauke setzte sich mit dem Kaffeebecher an seinen Schreibtisch. »Komm schon, mach es nicht so spannend.«

»Also.« Peter öffnete eine neu angelegte Mappe. »Die erste große Erkenntnis ist, dass Weber und Henriette sich tatsächlich kannten.« Die Information schlug ein, wie er es erwartet hatte.

»Ach nee. Woher?«, fragte Hauke.

»Webers Großmutter väterlicherseits besaß einen Hof in Grevenkop. Dorothea Hansen. Bei ihr und ihrem Mann ist der junge Marcus Weber nach dem Tod seiner Eltern aufgewachsen. Da war er vierzehn Jahre alt. Zu der Zeit hat er auch Henriette kennengelernt.« Peter machte eine kurze Pause, um die Tragweite seiner Entdeckung zu unterstreichen. »Sie hat ein paar Jahre als Aushilfslehrerin gearbeitet. Und zwar in der Schule, die Marcus besuchte. Die beiden müssen sich also gekannt haben. Leider gibt es dort kaum noch Aufzeichnungen aus diesen Jahren. Aber ich habe eine pensionierte Sekretärin aufgetan, und die erinnert sich, dass Henriette ab der zehnten Klasse unterrichtete.«

»War sie Lehrerin?«, fragte Hauke erstaunt.

»Ja. Sie hat auf Lehramt studiert. Nach einer längeren Pause hat sie wieder aushilfsweise angefangen.«

»Dass Weber bei seinen Großeltern aufgewachsen ist, hat er mir nicht erzählt«, bemerkte Philip.

»Es wurde auch in keinem einzigen Presseartikel erwähnt. Das habe ich recherchiert«, bestätigte Peter. »Dabei stürzen sich die Lokalreporter doch gerne auf so etwas. Aus irgendeinem Grund ist es ihm wichtig, dass es nicht an die Öffentlichkeit kommt.«

»Die schnöde Elbmarsch passt dem Professor eben nicht in seine makellose Ami-Vita.«

»Was ist aus dem Hof in Grevenkop geworden?«, fragte Philip.

»Weber hat ihn geerbt und kurz darauf verkauft.«

»Sag ich ja. Schnell alle Beweise vernichten. Der wollte nicht als Landei in die Geschichte der Medizin eingehen.«

»Was ist die zweite Sensation?«

»Ich habe einen früheren Kollegen ausfindig gemacht. Dr. Hans Just.« Peter schaute sie beide an, als erwarte er Applaus. Aber zu seinem Bedauern blieb der aus. »Just und Weber haben in Monreal zusammengearbeitet.«

»Wo?«, fragte Hauke.

»Das ist ein kleines Dorf in der Eifel. Weber ist Anfang 2000 aus den USA nach Deutschland zurückgekehrt. Zunächst ist er in die Forschung gegangen. Einige Jahre später entschied er sich für die Praxis und übernahm mit Just die medizinische Leitung der Waldresidenz in Monreal. Aber es hielt nicht lange. Weber brachte das Haus in Verruf. Daraufhin hat man ihn entlassen.«

»Warum hat man den Wunderknaben rausgeschmissen?«

»Weil es erhebliche Unstimmigkeiten in der Abrechnung mit den Krankenkassen gab.«

»Ach nee, unser werter Herr Professor hat die Kassen beschissen?«

»Es wurde offiziell nie Anklage erhoben.«

»War das auch so ein nobler Schuppen wie hier?«

Peter schüttelte den Kopf.

»Kein Wunder, dass er bescheißen musste.«

»Hast du mit Dr. Just gesprochen?«, fragte Philip.

»Ja. Er arbeitet als Hausarzt auf dem Land in der Eifel.«

»Du bist ein echter Fuchs, Kollege.«

»Danke, Hauke. Das Telefonat mit ihm war sehr aufschlussreich. Die beiden hatten Streit. Weber wollte die Residenz zu einer Art Stift umbauen, ähnlich wie hier. Aber Just war strikt dagegen. Er hielt nichts von solchen elitären Einrichtungen. Irgendwann ist Just freiwillig ausgestiegen und hat eine eigene Hausarztpraxis eröffnet. Er hat mir erzählt, dass einige seiner Patienten über Webers Machenschaften geklagt hätten.«

»Was meint er mit Machenschaften?«, erkundigte sich Philip.

Obwohl Just sich mitten in der Sprechstunde befand, schien er sehr daran interessiert gewesen zu sein, Weber in die Pfanne zu hauen, und habe sich viel Zeit genommen, berichtete Peter. Just habe ihm von einigen Patienten erzählt, die nach Justs Ausstieg über die Methoden in der Waldresidenz geklagt hätten. Ihre dort lebenden Angehörigen hätten angeblich nur billige Medikamente bekommen. Dazu sei das Pflegepersonal heillos überfordert gewesen.

»Es kam, wie es kommen musste, so sagt jedenfalls Just. Man hat den Skandal vertuscht und Weber entlassen.«

Für einen Augenblick herrschte Stille. Peter lehnte sich zufrieden in seinem Schreibtischstuhl zurück. Für ihn selbst war es völlig klar: Irgendetwas ging in dem Stift nicht mit rechten Dingen zu. Und Henriette war dahintergekommen. Er vermutete, dass es sich wieder um Betrügereien mit den Krankenkassen handelte. Dr. Just hatte kein gutes Haar an seinem ehemaligen Kollegen gelassen.

»O.k., dass Weber ein Arschloch ist, wissen wir ja, aber was bedeutet das jetzt? Dass Henriette seine Machenschaften aufgedeckt hat und deswegen sterben musste? Ist das nicht ein wenig weit hergeholt?« Hauke sah fragend in die Runde.

»Das finde ich nicht. Wenn man Weber mit stichhaltigen Beweisen überführen würde, käme es zur Anklage. Danach kann der sein Stift zumachen, und seine Approbation ist dann auch futsch.«

»Bevor wir eventuelle Mordtheorien aufstellen«, mischte sich Philip in das Gespräch ein, »sollten wir die Obduktion abwarten.«

»Das kann noch Tage dauern bis sämtliche Laborergebnisse da sind«, warf Peter ein.

Sein Chef sprang vorsichtig vom Tresen. »Du suchst weiter nach Zusammenhängen. Hast du etwas über die Nachricht aus Henriettes Buch herausgefunden?«

Peter schüttelte den Kopf.

»Dann such weiter. Wenn die Obduktion tatsächlich ergeben sollte, dass Henriette keines natürlichen Todes gestorben ist, will ich vorbereitet sein. Bis dahin halten wir uns im Hintergrund, verstanden? Was ist mit der Liste der Bewohner?«

»Bin ich noch nicht zu gekommen, aber ich kümmere mich drum.« Was sollte er denn noch alles herausfinden, bevor sie endlich etwas unternahmen? Brauchte er einen Augenzeugen, der bestätigte, dass man Henriette umgebracht hatte? Den würde er auch noch beibringen, wenn es nötig war. So viel stand fest.

»Was ist mit dem Wagen auf dem Friedhofsparkplatz?«, fragte Hauke.

Mist, das hatte er ganz vergessen. Er entschuldigte sich und klemmte sich sofort dahinter. Danach würde er Henriettes verschlüsselter Nachricht auf den Grund gehen.

Goldberg kehrte mit einem Glas Wasser aus der Küche zurück, als Peter den Hörer gerade auflegte.

»Der Wagen gehört Henriettes Hausarzt«, sagte er und sah sie staunend an.

»Sind ganz schön viele Weißröcke in Kophusen unterwegs, oder?«, bemerkte Hauke.

»Ja, aber was will der von Helms hier und wo ist er hin?«

»Ruf in seiner Praxis an«, schlug Goldberg vor.

Peter nickte, suchte die Nummer aus einem der Dossiers und hob den Hörer ab. Seine Finger flogen über die Tasten, dann lauschte er. »Da läuft nur der Anrufbeantworter, obwohl die jetzt Sprechzeit hätten.«

»Bei Ärzten geht kaum noch jemand ans Telefon, scheißegal, wann du da anrufst.«

»Hast du eine Privatnummer von ihm?«, fragte Goldberg.

»Nein.«

»Dann sag denen, die sollen gefälligst zurückrufen«, befahl Hauke.

»Würde ich ja gerne, du Schlaumeier, aber man kann da keine Nachricht hinterlassen.«

»Super Service.«

»Wo wohnt von Helms?« Goldberg trank sein Glas aus.

»Warum willst du das wissen?« Hauke sah ihn misstrauisch an.

»Wir fahren hin.«

»Hast du mal auf die Uhr gesehen? Wir haben bald Feierabend.«

Goldberg begegnete Haukes Blick, der die Mundwinkel verzog.

»In Wedel«, sagte Peter.

»Nach Wedel? Da brauchen wir ewig hin.« Haukes Stimme hatte etwas Flehendes an sich.

Goldberg ließ es sich kurz durch den Kopf gehen, bevor er es sich anders überlegte. »O.k. Das können wir auch noch morgen machen. Peter, ruf die dortigen Kollegen an, ob die eine Vermisstenanzeige zu von Helms haben.«

Aus den Augenwinkeln bemerkte Goldberg, wie Hauke ihn argwöhnisch musterte. Der Mann war nicht zu unterschätzen. Er musste schnellstmöglich zu seiner alten Form zurückfinden. Das Telefonat dauerte nur einige Minuten. Die Kollegen hatten nichts vorliegen.

»Vielleicht macht der Mann nur Urlaub«, schlug Hauke vor.

»Urlaub? Und den verbringt er ausgerechnet in Kophusen?« Peter sah ihn ungläubig an.

»Warum nicht? Ist doch schön hier. So dicht am Deich, die Elbe gleich nebenan.«

»Und welcher Fluss fließt bitte an Wedel vorbei? Ist das etwa nicht die Elbe?«

»Ja, ja, ist ja gut.«

Goldberg glaubte nicht an Zufälle. Es war seltsam, dass der Wagen von Henriettes Hausarzt hier in Kophusen stand. Selbst wenn er ihr einen Hausbesuch abgestattet hatte, warum parkte er ausgerechnet am Friedhof? Hatte er dort etwas gesucht oder wollte er sich mit jemandem treffen? »Hauke, wir fahren noch einmal zum Friedhof und sehen uns genauer um«, sagte Goldberg. »Irgendetwas muss er dort ja gewollt haben. Hast du ein Foto von Dr. von Helms?«

Peter nickte. »Ich schicke es auf Haukes Handy.«

Sie verließen die Wache, und kurz darauf standen sie erneut neben von Helms' Wagen. Die ELB-Residenz lag ca. drei Kilometer entfernt. Goldbergs Meinung nach zu weit weg, um einen Spaziergang dorthin zu machen. Trautchen hatte ihnen erzählt, dass der Wagen am Sonntag hier abgestellt worden war. Ausgerechnet an Henriettes Todestag.

»Wenn Helms am Sonntag nach Kophusen gekommen ist, dann könnte er der Mann auf dem Video sein«, mutmaßte Goldberg laut.

»Das stimmt. Daran habe ich noch gar nicht gedacht.«

»Glaubst du, Trautchen erinnert sich, um welche Uhrzeit er hier abgestellt worden ist?«

»Die hockt doch bestimmt wie immer hinter dem Fenster. Soll ich mal winken?«

Ehe Goldberg einschreiten konnte, hatte Hauke auf die Hupe gedrückt. Er kletterte aus dem Wagen und hob die Hand zum Gruß. Diskretion war für ihn ein Fremdwort. Einen Augenblick später öffnete Trautchen ihre Haustür. Goldberg löste den Sicherheitsgurt und stieg aus.

»Siehste, sag ich doch.«

»Habt ihr rausgefunden, wem das Auto gehört?«, brüllte sie quer über die Straße.

Offenbar war Diskretion für alle Kophusener ein Fremdwort. Trautchen stapfte in Gummistiefeln auf sie zu.

»Selbst wenn ich wollte, ich darf es dir nicht sagen. Laufende Ermittlungen.« Hauke verschränkte die Arme vor der Brust.

»Komm schon, ich habe euch ja erst den Tipp gegeben.«

»Tut mir leid, Frau Eckert, mein Kollege hat recht. Wir möchten gerne wissen, wann Ihnen der Wagen das erste Mal aufgefallen ist.«

»Hab ich doch schon gesagt, Sonntag.«

»Um wie viel Uhr, Trautchen?«

»Zuerst kümmert sich niemand, und jetzt wollt ihr es so genau wissen? Ihr seid ja lustig. Keine Ahnung, gegen drei?«

»Also nachmittags?«

»Ja, klar, oder glauben Sie, ich hocke nachts vor meinem Fenster und glotze auf die Straße?«

Goldberg sagte lieber nichts. Doch Hauke ließ sie damit nicht durchkommen. »Vorsichtig, Trautchen, ja? Wir können dich auch aufs Revier mitnehmen und dort befragen. Das würde deinen Nachbarn sicher gefallen.«

Die Vorstellung schien ihr nicht zu behagen. Sie senkte den Blick. »Ich habe Kaffee gekocht. Mein Küchenfenster geht hier zum Parkplatz. Da habe ich ihn kommen sehen.«

»Gegen drei Uhr, da sind Sie sicher?«

»Ja, da ist bei uns Kaffeezeit. Da sitzen wir immer in der Küche.«

Hauke kramte sein Telefon hervor. »War das der Mann?« Er zeigte ihr das Foto von Helm's.

»Ja, ganz sicher.«

»War er allein?«

»Ich habe niemanden sonst gesehen.«

»Was passierte dann?«

»Er ist zum Friedhof rüber. Mit drei riesigen Lilien in der Hand.«

»Er hatte Blumen bei sich?«, fragte Goldberg.

Sie nickte. »Deshalb habe ich mir ja auch erst nichts dabei gedacht. Ist ja normal, dass man Blumen zum Grab bringt. Aber er kam nicht zurück.« Sie musterte die beiden Polizisten. »Habt ihr herausgefunden, wer das ist?«

Goldberg ignorierte ihre Frage. »Sie haben ihn danach nicht wieder gesehen?«

»Nö. Da ist doch was passiert, oder?«

»Danke, Frau Eckert.« Er nickte ihr zu und ließ sie stehen. »Kommst du?«

Hauke folgte seinem Chef. Nach einer kurzen

Lagebesprechung teilten sie sich auf. Das Gelände war für den kleinen Ort ziemlich groß. Als Kind hatte Goldberg Friedhöfe gemocht. Seine Großmutter hatte ihn oft mitgenommen, um das Grab des Großvaters neu zu bepflanzen. Sein Job dabei war es gewesen, das Wasser aus dem Brunnen zu holen und die Blumen zu gießen. Goldberg schlug den Weg nach links ein. Dieselbe Richtung, in der das Grab von Arthur Deterding lag. Er erinnerte sich an ihre Nacht-und-Nebel-Aktion, als sie dessen sterbliche Überreste ausgegraben hatten. Zum Glück hatte es keine ernsthaften Konsequenzen nach sich gezogen. Im Vorbeigehen überflog er die Namen auf den Grabsteinen. Plötzlich stachen ihm drei weiße Lilien ins Auge, etwa zwanzig Meter vor ihm. Er beschleunigte das Tempo. Als er das Grab erreicht hatte, las er den Namen des Toten. Überrascht blieb er stehen. Damit hatte er nicht gerechnet.

16

Der darauffolgende Vormittag brachte keine neuen Erkenntnisse. Von Helms' Wagen stand immer noch auf dem Friedhof. Trautchen würde ihnen Bescheid geben, sobald sich hier etwas tat. Den weißen Lilien nach zu urteilen, hatte der Arzt das Grab von Richard Stein aufgesucht. Henriettes verstorbener Mann. Peter hatte herausgefunden, dass er bis zu seinem plötzlichen Tod letztes Jahr ein hohes Tier in der Pharmaindustrie gewesen war. Doch Henriette hatte nicht viel über ihn gesprochen, und Bärbel hatte ihn nicht sonderlich gemocht, daher fiel sie als Informationsquelle dieses Mal aus. Die Tatsache, dass Henriette Webers Lehrerin gewesen war, bedeutete nach so langer Zeit nicht zwangsläufig, dass er sich auch an sie erinnerte. Goldberg hatte nur noch wenige Lehrer von damals in Erinnerung. Je älter er wurde, desto mehr verschwammen die

Bilder in seinem Kopf. Aber vielleicht kannte Weber Henriettes Mann?

»Wir haben zu wenig Informationen«, murmelte Goldberg.

»Dreht ihr jetzt völlig durch? Ihr glaubt doch nicht im Ernst an eine riesige Verschwörung? Was soll das bitte sein? Ein Skandal, in dem Ärzte und die Pharmaindustrie im großen Stil die Kassen übers Ohr hauen?«

»Warum nicht? Wäre nicht das erste Mal«, konterte Peter, der nach wie vor fest davon überzeugt war, dass Henriette eines gewaltsamen Todes gestorben war.

»Und Henriette ist die einsame Rächerin, die sich in das Stift einschleust und versucht, den Betrügerring zu sprengen?«

»Möglich.« Peters Stimme glich der eines trotzigen Kindes. Hauke schüttelte ungläubig den Kopf. Goldberg glaubte, dass die Wahrheit, wie so oft, irgendwo in der Mitte lag. Die Frage war nur, wo? Der Rest des Tages brachte weder Neuigkeiten von Henriettes Obduktion, noch hatte ihnen die Recherche zu den anderen Bewohnern irgendwelche Anhaltspunkte gegeben. Weitere Todesfälle aus dem Stift waren nicht bekannt, Henriette schien der einzige zu sein. Goldberg ging eine Stunde früher, um gemeinsam mit Magda sein kleines Haus auf Vordermann zu bringen. Danach machte er sich auf den Weg nach Hamburg.

Er parkte den Wagen gegenüber der Fabrik und beschloss, sich die verbleibende Zeit mit einem Kaffee zu vertreiben. Die Großstadtluft lenkte ihn von den zähen Ermittlungen ab. Das Getümmel auf den Straßen erfüllte ihn mit wohltuender Anonymität. Es tat zur Abwechslung mal gut, niemanden um sich herum zu kennen, sondern vogelfrei durch die Gegend streifen zu können. In dem Café gegenüber dem Bio-Supermarkt bestellte er sich einen großen Cappuccino und erwarb zwei Päckchen vom dem wunderbaren Espresso, für den Magda so schwärmte. Er setzte sich nach draußen auf eine der Bänke. Die Sonne war für diese Jahreszeit erstaunlich warm. Er genoss den Augenblick. Für einen Moment wünschte er sich, Magda wäre mitgekommen. Das Gute an ihrer Beziehung war, dass sie ihm genug Raum für sich ließ. Sie war eine sensible Frau. Auf Dauer würde er ihr die Sache mit Judith nicht verheimlichen können. Er glaubte, dass sie bereits ahnte, dass etwas in ihm vorging. Wenn er Glück hatte, schob sie es auf die Sorge um Peter. Er wollte nicht, dass das mögliche Treffen mit Judith ihre Beziehung vergiftete. Lieber verzichtete er darauf. Schließlich wusste er, wie das funktionierte, er hatte es am eigenen Leib erfahren. Das Gift wirkte schleichend, und sobald man es bemerkte, war es meistens zu spät.

Doch Goldberg fühlte sich schuldig bei dem Gedanken, Judith dieses Treffen zu verweigern. Selbst wenn es Magda verletzen sollte. Auf eigentümliche Art und Weise hatte er für seine Ex-Freundin Verständnis. Er konnte ihr ihre extreme Reaktion nicht verübeln. Im Grunde war er froh, dass ihm nicht das gleiche Schicksal widerfahren war und er, wenn auch nur knapp, einem solchen Zusammenbruch entgangen war. Ohne Jens hätte er das nicht geschafft. Und trotzdem war es eine bedrohliche Vorstellung für ihn, sie in der Klinik zu besuchen. Unter anderem, weil er nicht voraussehen konnte, was das Treffen in ihm auslösen würde. Er dachte an ihren Brief. Die wenigen Zeilen hatten seinen Beschützerinstinkt und sogar längst tot geglaubte Gefühle geweckt. Damals hatte er beschlossen, nichts zu unternehmen, doch das Schuldgefühl hatte ihn nicht losgelassen. Diese Geschichte war noch nicht ausgestanden. Er schüttelte seine Überlegungen ab, es wurde Zeit, zum Bahnhof zu gehen. Goldberg trank den letzten Schluck und trug die Tasse zum Tresen. Beim Verlassen des Cafés kam ihm der Gedanke, auf der Rückfahrt einen Zwischenstopp in Wedel einzulegen. Die Adresse des Arztes hatte er sich gemerkt. Jens fuhr gern über Land. Es würde nicht lange dauern. Sein Freund hatte sicher nichts dagegen. Als Goldberg auf den Bahnsteig trat, hielt der Zug gerade mit einem lauten Quietschen. Kurz darauf kam Jens ihm entgegen.

»Man mag es kaum glauben, aber wir sind vier Minuten zu früh angekommen«, begrüßte ihn sein bester Freund.

Die beiden Männer umarmten sich. Jens zu sehen beruhigte Goldberg auf der Stelle. Für ihn war er eine Art Heilmittel. Seine bloße Anwesenheit bedeutete Sicherheit.

»Ich habe uns Espresso besorgt. Bin gespannt, was du von dem hältst«, sagte Goldberg und hielt die beiden braunfarbenen Packungen in die Höhe. Jens war ein Meister in der Welt des Kaffees.

»Oh, gut. Von dem habe ich schon gehört.«

Sie gingen durch den Kopfbahnhof rechts an dem Blumenladen vorbei.

»Wenn es dir nichts ausmacht, fahren wir einen kleinen Umweg.«

»Was ist der Grund?«

»Wir haben einen herrenlosen Wagen gefunden. Der Besitzer wohnt in Wedel. Da würde ich gerne kurz vorbeischauen und fragen, ob alles in Ordnung ist.«

»Kein Problem.«

Sie spazierten das kleine Stück zurück durch Ottensen bis zur Parkbucht, wo er den Saab abgestellt hatte. Goldberg startete den Motor und lenkte den Wagen vorsichtig durch die Straßen, auf denen sich Fußgänger und Radfahrer wie selbstverständlich bewegten, als wäre es eine verkehrsberuhigte Zone. Das war ein Grund, warum er die Großstadt immer noch weitestgehend mied. Ein heilloses Durcheinander! Das alte Navigationsgerät an der Windschutzscheibe wies ihnen den Weg. Er musste zugeben, dass es sehr praktisch war, wenn man sich erst daran gewöhnt hatte.

»Wie geht es Peter?«, nahm Jens das Gespräch wieder auf.

»Momentan ist er in die Ermittlungen vertieft.«

»Habe ich etwas verpasst?«

»Um ehrlich zu sein, ist es eher eine Beschäftigungsmaßnahme.«

»So schlimm?«

»Ich hoffe, das kannst du mir sagen.«

»Wird schwierig, wenn er nichts davon merken soll.«

»Ja, ich weiß.«

»Gibt es denn Hinweise auf ein Verbrechen?«

»Objektiv betrachtet nicht. Aber es ist alles sehr merkwürdig. Wir haben eine versteckte Kamera in ihrem Appartement im Stift gefunden. Von ihr selbst installiert. Außerdem hat sie uns eine geheime Nachricht hinterlassen, die wir bisher nicht entschlüsseln konnten.«

»Klingt mal wieder mysteriös.«

Goldberg nickte. Er spürte den Blick des Therapeuten auf seinem Gesicht ruhen. Deshalb wollte er, dass Jens sich Peter ansah, man konnte diesem Mann nichts vormachen. Der Nachteil war, dass das ihn selbst einschloss.

»Und du?«, fragte Jens.

Er versuchte gar nicht erst, fadenscheinige Ausreden zu erfinden. »Nicht gut.«

»Das sehe ich. Was ist los? Magda?«

Goldberg konzentrierte sich auf die Landstraße. Sie passierten Iserbrook, einen Stadtteil im Hamburger Westen. Er schüttelte den Kopf. »Nein, das ist es nicht. Also jedenfalls nicht direkt.«

Er tat sich schwer, seinem besten Freund von dem Brief und der Bitte aus der forensischen Psychiatrie zu berichten.

»Hast du wieder Albträume?«

Erneut schüttelte er den Kopf. »Ich kann darüber jetzt nicht reden«, sagte er, ohne abweisend klingen zu wollen.

Jens schwieg einen Moment. »O.k., sag es mir, sobald du so weit bist.«

»Danke.«

»Wofür? Ich bin nicht mehr dein Therapeut, sondern dein Freund. Glaube mir, wenn ich dein Analytiker wäre, würde ich dich nicht so leicht vom Haken lassen.«

»Ja, ich erinnere mich dunkel.«

»Magst du mir von dem Fall erzählen? Ist ja noch keine laufende Ermittlung.« Er grinste.

Goldberg musste lächeln. In groben Zügen schilderte er, was in dem Stift geschehen war. Jens hörte schweigend zu, nickte an der einen oder anderen Stelle und ließ ihn nicht aus den Augen. Als er fertig war, erreichten sie passenderweise das Ortsschild von Wedel.

»Und was willst du jetzt von Helms?«

»Sehen, ob er da ist oder ob seine Frau mir sagen kann, wo er sich aufhält.« Es dauerte nicht lange, bis er den Wagen vor einem großen, weißen Haus parkte. »Du bleibst hier.«

»Selbstredend.«

Die Pforte zur Auffahrt war verschlossen, sodass er auf den dezenten Klingelknopf drückte. Goldberg schaute sich um. Für einen gewöhnlichen Hausarzt war dieses Anwesen übertrieben luxuriös.

»Ja?« Eine Stimme ertönte aus dem Lautsprecher.

»Guten Tag, mein Name ist Goldberg. Philip Goldberg. Polizei Kophusen. Es geht um den Wagen von Herrn Dr. von Helms. Darf ich kurz reinkommen?«

»Können Sie sich ausweisen?«

Aus alter Gewohnheit trug er seinen Dienstausweis immer bei sich. In Berlin hatte er ihn mehrmals gebraucht, obwohl er außer Dienst war. Er zog das Kärtchen aus der Innentasche des Sakkos und suchte die Kamera.

»Rechts von Ihnen.«

Goldberg richtete den Blick zur Seite. Die winzige Überwachungskamera, die an der Steinmauer hing, sirrte. Er streckte den Arm aus. Das Brummen des Zooms ertönte. Es schien, als scannte sie seinen Ausweis. Kurz darauf sprang die Pforte mit einem Klacken auf. Goldberg trat auf den gepflasterten Weg, der zur Haustür führte. Als er die letzte Stufe nahm, öffnete sich die Tür. Eine Frau mittleren Alters erschien. Sie sah streng aus, aber das konnte auch an ihrer Frisur liegen. Die blonden Haare waren im Nacken zu einem Pferdeschwanz zusammengebunden. Für Goldbergs Geschmack war sie zu stark geschminkt. Ihre schwarz umrandeten Augen musterten ihn. Er hielt ihr die Hand zur Begrüßung hin, doch sie reagierte nicht. Stattdessen zog sie die Tür auf. Immerhin, dachte er und trat in den Flur, in dessen glänzenden Fliesen sich ihr rotes Kleid spiegelte.

»Gehen wir in die Küche.«

Goldberg folgte ihr in den riesigen, fast klinisch wirkenden Raum. Vor der Kochinsel mit dem Herd blieb sie stehen. Töpfe und Pfannen hingen von der Decke. Nutzlos, hier schien seit Jahren niemand mehr gekocht zu haben.

»Sie sagten, es gehe um das Auto meines Mannes?«

Ihre Stimme klang kühl, fast desinteressiert. Goldberg nickte. In wenigen Sätzen berichtete er ihr von dem abgestellten Wagen am Kophusener Friedhof. Die Frau sah ihn durchdringend an, als könne sie seine Gedanken lesen. Doch der Kommissar ließ sich nicht beirren. Er kannte diese Art von Menschen, die glaubten, allein ihr Geld würde ihnen eine besondere Position in der Welt verschaffen.

»Und was wollen Sie da von mir?« Ihre Arme hatte sie inzwischen vor ihrer Brust verschränkt. Aus den blauen Augen sah sie ihn ungerührt an.

»Wissen Sie, wo sich Ihr Mann zurzeit aufhält?«

»Nein.«

»Sie machen sich also keine Sorgen?«

»Wozu? Er kommt und geht, wann er will.«

»Seit wann ist er denn schon weg?«

Sie machte eine vage Geste, als wäre es ihr egal. »Ein paar Tage.«

»Und er hat nicht gesagt, wo er hinwollte?« Sie schüttelte den Kopf. »Und die Praxis?«

»Er praktiziert nur noch sporadisch. Sein Nachfolger hat jetzt das Zepter in der Hand.«

»Kommt das öfter vor, dass Ihr Mann für ein paar Tage verschwindet?«

Ihre Augen verengten sich. Sie kniff die Lippen zusammen und presste einen undefinierbaren Laut heraus. »Mein Mann und ich wohnen zwar gemeinsam in diesem Haus, aber wir führen getrennte Leben. Ich habe keine Ahnung, wo er ist, warum er dort ist und wann er gedenkt zurückzukommen.«

»Sagt Ihnen der Name Richard Stein etwas?«

»Nein.«

Damit war für sie das Gespräch offenbar beendet. Goldberg folgte ihr gehorsam zur Tür, wo man sich knapp verabschiedete. Als er in den Saab stieg, sah ihn Jens fragend an. Goldberg schüttelte den Kopf. »Ein tolles Haus mit Elbblick ist kein Garant für ein glückliches Leben.«

»Ist es nie gewesen, mein Lieber.«

Fast fünfzig Minuten später erreichten sie Goldbergs Häuschen. Magda erwartete sie bereits mit einer kleinen Auswahl an Leckereien vom Markt. Die beiden umarmten sich und fielen sofort in eine angeregte Unterhaltung. Goldberg stellte Jens' Koffer ab. Als er wiederkam, saßen sie schon am Tisch. Hunger war das Letzte, was er momentan verspürte, deshalb überlegte er, wie er sich unauffällig dieser Situation entziehen konnte.

»Kommst du?«, fragte Magda, die gerade dabei war, ihnen Rotwein einzuschenken.

Ehe Goldberg antworten konnte, vibrierte sein Mobiltelefon in der Tasche. Dankbar für die Ablenkung hob er entschuldigend die Hand. Er verschwand nach draußen auf die Terrasse. Auf dem Display leuchtete die Nummer der Wache. »Ja?«

»Tut mir leid, dass ich dich störe, aber wir haben ein Problem«, sagte Peter.

Von Störung konnte gar keine Rede sein. »Was ist los?«

»Elenor Weiß hat angerufen. Im Stift ist eingebrochen worden.«

»Gibt es Verletzte?«

»Nein. Sie sind in den Keller eingedrungen, deshalb hat sie es erst so spät bemerkt.«

»Ich bin gleich da.«

»Du brauchst nicht zu kommen, ich mache das auch allein. Ich wollte nur, dass jemand Bescheid weiß. Hauke ist nicht zu erreichen.«

»Es macht mir nichts aus.«

Ohne eine Antwort abzuwarten, beendete er das Gespräch und kehrte in die Küche zurück.

»Ich muss noch mal weg.« Er gab Magda einen Kuss.

»Jetzt?«

»Tut mir leid.«

»Das solltest du nicht zu oft machen, Philip«, sagte Jens scherzhaft.

»Ich beeile mich.«

17

Als Peter seinen Chef durch die Scheibe kommen sah, nahm er sich Dienstmütze und Jacke vom Haken und verließ das Revier. Er war froh, dass Philip angeboten hatte mitzukommen. Auch wenn er ein schlechtes Gewissen hatte, ihm den Abend mit seinem Besuch zu verderben.

Nachdem Hauke gegen siebzehn Uhr gegangen war, hatte Peter sich entschieden, seine Recherchen voranzutreiben. Viel hatte er allerdings nicht herausfinden können. Mit Henriettes Rätsel war er nicht weitergekommen. Ihr verstorbener Mann blieb ebenfalls verschwommen. In dem Pharmakonzern war Richard Stein für die Forschungsabteilung verantwortlich gewesen, so viel hatte er nach einem Anruf in Erfahrung gebracht. Auf der Internetseite des Pharmagiganten fanden sich keine Informationen mehr zu ihm, und im Netz schien er auch nicht zu existieren.

»Wann hat Frau Weiß den Einbruch gemeldet?«, fragte Philip.

»Kurz bevor ich dich angerufen habe.« Sie stiegen in den Streifenwagen. »Danke, dass du mitkommst.«

»Ist doch kein Problem.«

Schweigend bogen sie auf die Hauptstraße ab. Peter hatte Mühe, seine Unruhe im Zaum zu halten, sie vor Philip zu verbergen.

»Ich war heute Abend bei Dr. von Helms.«

Erstaunt drehte Peter den Kopf. »Ach, und?«

»Seine Frau ist nicht gerade gut auf ihn zu sprechen. Sie weiß nicht einmal, wo er sich aufhält. Die beiden leben scheinbar seit Jahren nebeneinanderher.«

»Manchmal frage ich mich, warum solche Paare zusammenbleiben.«

»Womöglich ist das Scheitern schlimmer als das Ausharren.«

»Gescheitert ist die Ehe doch so oder so, ob sie nun zusammenwohnen oder nicht.«

»Es ist etwas anderes, es laut auszusprechen und daraus die notwendigen Konsequenzen zu ziehen.«

»Meinst du? Ich finde, es ändert nichts an der Tatsache an sich. Vorbei ist vorbei.«

»Jedenfalls kommen wir da nicht weiter.«

»Und die Praxis? Da muss er sich doch abgemeldet haben.«

»Seine Frau sagt, dass er nur noch gelegentlich praktiziert.«

»Wir müssen ihn suchen. Was ist, wenn ihm auch etwas zugestoßen ist?«

»Falls er überhaupt noch in Kophusen ist.«

»Warum sollte er sein Auto hier abstellen und ohne den Wagen wieder abreisen?«

Philip antwortete nicht. In letzter Zeit schien sein Chef mit seinen Gedanken immer öfter woanders zu sein. Schon seit Beginn ihrer Zusammenarbeit war er eher der ruhige und etwas undurchsichtige Typ gewesen, der so ziemlich jeder persönlichen Unterhaltung aus dem Weg ging. Doch inzwischen kannte Peter die Anzeichen. Wenn Philip Probleme wälzte, wurde er noch stiller. Sein Blick schweifte ins Leere. Es war zwecklos, ihn darauf anzusprechen. Stattdessen konzentrierte Peter sich auf die Straße und seine eigenen Gedanken, die ihn nicht weniger plagten. Das Schuldgefühl, Henriette nicht gerettet zu haben, begleitete ihn unentwegt. Ebenso wie die unzähligen unbeantworteten Fragen, die nicht abebbten, sondern zunahmen. Die letzten Nächte waren für ihn nahezu schlaflos geblieben. Obwohl sie sich nur kurze Zeit gekannt hatten. Er fand es erstaunlich, wie vertraut sie gewesen waren und wie schwer sich ihr Tod deswegen anfühlte. Doch bei aller Trauer spürte er auch dieses drängende Gefühl der Wut. Er war gekränkt, dass sie sich ihm nicht anvertraut hatte, fühlte sich nicht ernst genommen. Manchmal kam ihm der Gedanke, dass sie ihn nur für einen Mann gehalten hatte, mit dem man sich nett unterhalten konnte. Einen einfachen Streifenpolizisten, der weit unter ihr stand. Das war kindisch, das wusste er, aber es ließ ihn trotzdem nicht los. Es kränkte ihn und verletzte zugleich sein Selbstverständnis. Er hatte sich immer für einen aufrechten, guten Polizisten gehalten, aber

173

Henriettes mangelndes Vertrauen versetzte ihm einen kräftigen Stoß. Es rüttelte seine Eigenwahrnehmung durch. Hatte er sich all die Jahre, in denen er in seinem Beruf aufgegangen war, etwas vorgemacht? Selbstverständlich gab es Unterschiede zwischen dem Dienst hier in Kophusen und in Großstädten wie Hamburg oder Berlin. Er hatte nie in die Ferne gewollt, nie eine große Karriere angestrebt. Das hatte er sich zumindest immer gesagt. War das nur die halbe Wahrheit? Wusste er insgeheim, dass es nicht für mehr gereicht hätte? Und hatte Henriette genau das erkannt? Seine düstere Stimmung verstärkte sich. Er nahm sich vor, in den kommenden Tagen die Zeit auf der Yogamatte zu verdoppeln, als er den Wagen die Auffahrt zur ELB-Residenz hinauflenkte.

Die Tür zum Stift stand offen. Elenor Weiß erwartete sie bereits. Peter erkannte sie sofort. Obwohl sie sehr mitgenommen aussah und nicht viel mit dem strahlenden Gesicht gemein hatte, das er von der Internetseite her kannte. Es hatten sich einige Strähnen aus dem sonst so sorgfältig frisierten Haar gelöst und fielen ihr in die Stirn. Die grauen Locken umspielten ihre müden Augen. Ihr Make-up war verwischt.

»Guten Abend, meine Herren. Wie schön, dass Sie so schnell gekommen sind. Ich bringe Sie ins Untergeschoss.« Elenor Weiß führte sie den Korridor entlang, bis sie zu einer unscheinbaren Tür kamen. Sie öffnete sie und betätigte den Lichtschalter von innen. Eine breite Holztreppe erschien. »Ich gehe vor.« Sie nahm die ersten Stufen.

Peter warf einen prüfenden Blick auf das Türschloss. Keine sichtbaren Einbruchspuren.

»Wann haben Sie den Einbruch bemerkt?«, fragte Philip, während sie die steile Treppe hinabstiegen.

»Vor einer Stunde etwa. Ich war im Souterrain, weil ich einige Unterlagen brauchte, und da ist mir das eingeschlagene Fenster aufgefallen.«

»Was lagern Sie hier unten?«

Elenor Weiß hatte das Ende der Treppe erreicht. Sie blieb stehen. »Akten, die Buchhaltung, allerlei Papierkram eben.«

Peter hielt auf der letzten Stufe inne. Er schaute sich um. Die Kellerräume waren vollständig ausgebaut. Von dem langen Gang, in den sie blickten, gingen wiederum mehrere Türen ab. Hauke hatte ihnen von den Zimmern erzählt, in dem Betten und medizinische Geräte unter Folie abgedeckt lagerten. Hatten die Einbrecher es auf die Medizintechnik abgesehen? Sicher brachten die Hightech-Instrumente einiges Geld ein.

»Die Tür nach oben, ist die immer abgeschlossen?«, fragte Philip.

Die Hausmanagerin nickte, wobei eine Haarsträhne auf und ab wippte. Mit einer eleganten Geste strich sie sie sich aus dem Gesicht. »Ja.«

»Dieses Mal auch?«

»Natürlich. Wir sind stets um die Sicherheit unserer Reisenden bemüht.«

Sie drehte sich um. Mit wiegenden Hüften schritt sie an den weiß getünchten Wänden vor ihnen her. Der Geruch erinnerte Peter an die Klinik, in der Marion zuletzt gelegen hatte. Es roch nach Desinfektionsmitteln.

»Hier ist es.« Elenor Weiß blieb vor der offenen Tür stehen.

Sie warfen einen Blick in den Raum.

»Was ist das hier?«, fragte Philip.

»Das wird der klinische Teil unseres Stifts.«

»Und was bedeutet das?«

Frau Weiß straffte sich instinktiv und setzte ein stolzes Lächeln auf. »Wir planen ein Geriatrie-Kompetenzzentrum mit einer überschaubaren Anzahl an Pflegebetten. Wie Sie vielleicht wissen, bin ich die Leiterin der ELB-Residenz-Stiftung und wir arbeiten mit Hochdruck daran, diese Station zum Leben zu erwecken.«

»Und was soll hier gemacht werden?«, fragte Peter.

»Hier entsteht die modernste Geriatriestation Deutschlands, eine Ambulanz ist ebenfalls in Planung.«

»Für Ihre Reisenden?«

»Nicht nur. Wir denken in größeren Dimensionen, Herr Goldberg. Kophusen ist erst der Anfang. Die Menschen werden immer älter. Wir finden, dass unsere Gesellschaft nicht angemessen darauf vorbereitet ist. Die medizinische Forschung schreitet weiter voran, doch niemand denkt an das Ausmaß und die Betreuung einer immer älter werdenden Bevölkerung. Wir wollen das ändern.«

»Ich vermute, dass Sie nur den finanzkräftigen Teil der immer älter werdenden Gesellschaft meinen«, wandte Philip ein.

Peter sah, wie sich Elenors Gesicht zu einem spöttischen Lächeln verzog.

»Am Anfang wird es sicher nur einen kleinen Teil ansprechen, aber wir planen, Filialen aufzubauen. Wenn unser Konzept funktioniert, wird es bald viele von diesen Zentren geben, und damit werden sich natürlich auch die Kosten deutlich verringern.«

»Verstehe«, erwiderte Philip.

Die beiden Männer betraten den Raum, der wie ein großes Büro eingerichtet war. Die Folie war zerrissen worden, und Schubladen der Aktenschränke standen offen. Einige Papiere ragten heraus, andere lagen achtlos auf dem Boden.

»Haben Sie etwas angefasst oder verändert?«, fragte Peter.

»Nein, ich habe Sie sofort benachrichtigt.«

»Wir melden uns bei Ihnen, wenn wir Sie brauchen sollten«, sagte Philip.

Mit einem kurzen Nicken verabschiedete sie sich. Der Klang ihrer Absätze hallte durch den Flur. Erst als das Klacken verebbt war, brach Philip das Schweigen. »Was denkst du?« Er ging zum Fenster hinüber.

Das Loch war groß genug für eine Hand. Offenbar hatte der Täter die Scheibe eingeschlagen und dann das Fenster entriegelt.

»Schon komisch, Einbrecher, die Akten durchwühlen«, sagte Peter. »Es sei denn, die haben nach etwas ganz Bestimmtem gesucht.«

»Aber was könnte das sein? Patientenakten?«

»Keine Ahnung. Unterlagen zur Stiftung? Buchhaltungskram?« Peter stand mitten im Raum. Seine Augen wanderten die aufgebrochenen Schränke entlang. Dann zog er sich ein Paar Einweghandschuhe über, die er vorsorglich eingesteckt hatte, und warf Philip ein weiteres Paar zu. Der fing sie auf und zog sie über. »Haben die gefunden, wonach sie gesucht haben?«, fragte Peter.

»Das ist nicht ausgeschlossen.«

Vorsichtig zog Peter eine Schublade nach der anderen auf. Er blätterte durch die Mappen. »Das sind eine Menge Akten. So viele Bewohner hat das Stift doch gar nicht. Wo kommen die alle her?«

»Eine gute Frage.« Philip war neben ihn getreten. Er griff sich eine Akte heraus und blätterte sie durch.

»Die Schränke waren ordnungsgemäß abgeschlossen. Der oder die Täter wussten das«, überlegte Peter.

»Warum ist jemand an alten Patientenakten interessiert?«, fragte Philip. »Ruf Simon und Frank an, die sollen sich den Keller vornehmen.«

»Dauert, aber sie kommen«, sagte er, nachdem er das Telefonat beendet hatte.

»Was haben die hier bloß gesucht?«, fragte Philip, während er die Akte zurück in den Schrank schob.

»An den Geräten waren sie jedenfalls nicht interessiert. Ich glaube, einen herkömmlichen Einbruch können wir getrost ausschließen.«

»Die haben nach Informationen gesucht.«

»Sollen wir uns die Akten vornehmen?«

»Es könnte nicht schaden zu wissen, was da drinsteht.«

Bei dem überwiegenden Teil handelte es sich tatsächlich um Krankenakten, die meisten davon älter als zehn Jahre. Die personenbezogenen Daten waren notdürftig geschwärzt worden. Ob das der neuen Datenschutzverordnung geschuldet war, bezweifelte Peter. Er zog eine andere heraus und schlug sie auf. Das war seltsam, diese enthielt weder Namen noch Adressdaten, stattdessen hatte man sie mit einer Nummer versehen. Auf den ersten Blick konnte er mit den Akten nichts anfangen, er war schließlich kein Arzt. Deshalb entschloss er sich kurzerhand, das Exemplar mitgehen zu lassen. Niemandem würde das auffallen, außerdem konnte der Einbrecher sie ja gestohlen haben.

»Peter, was machst du da?« Philips Stimme war kaum mehr als ein Flüstern.

»Ich sichere Beweismaterial«, entgegnete er und schob sich die Mappe in den Hosenbund. Den Rest verbarg er unter der dicken Lederjacke seiner Uniform.

»Ich habe einen schlechten Einfluss auf dich«, stellte Philip fest. »Steck die dazu.«

Peter nahm die zweite Akte und schob sie zu der anderen. »Gehen wir nach oben.«

Auf dem Weg zur Treppe warfen sie einen Blick in jeden Raum, dessen Tür offen stand. In fast allen befanden sich wenigstens zwei Betten. Außerdem gab es ein Lager, das mit Büromaterial und medizinischem Zubehör vollgestopft war. Peter hatte keine Ahnung, wann diese Station ihre Arbeit aufnehmen wollte, aber man war offenbar gut vorbereitet.

Kurz vor der Treppe blieb Philip abrupt stehen.

Mit einer Handbewegung bedeutete er ihm, sich nicht von der Stelle zu rühren. »Hörst du das?«, flüsterte er.

Peter hielt inne und lauschte in den Korridor. Das leise Stöhnen war kaum zu hören. Die beiden Polizisten warfen sich einen kurzen Blick zu. Peter zog die P99Q aus dem Gürtelholster und schlich so leise wie möglich an der Treppe vorbei. Das Stöhnen schien vom Ende des Flurs zu kommen. Vor der letzten Tür blieb Philip stehen und horchte. Das Stöhnen war definitiv lauter geworden. Peter spürte, wie seine Herzfrequenz sich beschleunigte. Es war selten, dass er in die Verlegenheit kam, von der Dienstwaffe Gebrauch zu machen. Deshalb war er jedes Mal aufs Neue nervös. Natürlich absolvierte er sein regelmäßiges Schießtraining, aber das war nicht mit einem echten Einsatz zu vergleichen. Er blieb ebenfalls stehen und lauschte angestrengt am Türblatt.

»Und jetzt?«, flüsterte Peter.

Philip wandte den Kopf. »Wir gehen rein.«

Peters Herzschlag beschleunigte sich abermals. Er nickte. Die Waffe in beiden Händen, positionierte er sich. Sein Chef trat einen Schritt von der Tür weg, sodass Peter freies Schussfeld hatte, und griff nach der Klinke. Lautlos begann er zu zählen. Peter versuchte, die Nervosität unter Kontrolle zu halten. Eins. Zwei. Bei drei stieß Philip ruckartig die Tür auf. Ohne nachzudenken, machte Peter einen Satz nach vorne in den Raum. Sein Blick fiel auf das Bett. Er traute seinen Augen nicht. Vor ihm lag ein Kind! Erschrocken hatte es sich aufgerichtet. Das

Stöhnen war verstummt. Es sah blass aus. Peter ließ die Waffe sinken und zog sein Telefon aus der Tasche. Er wollte gerade den Notarzt verständigen, als sein Blick auf die Person fiel, die vorsichtig hinter der gegenüberliegenden Tür hervortrat. Peter starrte in die weit aufgerissenen Augen einer alten Frau.

18

Haukes Abende waren vergleichsweise ruhig geworden. Nach dem Desaster mit Sophie hatte er sich aus der aktiven Frauenjagd zurückgezogen. Er hatte die Nase voll und geschworen, sich nie wieder mit einem weiblichen Wesen einzulassen. Die meiste Zeit war es kein Problem für ihn. Auch wenn er das weiche Haar von Sophie manchmal noch schmerzlich vermisste. Ganz zu schweigen von ihren Küssen. Der Fernseher lief, doch er schaute kaum hin. Es gab wieder einmal nur Schrott. Eigentlich hatte er die Abendsonne auf seiner Terrasse genießen wollen, aber die Temperaturen waren gefallen. Als der Wind ihm durch den Pyjama gefahren war, hatte er die Terrassentür geschlossen. Nun saß er auf der Couch und trank bereits das zweite Bier. Er lebte noch immer in dem Haus, das er mit Hilke gekauft hatte. Er wollte sich nicht davon trennen, weshalb er sie nach der Scheidung ausbezahlt hatte. Hauke war ein ordnungsliebender Mensch. Bei ihm konnte man vom Boden essen, darauf war er stolz. Auch wenn seine sonstigen Angelegenheiten weniger aufgeräumt waren, auf die Sauberkeit des Hauses legte er den allergrößten Wert. Selbst sein Mobiltelefon besaß einen festen Platz im Flur auf der Anrichte, wo es in der Ladestation stand. Gelangweilt erhob er sich und warf einen Blick auf das Display. Es zeigte einen verpassten Anruf vom Revier an. Da Philip Besuch hatte, tippte er auf Peter, der sicher noch immer an seinem Rechner saß und versuchte, ihren neuen Fall zu knacken, der in Haukes Augen gar kein richtiger Fall war. Eher eine Beschäftigungsmaßnahme. Aber ihm sollte das recht sein. Damit Peter nicht auf dumme Gedanken kam. Er nahm das Telefon und wählte die Nummer der Wache. Als der Anrufbeantworter ansprang, wunderte er sich. Normalerweise wurden die Anrufe auf das Diensthandy umgeleitet. Peter musste vergessen haben, die Rufumleitung zu aktivieren.

Nacheinander versuchte er, die beiden Kollegen mobil zu erreichen, doch es sprang jeweils nur die Mailbox an. Seine Versuche auf Peters Festnetzanschluss blieben ebenfalls erfolglos. Philip besaß gar keinen. Unruhe packte ihn. Sein Freund rief nicht grundlos nach Feierabend an und war danach nicht zu erreichen. Hauke überlegte kurz, bei der Wache vorbeizufahren. Noch war er fahrtüchtig. Eigentlich hatte er vorgehabt, den gesamten Abend im Schlafanzug auf dem Sofa vor der Glotze zu verbringen. Doch dieser verpasste Anruf wurmte ihn. Normalerweise hinterließ sein Kollege wenigstens eine Nachricht. Er trug die halb geleerte Bierflasche in die Küche. Dann beschloss er, sich jetzt gleich auf den Weg zu machen. Wenn er sich vergewissert hatte, dass alles in Ordnung war, konnte er sich immer noch vor die Glotze hauen.

Eine halbe Stunde später saß er in seinem ampelgrünen Jetta. Sein Haus lag außerhalb Kophusens. Hilke hatte damals näher an Glückstadt wohnen wollen, und ihm war es egal gewesen. Als er in die Nebenstraße abbog, fiel sein Blick sofort auf den leeren Stellplatz, auf dem normalerweise der Dienstwagen parkte. Philips Saab stand direkt daneben. Sein ungutes Gefühl verstärkte sich. »Scheiße«, fluchte er leise.

Wie erwartet war das Revier verwaist. Peter hatte ihn vermutlich zu einem Einsatz mitnehmen wollen. Aber wohin waren sie gefahren? Auf dem Schreibtisch seines Kollegen fand er weder eine Notiz noch einen Zettel mit einer Adresse. Unschlüssig blieb er stehen. Sie konnten überall sein. Dann kam ihm eine Idee. Die neue Telefonanlage bot einige Annehmlichkeiten, unter anderem war es ihnen endlich möglich, die Anruflisten einzusehen. Der letzte Anruf war vor rund zwei Stunden eingegangen. Er drückte die Wahlwiederholung.

»ELB-Residenz Kophusen«, meldete sich eine junge Frauenstimme.

Ohne ein Wort zu sagen, legte Hauke wieder auf. Falls gar nichts passiert war, wollte er die hochnäsige Bagage nicht unnötig aufschrecken.

»Du bist schon paranoid«, murmelte er und schwang sich wieder in seinen Jetta.

Kurz darauf kam er auf dem ELB-Residenz-Parkplatz neben dem Wagen der Kollegen von der Spurensicherung zum Stehen. Hastig stapfte er über den Kies zum Eingang. Mit drei großen Schritten nahm er die Stufen. Simon und Frank saßen in dem Salon bei einer Tasse Kaffee und Gebäck, wie zwei englische Großgrundbesitzer. Hauke stürmte in den Raum. »Was zum Teufel macht ihr hier?«

Die beiden Männer sahen auf. »Wir warten«, erklärte Simon seelenruhig.

»Ach nee. Das sehe ich selbst, und worauf wartet ihr?«

Frank holte Luft, doch der Kollege kam ihm zuvor. »Auf deine Kollegen.«

Hauke unterdrückte seinen aufkeimenden Unmut. »Und wo sind die?«

»Im Keller.« Jetzt war Frank schneller, der sich zufrieden einen der Kekse in den Mund schob.

Hauke eilte aus dem Salon und wäre fast mit einer jungen Frau zusammengeprallt. Für den Bruchteil einer Sekunde straffte er seinen Körper. Ach was soll's, dachte er und ließ die Schultern gleich wieder hängen. Dieses ganze Frauending hatte sich für ihn ein für alle Mal erledigt. Die Lust an der Jagd war ihm abhandengekommen. Es kam ihm mittlerweile oberflächlich und dumm vor.

»Entschuldigen Sie, wo geht es denn zum Keller?«

»Wer sind Sie?« Die junge Frau sah ihn irritiert an. Erst jetzt fiel Hauke ein, dass er gar keine Uniform trug.

»Hauke Thomsen, Polizei Kophusen.«

»Haben Sie einen Ausweis?«

Er schüttelte den Kopf. Den hatte er natürlich zu Hause liegen lassen.

»Warten Sie bitte im Salon. Ich werde Frau Weiß Bescheid geben.«

Sie verschwand in die Richtung, aus der sie gekommen war. Für einen kurzen Moment blieb Hauke verdattert stehen. Dann besann er sich. Er ging sicher nicht zu den Kollegen zurück, die gemütlich bei Kaffee und Kuchen saßen, und wartete auf die Erlaubnis der Oberaufseherin. Die konnten ihn mal kreuzweise. Er vergewisserte sich, dass niemand ihn beobachtete, dann huschte er über den Gang. Irgendwo musste es ja schließlich nach unten gehen. Ein paar Meter weiter stieß er auf eine schmale Tür und riss sie auf.

»Bingo«, flüsterte er.

Das Licht brannte. Als er seinen Fuß auf die erste Treppenstufe setzte, ertönte ein Knarren. Er hob den Fuß wieder an und betrat die Stufe erneut. Dieses Mal am äußersten Rand, sodass er sie fast lautlos bewältigte. Unten angekommen blieb er stehen. Gedämpfte Laute drangen vom Ende des Gangs zu ihm. Eine der beiden Türen stand offen. Er schob den Kopf durch den Spalt und spähte hinein. Auf dem Bett an der Wand saß ein Junge. Hauke schätzte ihn auf elf oder zwölf Jahre. Mit betretenem Gesicht sah er zu Hiltrud, die neben ihm saß und seine kleine Hand hielt. Er erkannte sie sofort wieder. Beim Eintreten wandten sich Philip und Peter zu ihm um.

»Hauke, was machst du denn hier?«

»Du hast doch versucht, mich anzurufen. Da habe ich mir Sorgen gemacht.«

»Woher weißt du, wo wir sind?«

»Polizeiarbeit. Und was zum Teufel macht ihr hier?« Er sah zu dem ungleichen Paar auf dem Bett hinüber.

Hiltruds argwöhnischer Blick heftete sich auf ihn. »Ich nehme an, dass Thomas Lohse nicht Ihr richtiger Name ist?«, bemerkte sie kühl.

»Ertappt. Hauke Thomsen, Polizei Kophusen.« Er ging auf sie zu und streckte ihr die Hand entgegen.

»Meinen Namen kennen Sie ja schon. Und das ist mein Enkel Jonas. Er kommt mich jeden Donnerstagabend besuchen und bleibt über Nacht. Seine Eltern sind viel unterwegs.«

Hauke sah zu Philip, der nur mit den Schultern zuckte.

»Elenor Weiß hat uns einen Einbruch im Keller gemeldet«, setzte Peter zur Erklärung an. »Dabei sind wir auf die zwei gestoßen.«

»Mit einer Schusswaffe in der Hand«, fügte Hiltrud empört hinzu.

»Das war cool«, rief der Junge, sein Gesicht rot vor Aufregung. »Wie im Film.«

»Die beiden haben Krankenhaus gespielt. Kann man das ahnen?«, sagte Peter.

»Die Tür zum Keller war angelehnt«, erklärte Hiltrud, »das ist sonst nie der Fall, da waren wir neugierig.«

»Kein Wunder, dass ihr nicht ans Telefon geht.«

»Nachdem wir dieses Missverständnis aufgeklärt

haben«, begann Philip, »können wir ja jetzt alle wieder nach oben gehen. Die Spurensicherung wird sicher jeden Augenblick eintreffen.«

»Die sitzen gemütlich im Salon. So kann ich auch Überstunden schieben.«

Jonas sprang vom Bett. »Darf ich die mal halten? Bitte!« Seine Finger zeigten auf Peters Dienstwaffe.

»Nein. Das ist kein Spielzeug«, ging Hiltrud dazwischen, die immer noch sichtlich verärgert war.

Das Kind verzog das Gesicht. »Nie darf ich was.«

Hauke konnte sich ein Grinsen nicht verkneifen.

»Abmarsch, junger Mann. Für heute hast du genug Spaß gehabt.« Hiltrud fuhr ihrem Enkel mit der Hand durch die Haare und schob ihn vor sich nach draußen.

Hauke sah ihnen hinterher. Ihm fiel seine eigene Oma ein, die mit ihm allerdings nie gespielt hatte. Geschweige denn, dass sie Neugier und Abenteuerlust gepackt hätten. Gedanklich verpasste Hauke Hiltrud einen Orden: Weltbeste Oma.

»Also, was ist passiert?«, fragte er und ließ sich auf dem Weg nach oben von Peter auf den neusten Stand bringen. Dann schickten sie die beiden Spusi-Kollegen an ihre Arbeit. »Und macht das gefälligst ordentlich«, rief Hauke ihnen von der Salontür nach.

In diesem Moment kam Elenor Weiß die breite Treppe aus dem Obergeschoss herunter. Hastig wollte er im Salon verschwinden, da hatte sie ihn auch schon erkannt.

»Herr Lohse, was führt Sie denn um diese Tageszeit hierher?«, fragte sie erstaunt.

Aus dem Augenwinkel nahm Hauke Peters hilflosen Blick wahr. Philip hingegen reagierte geistesgegenwärtig. »Herrn Lohse gibt es nicht. Das ist Polizeiobermeister Thomsen.«

»Guten Abend.« Hauke versuchte zu lächeln, um die Situation zu entschärfen.

Elenor Weiß verlangsamte ihre Schritte. Ihr Blick verriet, dass dieser Sachverhalt ihr nicht behagte. Doch sie ließ sich mit der Antwort Zeit, bis sie am Fuß der Treppe angelangt war. »Herr Thomsen also. Und wer ist dann Frau Lohse?«

Hauke räusperte sich unbehaglich. Ihm wäre es lieber gewesen, wenn sie seine Tarnung aufrechterhalten hätten. »Meine Schwester.«

»Ich verstehe. Sie spionieren uns also nach, Herr Goldberg? Gibt es dafür eine rationale Erklärung?«

»Wir untersuchen den plötzlichen Todesfall von Henriette Stein. Ich denke, das ist rational genug.«

Hauke bewunderte seinen Chef in diesen Momenten. Er war gelassen und verdammt souverän. Ihm selbst ging das völlig ab.

»Ich bitte um Verzeihung, Sie tun Ihre Arbeit und ich tue meine. Es ist nur etwas befremdlich, von der Polizei insgeheim verdächtigt zu werden.«

»Frau Weiß, es verdächtigt Sie niemand. Unsere Arbeit besteht hauptsächlich darin, Informationen zu sammeln und Möglichkeiten auszuschließen. Das ist alles«, erklärte Philip ruhig.

Sie nickte zwar, aber ihr sauertöpfischer Gesichtsausdruck blieb unverändert. Hauke mochte diese Frau nicht, ihr ganzes pseudokluges Gehabe war ihm zuwider.

»Was ist mit den beiden Herren aus dem Salon? Ich habe sie gebeten, dort auf Sie zu warten«, sagte sie.

»Das sind die Kollegen von der Spurensicherung, die wir wegen des Einbruchs angefordert haben. Können wir uns kurz unterhalten?« Philip war unverändert freundlich.

Sie nickte und führte sie an den Tisch im Salon, an dem eben noch die Kollegen gesessen hatten. »Bitte nehmen Sie Platz«, bot Elenor an und schloss die Flügeltüren hinter ihnen.

Philip blieb stehen, während Hauke und Peter Elenors Aufforderung Folge leisteten. Die Kekse sahen verdächtig lecker aus. Heimlich griff Hauke in die Schale, von der Frank und Simon sich eben noch ungeniert bedient hatten.

»Haben Sie etwas herausfinden können?«, fragte Elenor und blieb ebenfalls stehen.

»Haben Sie eine Idee, was der Einbrecher dort unten gesucht haben könnte?«, lautete Goldbergs Gegenfrage.

Sie schüttelte den Kopf. Hauke biss vorsichtig von dem mit Schokolade überzogenen Keks ab. Er wollte ihre Unterhaltung nicht stören. Also versuchte er, möglichst lautlos zu kauen. Für einen Moment kam es ihm vor, als säße er im Kino. Der Film war zwar etwas fad, aber es gab schlimmere.

»Was sind das für Akten, die dort gelagert werden?«

»Vornehmlich alte Patientenakten von Prof. Dr. Weber aus früheren Jahren. Haben Sie überhaupt einen Durchsuchungsbeschluss?«

»Den brauche ich nicht, wenn ich versuche, den Grund des Einbruchs zu klären. Keines der teuren medizinischen Geräte ist gestohlen worden, oder? Da liegt die Vermutung nah, dass jemand nach den Akten gesucht hat. Haben Sie eine Ahnung, warum?«

Elenor Weiß seufzte. »Ich weiß es wirklich nicht.«

»Was genau hat es mit diesen Akten auf sich?«

Hauke beobachtete, wie die Frau ihre Strähne aus dem Gesicht strich. Gespannt schob er sich einen neuen Keks in den Mund.

»Sie sind Teil einer Forschungsreihe, die Prof. Weber durchführt. Wenn Sie so wollen, sind das relevante Forschungsergebnisse.«

»Worum geht es bei den Forschungen?«

»Es handelt sich um Versorgungsforschung. Genauere Informationen dazu kann Ihnen Prof. Dr. Weber geben.«

»Haben Sie auch mit diesen Forschungen zu tun?«

»Nein. Ich assistiere ihm in administrativen Belangen, aber mit dem medizinischen Bereich bin ich nicht vertraut.«

»Können Sie nachprüfen, ob etwas gestohlen wurde?«

»Theoretisch ja. Aber das dauert natürlich.«

»Bitte tun Sie das. Ist Prof. Weber im Haus?«

»Nein, er ist heute nach Hamburg gefahren. Die Lenkungsgruppe trifft sich jeden Donnerstag. Er ist Mitglied verschiedener Arbeitsgruppen, müssen Sie wissen.«

»Richten Sie ihm bitte aus, dass wir ihn sprechen möchten.« Philip reichte ihr eine seiner Visitenkarten.

»Selbstverständlich.«

Peter stand auf. Hauke stibitzte sich den letzten Keks und stemmte sich aus dem verflucht bequemen Sessel hoch. Er fragte sich, was wohl der Weißrock dazu sagte, dass man seine Akten durchwühlt hatte. Nach allem, was Peter schon über dessen Vergangenheit herausgefunden hatte, wäre es ja nicht das erste Mal, dass er etwas zu verbergen hatte.

19

»Ihr habt Akten mitgehen lassen? Sagt mal, spinnt ihr?« Hauke war entsetzt, als Peter die beiden Mappen unter seiner Jacke hervorzog. »Wenn das diese aufgeblasene Kuh mitbekommt, gibt es mächtig Ärger.«

»Wenn sie herausfindet, wie du über sie redest, bist du derjenige, der mächtig Ärger bekommt«, entgegnete Peter.

»Sehr witzig.«

Goldberg griff nach einer der Akten. »Schauen wir uns das doch mal genauer an.« Er blätterte durch die Seiten, ohne auch nur ein Wort von dem zu verstehen, was da stand. Er stieß auf mehrere Ausdrucke, die anscheinend Ergebnisse diverser Blutuntersuchungen waren. Auf den letzten Seiten befand sich eine lange Tabelle, deren Inhalt sich ihm gar nicht erschloss.

»Und?«, fragte Hauke, der die Kaffeemaschine in Gang gesetzt hatte.

»Mir sagt das alles nichts«, gab Goldberg zu.

»Da habt ihr ja super Arbeit geleistet.«

»Nicht so schnell, Hauke-Maus«, mahnte Goldberg.

»Vorsicht, ja? Du weißt, dass ich das nicht leiden kann.«

Den Spitznamen hatte ihm seine Mutter eingebrockt. Sie wurde nicht müde, Rosi-Häschen und Hauke-Maus in aller Öffentlichkeit mit liebkosenden Worten zu beglücken.

»Dann hör auf zu sticheln«, sagte Peter ernst, während er sich den Inhalt der zweiten Akte näher besah. »Das ist so etwas wie ein Jahresbericht der Stiftung von 2017.«

»Die Weiß wird euch steinigen.«

Peter ignorierte Hauke. »Die hat einen Haufen Geld eingenommen. Und alles kommt der ELB-Residenz zugute.«

Hauke stieß einen leisen Pfiff aus. »Kein Wunder, dass die so verdammt gute Kekse haben.«

»Das meiste sind Spenden von ziemlich bekannten Firmen.«

»Die setzen die Spenden steuerlich ab. Win–win gewissermaßen. Wahrscheinlich sichern die sich so einen Platz in der Nobelherberge.«

Goldberg hätte gern auf die unqualifizierten Zwischenrufe seines Kollegen verzichtet, doch das würde bedeuten, Hauke aus dem Raum werfen zu müssen, und das wiederum würde nur zu weiteren unqualifizierten Bemerkungen führen.

»Ratet mal, wer den Bericht unterschrieben hat, und zwar als Verwaltungsrat«, fragte Peter.

»Weber«, tippte Hauke.

»Stimmt genau.«

Goldberg dachte nach. Es bestand die Möglichkeit, dass alles ganz harmlos war. Aber diese leere Krankenstation im Untergeschoss hatte etwas Geisterhaftes. Das Gefühl, dass Henriette irgendetwas Faules entdeckt haben musste, wurde immer größer.

Als Goldberg die Haustür öffnete, hörte er Magdas Lachen. Es versetzte ihm einen zarten Stich. Eigentlich hätte er sich darüber freuen müssen, dass seine Freundin und sein bester Freund sich so gut verstanden, aber so ausgelassen hatte Magda bisher nur mit ihm selbst gelacht. Jens war ein Charmeur, witzig und intelligent. Da konnte Philip nicht mithalten. Leise schloss er die Haustür hinter sich. Das Bild, wie er sie beide in flagranti erwischte, verbot er sich sofort. Sie saßen immer noch in der Küche am Tisch und unterhielten sich.

Magda sah auf. »Da bist du ja. Und, hast du den Verbrecher gefangen?«

Goldberg schüttelte den Kopf. »Leider nicht.« Er gab ihr einen Kuss.

»Setz dich zu uns. Jens erzählt mir gerade von eurem gemeinsamen Fall, dem verlassenen Geisterhaus.«

»Du weißt wie gern ich die Geschichte erzähle.«

Jens war nicht nur Therapeut, sondern auch Parapsychologe. Er nahm gelegentlich private Aufträge an. Die meisten Anfragen waren jedoch nicht ernst zu nehmen. In den letzten Jahren hatte er kaum noch in dem Bereich gearbeitet. Eine flüchtige Erinnerung zog an Goldberg vorbei. Er versuchte ein Lächeln.

»Ist was passiert?« Sein bester Freund besaß seismografische Fähigkeiten.

»Ich mache mir Sorgen um Peter. Wir kommen nicht recht voran, und das geht ihm ziemlich an die Nieren.«

Das war nicht gelogen, wenn auch nur die halbe Wahrheit. Jens nickte. Er versicherte ihm, am morgigen Abend einen prüfenden Blick auf Peter zu werfen.

»Kennst du dich mit Forschung aus?« Goldberg setzte sich neben Magda. Er legte seinen Arm um sie.

»Kommt darauf an.«

»Genauer gesagt geht es um Versorgungsforschung. Sicher bei alten Menschen.«

»Das ist ein sehr spannendes Thema. Es umfasst viele Bereiche, bis in die konkrete alltägliche Pflege hinein.«

»Hast du Kollegen auf dem Gebiet?«

»Geriatrie?« Jens zog die Mundwinkel nach unten und schien zu überlegen.

Magda schmiegte ihren Kopf an seine Schulter. Goldberg küsste ihre Stirn. Die offenkundige Liebesbezeugung beruhigte ihn. Grundsätzlich war ihm klar, dass Jens und Magda niemals etwas miteinander anfangen würden. Aber er wusste auch, dass keiner davor gefeit war. Nicht einmal er selbst. Sein Freund unterbrach seinen Gedankengang.

»Ich kenne tatsächlich jemanden. Felix Bartel, der war in der Gerontopsychiatrie.«

»Hast du noch Kontakt zu ihm?«

»Nein, aber wenn seine Nummer noch aktuell ist, rufe ich ihn nachher mal an.«

»Das wäre toll.« Goldberg gähnte. »Entschuldigt, es war ein langer Tag.«

»Dann lass uns umsiedeln.« Magda stand auf und trank ihr Glas im Stehen aus. Sie war eine fürsorgliche Frau. Das liebte er an ihr. Zum Abschied umarmte sie Jens. »Fühl dich wie zu Hause. Und schlaf gut. Wir sehen uns morgen.«

»Ja, ihr auch. Ich rufe an, wenn ich mit Felix gesprochen habe.«

»Danke.«

»Keine Ursache.«

Magda ging auf den Flur und nahm ihre Jacke vom Haken. Jens musterte Goldberg, doch der schüttelte vage den Kopf. Glücklicherweise ließ sein Freund die Sache auf sich beruhen. Jedenfalls für den Augenblick. Mit Magda im Arm schlenderte Goldberg die Auffahrt zu ihren Autos hinab. Vor Magdas Wagen blieben sie stehen. Sein fluchtartiger Aufbruch schien sie zu beunruhigen.

»Was ist los mit dir?« Sie strich ihm zärtlich über die Wange. »Es ist nicht nur die Sorge um Peter, stimmt's?«

Er hatte befürchtet, dass dieses Gespräch früher oder später kommen würde. Am Beginn ihrer Beziehung hatten sie sich geschworen, immer ehrlich zueinander zu sein, aber war das wirklich realistisch?

»Willst du es mir nicht sagen?«

Den traurigen Unterton in ihrer Stimme spürte

er mehr, als dass er ihn tatsächlich hörte. Es tat ihm weh. Ihre Beziehung war von dem schmerzvollen Prozess ihrer Scheidung überschattet worden. Beinahe wäre es schiefgegangen. Doch dank seiner Hartnäckigkeit hatten sie es geschafft. Goldberg zweifelte nicht eine Sekunde an ihrer Zuneigung füreinander. Es war die Verbindung zu Judith, die viel zu viel Raum in ihm einnahm. Und jetzt, wo sie Kontakt suchte, wurde ihm klar, dass der Faden zu ihr nie abreißen würde. Muriel war der Klebstoff, der sie verband.

»Möchtest du lieber alleine sein?«

»Nein«, erwiderte er, obwohl das nicht ganz der Wahrheit entsprach. Er bevorzugte es, für sich zu sein, wenn er eine Entscheidung zu treffen hatte. Magda gehörte zu seinem Leben, aber er war sich nicht sicher, ob sie es verstehen würde. Trotz ihrer langjährigen Ehe mit Georg gab es keine Kinder. Nichts, das sie über ihre Trennung hinaus miteinander verband. Die beiden waren quitt. Goldberg hingegen würde mit Judith nie quitt sein.

»Ich kenne dich, Philip. Du musst keine Rücksicht nehmen.«

»Ich weiß.« Er zog sie an sich. Irgendwann würde sich sein Bedürfnis nach Einsamkeit zwischen sie schieben. Ganz allmählich. Dann ließen sich die Unstimmigkeiten nicht so leicht durch eine Umarmung auflösen. Eines Tages wäre sie ihn leid, wie ein ständiges Pfeifen im Ohr oder Störgeräusche im Radio. Es war alles nur eine Frage der Zeit. Sie löste sich aus seiner Umarmung und sah ihn an. »Wenn es um uns geht, sagst du es mir.«

»Du bist die Erste, die es erfährt.«

»Ich meine das ernst.«

»Ich auch.«

Magda nahm sein Gesicht in beide Hände und küsste ihn. Sanft. Für den Augenblick glaubte er, dass es zwischen ihnen nie Störgeräusche geben würde. Alles war gut, solange sie nur nicht aufhörte, ihn auf diese Art anzuschauen.

20

Bei Rosi war es proppenvoll. Wie jeden Freitag kamen die Skatgruppe und die Freiwillige Feuerwehr zu ihren Stammtischen zusammen. Hauke hatte für sich und seine Kollegen den ruhigsten Tisch reserviert. Ein wenig abseits, hinter der Garderobe, saß Jens neben Peter. Die beiden sprachen jetzt schon eine ganze Weile miteinander. Goldberg, Magda und Hauke spielten ihnen gegenüber Karten. Mit halbem Ohr versuchte der Kommissar, ihrem Gespräch zu folgen, doch es war nicht möglich. Jens hatte sein Therapeutengesicht aufgesetzt, so viel konnte er erkennen, aber er redete entsprechend leise. Gelegentlich warf Hauke ihm einen fragenden Blick zu, den Goldberg wahrheitsgemäß mit einer verneinenden Geste erwiderte. Magda hingegen war bester Laune, was kein Wunder war, denn sie gewann jedes Spiel.

Bärbel brachte ihnen die zweite Runde. »Na, Hauke-Maus, verlierst du?« Sie stellte das Tablett auf dem Tisch ab und strich ihm durch sein widerspenstiges Haar. »Früher als Kind wurde er immer gritzig, wenn er verloren hat. Und ich sage euch, er hat fast immer verloren.«

»Mama, das interessiert hier niemanden.«

»Doch, mich schon«, erwiderte Magda.

»Siehst du.« Bärbel boxte ihrem Sohn leicht auf den Oberarm. »Sei nicht immer so ein Stiesel.«

»Von wem ich das wohl geerbt habe.«

»Von mir nicht«, rief sie, während sie routiniert die Gläser verteilte. »Das hast du von deinem Vater. Der hatte auch so eine aufbrausende Ader.«

»Klar, weil du ja die Gelassenheit in Person bist, Mama.«

Bärbel drückte ihm einen Kuss auf den Scheitel und eilte weiter. Hauke verzog das Gesicht zu einer Grimasse. »Sie behandelt mich, als wäre ich fünf Jahre alt.«

»Manchmal benimmst du dich aber auch so«, sagte Goldberg.

»Sehr witzig. Spielen wir noch eine Runde?«

»Unbedingt. Ich will dich gritzig sehen.« Magda lachte.

Hauke wollte gerade zu einer Antwort ansetzen, als ein lautes Handy-Klingeln sie unterbrach. Jens hob den Kopf.

»Oh, entschuldigt, das ist meins.« Er stand auf.

Goldberg sah ihm nach, wie er mit dem Handy am Ohr nach draußen verschwand. Hauke klaubte die Karten zusammen. Derweil starrte Peter vor sich hin. Er war den ganzen Tag über deprimiert gewesen, weil es keine Fortschritte gegeben hatte. Simon und Frank hatten im Keller des Stifts nichts Verwertbares sicherstellen können. Weder an dem Fenster noch an den Schränken fanden sie Fingerabdrücke. Nach Durchsicht der Akten mutmaßte Elenor Weiß, dass zwei gestohlen worden waren, und zwar der Jahresbericht ihrer Stiftung von 2017 sowie eine ältere Patientenakte, die sie jedoch nicht näher bestimmen konnte. Sie kannte lediglich die Anzahl; die dazugehörigen Nummern waren nur Weber zugänglich, der diese Liste führte und erst am Freitagabend aus Hamburg zurückkehren würde. Demnach hatten die oder der Einbrecher nichts gestohlen. Die beiden Akten, die fehlten, waren die, die sie selbst an sich genommen hatten. Im Moment blieb ihnen nichts weiter übrig, als abzuwarten. Peter tat ihm leid. Wenn nicht bald etwas Bewegung in die Sache kam, würde seine Stimmung kippen. Am Montag rechneten sie mit den Ergebnissen der Obduktion. Spätestens dann wussten sie, ob Henriettes Tod wirklich auf Fremdeinwirkung zurückzuführen war.

Goldberg sah, dass Jens wieder hereinkam. Er kämpfte sich durch das lärmende Lokal zu ihrem Tisch zurück. Seine Miene hatte sich verändert. Er schien aufgeregt, so als hätte er interessante Neuigkeiten.

»Ihr werdet es kaum glauben«, begann er, noch bevor er wieder auf seinem Platz saß. »Das war Felix, mein ehemaliger Kollege in der Charité.«

»Noch ein Weißrock? Seid ihr alle miteinander verwandt oder verschwägert?«

»Halt die Klappe, Hauke«, sagte Peter knapp.

»Felix hat mir erzählt, dass er diesem Weber auf Kongressen und in einigen Arbeitsgruppen über den Weg gelaufen ist. Der Professor reist viel und wirbt für seine Forschung. Gerüchten zufolge soll er vor einigen Jahren in einen Skandal verwickelt gewesen sein. Er soll die Krankenkassen betrogen haben. Das Ganze wurde vertuscht, um den Ruf des Hauses nicht zu ruinieren.«

»Das wissen wir bereits«, bemerkte Peter müde.

»Aber wisst ihr auch, dass man munkelt, er habe einige seiner Patienten beerbt?«

Jens machte eine Pause, um das Gesagte wirken zu lassen.

»Ach nee, unser verehrter Professor ist also ein Erbschleicher?«, kommentierte Hauke.

»Sieht ganz so aus. In dem früheren Seniorenheim soll er sich geradezu aufopfernd um die vermögenderen Bewohner gekümmert haben. Und nicht wenige haben ihm das gedankt, indem sie ihn zumindest als Teilerben einsetzten.«

»Woher weiß dein Freund das alles?«, fragte Goldberg.

»Jede Branche ist ein Dorf. Und je kleiner die Branche, desto familiärer das Dorf.«

»Hast du noch etwas?«, fragte Peter.

»Hier in Kophusen war er angeblich sehr sorgfältig in der Auswahl der Bewohner. So ein Haus ist natürlich kostspielig. Außerdem sollen es überwiegend Menschen sein, die keine Angehörigen mehr haben.«

»So ein gerissener Hund«, murmelte Peter.

»Gerissener Hund? Ein hinterhältiges, geldgieriges ...« Weiter kam Hauke nicht, Jens unterbrach ihn.

»Webers Projekt in Kophusen hat sich inzwischen herumgesprochen. Er plant Großes hier. Eine Art Kompetenzzentrum für Geriatrie. Stationärer Klinikbetrieb und Wohnheim in einem. Forschungsgelder hat er schon beantragt. Sogar eine Stiftung hat er dafür gegründet.«

»Und jede Menge reiche alte Flitzpiepen, die nicht wissen, was sie mit ihrer Kohle anstellen sollen, rennen ihm die Tür ein.« Hauke schnaubte.

»Munkelt man auch etwas von ungeklärten Todesfällen?«, fragte Goldberg.

»Du meinst, ob Weber bei seinen Bewohnern nachhilft?« Jens verzog das Gesicht, als hätte er in eine Zitrone gebissen.

»Denkbar«, entgegnete Goldberg.

»Wenn das stimmen sollte und rauskommt, wird er nie wieder einen Fuß auf den Boden bekommen. Das würde das Ende seiner Karriere bedeuten«, gab Jens zu bedenken.

»Er ist Arzt; wenn der nicht weiß, wie man Leute abmurkst, ohne Spuren zu hinterlassen, wer dann?«

»Eben, Hauke, der Mann ist Arzt«, wandte Jens ein.

»Jetzt komm mir nicht mit dem hipstogratischen Eid.«

»Hippokratischer Eid heißt das. Aber das meine

ich nicht. Der wird heute gar nicht mehr verpflich-
tend geleistet, auch wenn er ständig bemüht wird.
Es gibt so etwas wie eine medizinische Ethik. Man
wird Arzt, um Leben zu retten, nicht um es zu beenden.«

Hauke zuckte mit den Schultern und nahm einen großen Schluck Bier.

»Ich glaube, das könnt ihr getrost vergessen.
Weber ist bestimmt nicht das leuchtendste Vorbild
unserer Zunft, aber ich halte es für völlig ausgeschlossen, dass er Menschen ermordet, um an ihr
Erbe zu kommen. Und ich kann euch nur raten,
sehr, sehr vorsichtig mit der Äußerung eines solchen
Verdachts zu sein.«

Sie schwiegen einen Augenblick. Henriette Stein
war tot, überlegte Goldberg, daran gab es nichts zu
rütteln. Sie war reich gewesen und hatte keine Angehörigen gehabt. Aber als kluge, unabhängige Frau,
die nicht unüberlegt handelte, war sie alles andere
als eine leichte Beute gewesen. Auch war sie schlau
genug gewesen, um zu entdecken, dass da irgendetwas Unrechtes vor sich ging. Trotzdem hatte auch
sie die Stiftung in ihrem Testament bedacht.

»Habt ihr Hinweise für eure gewagte Theorie?«
Jens blickte fragend in die Runde.

Alle drei schüttelten den Kopf. Solange die
Rechtsmedizin nicht eindeutige Beweise fand, hatten sie nichts in der Hand. Es war möglich, dass
Henriette Stein schlichtweg eine Frau mit Verfol-
gungswahn gewesen war.

»Ihr seid mir Ermittler! So jemand wie Weber setzt

nicht seine Karriere aufs Spiel, nur um an ein paar Hunderttausend zu kommen.«

»So ein Kompetenzzentrum kostet aber einen Haufen Kohle«, bemerkte Hauke.

»Ja, aber bringt man dafür Menschen um?«

»Hängt davon ab, wie gierig man ist«, erwiderte er.

»Und wie passt der Einbruch dazu?« Peter biss sich auf die Unterlippe. »Was steht bloß in diesen Akten? Irgendetwas muss es dort geben, das wir nicht erkennen.«

»Was für Akten?«, fragte Jens neugierig.

»Im Keller des Stifts haben wir stapelweise alte Patientenakten gefunden«, erklärte Peter. »Teilweise älter als zehn Jahre.«

Jens sah irritiert aus. »Weber hebt die auf? Das ist in der Tat ungewöhnlich.«

»Wieso?«, hakte Goldberg nach.

»Im Normalfall gilt eine Aufbewahrungsfrist von zehn Jahren. Danach werden sie vernichtet. Jeder ist froh, wenn er die alten Dinger endlich entsorgen kann. Die nehmen nur Platz weg.« Er stockte kurz. »Von wo stammen diese Daten?«

»Wissen wir nicht. Wahrscheinlich sind es Informationen über ehemalige Patienten«, erwiderte Goldberg.

»Moment, das sind Akten von Patienten, die er früher einmal behandelt hat?«

»Ja, so sieht es jedenfalls aus«, bestätigte Peter.

Jens überlegte einen Augenblick. Goldberg sah ihn gespannt an. Sein Freund brütete über etwas, das sie offenbar übersehen hatten.

»Worüber denkst du nach?«

»Ich frage mich gerade, warum Weber im Besitz dieser alten Akten ist. Patientenakten sind Eigentum der jeweiligen Praxis oder in dem Fall des Seniorenheims, für das er damals gearbeitet hat. Das ist ja nicht sein Privatbesitz, mit dem er beliebig oft umziehen kann. Was will er auch damit, wenn er die Patienten gar nicht mehr behandelt? Außerdem frage ich mich, warum die Einrichtung nichts unternommen hat? Denen muss das Fehlen doch aufgefallen sein. Akten verschwinden ja nicht einfach so und niemanden interessiert das. Wir haben schließlich eine Sorgfaltspflicht. Das sind Gesundheitsdaten, die unterliegen strengen Datenschutzrichtlinien. Die kann man nicht einfach einpacken und mitnehmen. Das weiß so jemand wie Weber doch.«

Dieser Gedanke war Goldberg in der Tat noch nicht gekommen. Das warf ein ganz neues Licht auf diese Sache. »Könnte es sein, dass die einen Deal gemacht haben?«, fragte er.

»Wenn es sich um Patienten handelt, die aktuell noch in der entsprechenden Einrichtung leben, würde niemand diese Akten freiwillig rausgeben. Warum sollten sie auch? Die sind ja für die weitere Behandlung relevant. Und selbst wenn es Daten von bereits verstorbenen Patienten sein sollten, bleiben sie Eigentum der Einrichtung. Wirklich seltsam, wie er in ihren Besitz gekommen ist. Und vor allem: Was will er damit?«

Das war eine gute Frage, dachte Goldberg und war einmal mehr froh über den Besuch seines

Freundes. »Wir haben eine der Akten auf dem Revier«, sagte er leise.

Jens sah ihn an. »Ihr habt eine mitgehen lassen?«

»Sicherung von Beweismaterial«, wiegelte Peter ab.

»Ich sage dazu gar nix«. Hauke hob entschuldigend die Hände. »Damit habe ich nichts zu tun.«

Jens grinste. »Die würde ich mir gerne einmal ansehen.«

Goldberg nickte. »Warum könnte Weber ein bleibendes Interesse an den Akten haben, wenn diese Patienten doch gar nicht mehr bei ihm in Behandlung sind?«

»Wäre es denkbar, dass sie Informationen enthalten, die für ihn wichtig sind?« Peter sah in die Runde.

Konzentriertes Schweigen senkte sich über den Tisch. Goldberg war sich sicher, dass diese Akten der Schlüssel zu des Rätsels Lösung waren. Ihm fiel die Nummer ein, die auf jeder Mappe vermerkt worden war. »Nehmen wir einmal an, dass diese Akten gar nicht geklaut wurden«, begann er. »Wenn sie dem Seniorenheim nicht gehörten, werden sie auch nicht vermisst. Vielleicht hat Weber sie ja selbst angelegt, ohne dass jemand davon wusste?«

»Welchen Grund sollte er dafür haben?«, fragte Jens.

»Für sein ganz persönliches Archiv. Informationen, die nur ihn etwas angehen, mit denen er einen ganz bestimmten Zweck verfolgt«, überlegte Goldberg laut.

»Und was soll so verdammt wichtig an diesen Informationen sein?«, meinte Hauke.

»Die Deckblätter der Akten sind mit Ziffern versehen. Von seiner Assistentin wissen wir, dass es eine Liste gibt, in der diese Nummern den Namen der Patienten zugeordnet sind. Von Weber höchstpersönlich angelegt.«

Jens beugte sich ein Stück weiter vor. »Und die persönlichen Daten in den Akten?«

»Die sind entweder alle geschwärzt oder es stehen erst gar keine drin«, erklärte Peter.

»Pseudonymisierte Daten. So etwas kenne ich aus der klinischen Forschung«, überlegte Jens.

Goldberg horchte auf. »Du meinst medizinische Experimente?«

»Forschung, mein Lieber. Die Ergebnisse werden dokumentiert. Pseudonymiesiert, aber bei Bedarf natürlich nachvollziehbar.«

»Nun mal halblang.« Hauke ließ den Stapel Karten fallen. »Redet ihr zwei jetzt von Medikamentenversuchen?«.

Goldberg nickte, doch Jens schüttelte vehement den Kopf.

»Das klingt jetzt aber nach einer Räuberpistole, Philip. Wirklich. Solche Studien basieren auf äußerst strengen Richtlinien. Dafür brauchst du ein autorisiertes Prüfzentrum, das die Studie organisiert und durchführt, Prüfärzte, Study Nurses und, und, und. Das kann man nicht einfach mal eben so in einem Altenheim machen. Außerdem muss so eine Forschungsreihe erst durch die zuständigen

Behörden und die Ethikkommission genehmigt werden.«

»Und illegal?«

Jens lachte laut auf. »Philip, ich bitte dich!«

In dem Tumult um sie herum waren sie bisher nicht aufgefallen, doch sein Lachen zog die Blicke der Skatspieler auf sich. Er nickte ihnen zu und fuhr dann flüsternd fort: »Illegale Medikamentenversuche? Wir sind hier in Deutschland. Jedes Pharmaunternehmen, das sich an derartigen Praktiken beteiligen würde, müsste dichtmachen, sobald das an die Öffentlichkeit gelangt.«

»Die haben doch Kohle ohne Ende, die kaufen sich frei und fertig.«

»So einfach ist das nicht, Hauke. Selbst wenn sich ein Unternehmen darauf einlassen würde, könnte es die Ergebnisse nicht verwenden, weil sie illegal erhoben worden sind. Es nützt ihnen also gar nichts. Ziel einer klinischen Studie ist es, den Nutzen eines Präparates zu beweisen, damit man die Zulassung dafür erhält. Erst nachdem es zugelassen ist, kann das Medikament verkauft werden.«

»Und wenn es sich nur um eine kleine Vorstudie handelt?«, fragte Goldberg und fuhr fort: »Nehmen wir an, Firma X hat ein neues Präparat entwickelt. Aber sie sind sich nicht sicher, ob es tatsächlich wirksam ist, sich der Aufwand und das Geld für eine klinische Forschung überhaupt lohnt, und deshalb …«

Jens fiel ihm ins Wort: »Und deshalb testen sie es vorab illegal an Menschen, die nicht wissen, dass sie als Versuchskaninchen herhalten?« Er schüttelte erneut den Kopf. »Philip, sei mir nicht böse, aber das klingt mehr nach einer Verschwörungstheorie als nach einem glaubhaften Ermittlungsansatz.«

»Und was ist mit dieser einen Pharmazeutin?«, mischte sich Magda plötzlich in das Gespräch ein. Sie hatte die ganze Zeit über interessiert gelauscht. »Ich habe ihren Namen vergessen, aber diese Frau hat Dokumente gefunden, die auf Experimente an Heimkindern deuten. Bis in die Siebzigerjahre hinein! Das ist nicht so lange her.«

»Ja, das stimmt«, gab Jens zu.

»Unter anderem gab es Versuche an Säuglingen mit nicht zugelassenen Impfstoffen. Da sind Ärzte involviert, die damals als Gutachter des Euthanasieprogramms tätig waren.« Ihr Gesicht hatte sich merklich gerötet. Sie war eine leidenschaftliche Frau mit einem ausgeprägten Gerechtigkeitssinn. Auch dafür liebte Goldberg sie. »Und was passiert mit den verantwortlichen Pharmaunternehmen?« Sie redete sich in Rage. »Nichts, Jens, gar nichts. Wenn es hochkommt, richtet der Konzern einen Fonds ein, der zahlt lächerliche Entschädigungen, und die Sache ist erledigt. Dass es sich dabei um Körperverletzung handelt, unter dessen Folgen die Betroffenen zum Teil jahrelang leiden, interessiert niemanden. Dass weder die Kinder noch die Erziehungsberechtigten von diesen Tests gewusst haben, ist denen völlig egal.«

»Ja, ich weiß. Aber das ist über vierzig Jahre her, Magda.«

»Das macht es nicht weniger schlimm.«

»Nein, natürlich nicht. Ich bin doch ganz auf

deiner Seite. Ich sage nur, dass derartige Praktiken heutzutage in Deutschland nicht mehr möglich wären. Inzwischen verlagern die einen Teil ihrer Studien ins Ausland. Und zwar dorthin, wo die größere Armut herrscht. Die Anzahl der Freiwilligen ist in solchen Ländern bedeutend höher und die Menge der Studienabbrecher deutlich geringer. Das ist perfide, aber eben auch ein Grund, warum solche Tests bei uns heutzutage so nicht mehr stattfinden.«

»Die Branche ist widerwärtig, allein die Tierversuche sind unethisch. Nur leider interessiert das die Ethikkommission nicht.« Magda nahm einen Schluck von ihrem Bier. »Unwürdig.«

»Ich stimme dir in allem zu. Aber stell dir vor, du erkrankst an Krebs. Würdest du auf die Medikamente verzichten wollen? Aus Solidarität mit den zahllosen Schimpansen, die man für die Tests missbraucht hat? Oder ist dir in dem Moment dein eigenes Leben doch wichtiger?«

»Mir wäre es am liebsten, man hätte diesen Mist gar nicht erfunden.«

»Weil du dann nicht in einem moralischen Dilemma wärst. Erst das Fressen, dann die Moral.«

»Komm mir jetzt bitte nicht mit Brecht.«

»Aber es ist wahr.«

Wieder herrschte einen Moment Schweigen. Goldberg dachte über die Wahrscheinlichkeit illegaler Experimente nach. Vermutlich hatte Jens recht. Und selbst wenn, würde Weber solch brisante Informationen leichtsinnigerweise im Keller des Stifts aufbewahren? Sicher nicht. Dennoch blieb die Frage, was das für Akten waren und wer sich für sie so interessierte, dass er sogar einen Einbruch riskierte.

»Und wenn die Patienten davon gewusst haben?«, unterbrach Peter die Stille.

»Wie meinst du das?«, fragte Jens.

»Na ja, wenn diese Tests mit ihrem Einverständnis durchgeführt worden sind?«

»Jede klinische Forschung muss bei den Behörden eingereicht und genehmigt werden.«

»Vielleicht war es keine ordnungsgemäße Studie, sondern eine Art Selbstversuch.«

»Zu welchem Zweck?«

Peter zuckte mit den Achseln und seufzte laut. »Ich weiß es doch auch nicht.«

»Wir gehen auf dem Rückweg auf der Wache vorbei, und dann gebe ich dir die Akte, Jens, vielleicht entdeckst du etwas darin«, schlug Goldberg vor.

»Ist gut, aber ihr seid auf dem Holzweg, glaubt mir. Kein Arzt lässt sich auf so eine Sache ein und riskiert seine Approbation dafür.«

Goldberg war sich da nicht so sicher. Doch selbst wenn sie ein paar Meter in die falsche Richtung liefen, bisher hatten sie die richtige Abzweigung noch immer gefunden. Sämtliche Puzzlesteine lagen bereits vor ihnen, sie mussten sie nur noch zu einem Bild zusammenfügen.

21

Mitten in der Nacht klingelte Peters Diensttelefon. Es war die Einsatzleitung. Jemand hatte die 110 angerufen und eine männliche Leiche gemeldet. Peter war schlagartig wach. In Windeseile warf er die Uniform über. Danach rief er seine beiden Kollegen an. Es dauerte weniger als vierzig Minuten, bis alle im Streifenwagen saßen. Schweigend blickten sie in die Nacht hinaus. Hier draußen gab es keine einzige Laterne. Peter bog auf die Schotterstraße ab, die zu Meyers Hof führte, auf dem die mutmaßliche Leiche gefunden worden war. Der Weg war mit Schlaglöchern übersät. Trotz der Dunkelheit versuchte Peter, ihnen so gut es ging auszuweichen. Er schaltete das Fernlicht ein. Plötzlich sah er ein blinkendes Licht etwa hundert Meter entfernt.

»Das ist bestimmt Joachim«, erklärte Peter und verzichtete auf das Fernlicht, um ihn nicht unnötig zu blenden. »Er ist Bio-Schweinebauer.«

Er setzte den holprigen Weg fort, bis der Mann im grünen Overall zu erkennen war. In schlammverschmierten Gummistiefeln stand er am Rande des Feldweges und schwenkte seine Taschenlampe. Peter hielt den Wagen an und ließ die Scheibe herunterfahren.

»Moin, Joachim. Wohin müssen wir?«

»Moin, Peter, biegt hier ab, aber vorsichtig, es ist sehr matschig. Der Regen gestern Nacht.«

Die Räder des Wagens quälten sich über den weichen Boden. Im Rückspiegel sah Peter, wie Joachim ihnen mit großen Schritten folgte. Gedanklich bereute er die Wahl seiner Schuhe. Keiner hatte in der Eile an geeignetes Schuhwerk gedacht.

»Scheißregen«, murmelte Hauke auf der Rückbank.

Vor ihnen tauchte ein schwach beleuchteter Stall auf. Peter bremste und kam vorsichtig zum Stehen. Er wollte nicht Gefahr laufen, dass die Räder im aufgeweichten Boden stecken blieben.

»So viel größer ist der Bio-Stall auch nicht«, bemerkte Hauke. »Da habe ich ein bisschen mehr erwartet.«

Peter musste ihm zustimmen, schwieg aber. Er hatte jetzt keine Lust auf eine Grundsatzdiskussion über konventionelle und artgerechte Tierhaltung. Nicht um diese Uhrzeit. Nicht vor dem Hintergrund, dass sie auf dem Weg zu einem Leichenfund waren. Er empfand eine seltsame Mischung aus Neugier und Angst. Am liebsten wäre er sitzen geblieben, hätte seinen beiden Kollegen die Sache überlassen. Anderseits, wann hatte man in Kophusen schon mal mit einer Leiche zu tun? In den langen Jahren seiner Dienstzeit war es nur wenige Male vorgekommen. Alle waren ausnahmslos eines natürlichen Todes gestorben. Selbst die tote Frau im Feuerwehrhaus, die sie bei ihrem letzten Fall gefunden hatten, war ihrem Krebsleiden erlegen. Es klopfte am Seitenfenster. Peter schreckte hoch.

»Gehen wir rein.« Philip öffnete die Beifahrertür.

Hauke machte einen undefinierbaren Laut, gab sich einen Ruck und stieg ebenfalls aus. Peter griff nach der Taschenlampe im Handschuhfach.

»Philip Goldberg. Meine Kollegen Hauke Thomsen und Peter Brandt kennen Sie ja.«

»Moin. Joachim Meyer.«

Unter seiner Feldmütze, die das schwache Mondlicht abschirmte, war er kaum zu erkennen. Sie reichten sich die Hand. »Gut, dass ihr so schnell gekommen seid. So etwas habe ich noch nicht erlebt«, erklärte er.

»Wohin müssen wir?«, fragte Philip, der routiniert die Führung übernommen hatte.

»Hier entlang.« Joachim steuerte den Stall an. Der Lichtkegel seiner riesigen Handleuchte wies ihnen den Weg. Außer dem schmatzenden Geräusch des Modders unter ihren Schuhen war es still. Peter setzte sich vorsichtig in Bewegung, sein linker Halbschuh versank schon beim ersten Schritt im Morast. Er fluchte innerlich. Hauke war nicht so zurückhaltend. Begleitet von seinen wüsten Verwünschungen staksten sie hintereinanderher. An einem Zaun, der den überdachten Unterschlupf sicherte, blieb Joachim stehen. Hinter dem Zaun erstreckte sich eine noch tiefere Schlammschicht.

»Na super«, brummte Hauke.

»Tut mir leid, aber die Schweine brauchen den Matsch, um sich abzukühlen«, erklärte Joachim. Er öffnete das Gatter. »Die Leiche liegt drinnen.«

Ungerührt von dem Dreck betrat Philip den Unterschlupf als Erster. Ein lautes Grunzen ertönte. Peter leuchtete in den Stall. Sein mulmiges Gefühl verstärkte sich. Zögernd folgte er den Kollegen. Der Bauer schloss das Gatter hinter ihnen.

»Ich mache uns mehr Licht. Aber verhaltet euch ruhig, damit wir sie nicht unnötig erschrecken.«

Im Stall wurde es hell. Peter blickte erst auf die Glühbirne, die aus der losen Fassung ragte, dann auf die Tiere, die auf dem Boden lagen. Mit erhobenen Köpfen blinzelten sie zu ihnen hinauf. Peter wurde von einer Welle der Zuneigung erfasst, verkniff sich allerdings einen entsprechenden Ausruf. Im Angesicht einer Leiche erschien ihm das unpassend. Einige der Tiere standen bereits, andere ließen ein Grunzen vernehmen.

»Ich habe die Leiche dort in die Ecke gezogen«, sagte Joachim.

»Sie haben sie bewegt?«, fragte Philip entgeistert.

Joachim hob den Kopf und sah ihn verwundert an. Endlich konnte Peter einen Blick auf sein Gesicht werfen. Seine Haut war braun und wettergegerbt. »Ja, wieso?«

»Weil die Lage und Position einer Leiche Aufschluss über den Tathergang gibt. Sie schauen nicht viele Krimis, oder?«

Joachim schüttelte den Kopf. »Nee, ich hab ja gar keinen Fernseher.« Verlegen nahm er die Mütze ab. Seine Hand strich über den fast kahlen Schädel. Dann setzte er sie wieder auf. »Außerdem musste ich ja verhindern, dass die Tiere sich an der Leiche zu schaffen machen.«

»Was soll das heißen?«, fragte Hauke alarmiert.

»Schweine sind Allesfresser«, erwiderte der Bauer knapp.

»Du meinst, diese rosa Tierchen fressen Menschen?« Hauke starrte entsetzt auf den kleinen Pulk aus Schweinen, als würden sie gleich zum Angriff übergehen.

»Klar. Wenn die tot sind.«

»Das ist ja ekelhaft.«

»Wieso? Isst du kein Schwein? Ist das Gleiche in Grün.«

Hauke holte Luft, entschied sich aber gegen eine weitere Bemerkung. Es war auch für ihn eindeutig zu früh, um zu streiten.

Joachim zuckte mit den Achseln. »Ich habe den Mann im Futtertrog einen Raum weiter gefunden. Nackt. Ich glaube ja, der sollte auf diese Weise völlig verschwinden.« Er übernahm wieder die Führung. »Er liegt da drüben.«

Der Stall bestand aus mehreren Buchten, die entweder durch eine niedrige Holzwand oder ein Gitter voneinander getrennt waren. Joachim wies auf die hinterste Fläche, die mit einem Metallgitter eingezäunt war. Philip folgte seiner Handbewegung. Nach kurzem Zögern setzte sich auch Hauke in Bewegung. Peter hielt sich im Hintergrund. Der

Anblick eines nackten Toten stellte an sich kein Problem für ihn dar, aber ihn schauderte bei dem Gedanken, dass sich die Schweine möglicherweise schon über ihn hergemacht hatten. In seiner Vorstellung fehlte dem armen Mann bereits ein Bein oder einzelne Finger. Oder schlimmer noch: der Kopf. Sicher kein schöner Anblick. Philip schien das alles nicht zu stören. Todesmutig nahm er den kürzesten Weg, bis er die Bucht erreicht hatte. Joachim öffnete das Gitter. Peter sah, wie sein Chef in die Knie ging. Je tiefer der Kopf glitt, desto mulmiger wurde ihm. Eine Weile war es still. Die Schweine hatten sich inzwischen beruhigt. Ungeduldig verlagerte Peter das Gewicht von einem Bein auf das andere. Was machte Philip da so lange? Endlich tauchte sein Kopf wieder auf.

»Das ist von Helms«, sagte er nüchtern.

»Was? Scheiße!« Hauke schnaubte leise.

Peter starrte ihn an. Jetzt war klar, warum das Auto auf dem Parkplatz nicht bewegt worden war. Ihn packte die Neugier. Er wollte den Toten sehen, sich davon überzeugen, dass Philip recht hatte. Entschlossen trat er neben Hauke, der am Rand des Gitters stehen geblieben war, und riskierte einen Blick. Peter erkannte ihn sofort.

»Den Schweinen zum Fraß vorgeworfen«, murmelte er erschüttert.

»Im wahrsten Sinne des Wortes«, ergänzte Hauke. »Da hatte Trautchen ausnahmsweise mal den richtigen Riecher.«

»Haben Sie die Kleidung des Mannes gefunden?«, fragte Philip den Bauern.

»Nee, aber ich habe auch nicht danach gesucht.«

Peter konnte den Blick nicht abwenden. Blut konnte er nicht entdecken. Die Haut des Mannes war blass. Sein Körper rasiert, sogar der Schambereich war enthaart worden. Von Helms schien viel Sport getrieben zu haben, seine Muskeln waren wohlproportioniert, nicht künstlich aufgepumpt wie bei einem Bodybuilder. Er sah fit und gesund aus, selbst in diesem erbarmungswürdigen Zustand.

»Sie haben den Mann im Futtertrog gefunden?«, vergewisserte sich Philip, während er sich Einweghandschuhe überzog.

»Ja.«

»Wann war das?«

»Kurz bevor ich angerufen habe.« Er schaute auf das Displays seines Telefons. »Stunde, schätze ich.«

»Wie lange kann er dort schon gelegen haben?«

»Na ja, nicht lange. Schweine sind nicht gerade Kostverächter.«

»Ist es üblich, dass Sie nachts nach den Tieren sehen?«

»Nee. Ich wollte gerade ins Bett gehen, da habe ich draußen das Licht einer Taschenlampe bemerkt. Mein Schlafzimmer geht zum Hof raus.«

»Wir brauchen das volle Programm«, ordnete Philip an.

»Ich fordere die Kollegen an«, sagte Hauke.

Und innerhalb einer Stunde ging es in dem Kophusener Schweinestall zu wie im Fernsehkrimi.

22

Goldberg fühlte sich an alte Zeiten erinnert. Unzählige Male hatte er in Berlin solche Einsätze geleitet. Der Tote löste in ihm ein unerwartetes Gefühl der Wehmut aus. Die Reaktion überraschte ihn selbst. Er war davon überzeugt gewesen, dass er all das hinter sich gelassen hatte. Doch jetzt, mittendrin, weckte es in ihm eine tot geglaubte Sehnsucht. Es fiel ihm regelrecht schwer, den Fall an die Beamten aus Itzehoe zu übergeben. Hatte er sich die ganze Zeit über in Kophusen nur selbst belogen? Vermisste er in Wahrheit die Arbeit bei der Kriminalpolizei? Als sein Kollege Dietmar Klose eintraf, gaben sie sich die Hand, und Goldberg ertappte sich dabei, wie er ihn einen Moment lang beneidete.

»Was habt ihr für uns?«, fragte Klose.

Goldberg berichtete ihm von ihrem Fund. Ab jetzt würde der große Mann mit den schmalen Schultern alles Weitere veranlassen. Wenn sie Glück hatten, war Klose einer, der seine Ermittlungsergebnisse mit den untergebenen Kollegen vor Ort teilte, wenn nicht, waren sie endgültig raus.

»Wer hat den Toten gefunden?«

»Joachim Meyer, der Besitzer des Hofs.«

»Und das Auto des Opfers steht wo?«

»Am Friedhof von Kophusen.«

Klose musterte ihn. In dem fahlen Licht der Glühbirne wirkte sein Blick so, als würde er Goldberg nicht ganz glauben. »Sonst noch etwas, was wir wissen müssen?«

»Ich lasse dir unsere Akten zukommen.«

Klose nickte. »Ihr glaubt, dass es was mit dem Seniorenheim zu tun hat?«

Goldberg erklärte ihm, dass ein Zusammenhang mit dem Tod von Henriette Stein nicht ausgeschlossen war. Immerhin war von Helms ihr Hausarzt gewesen.

»Ihre Leiche wird noch obduziert?«

»Ja.«

Die beiden Männer standen sich einen Augenblick wortlos gegenüber. Dann beugte sich Klose zu Goldberg, der einige Zentimeter größer war. »Ich hab von dir gehört, Kollege«, flüsterte er. »Aber das ist jetzt unser Fall, habe ich mich klar ausgedrückt?«

»Glasklar.«

»Gut, ich mag es nämlich nicht, wenn man sich in meine Ermittlungen einmischt. Falls ihr also neue Erkenntnisse erlangt, gehen die direkt an mich.«

»Selbstverständlich.«

Klose nickte und ging grußlos von dannen. Goldberg kannte diese Art von Vorgesetzten. In Berlin liefen sie zuhauf rum. Seiner Erfahrung nach war es am besten, ihr Spiel vordergründig mitzuspielen, um möglichen Ärger zu vermeiden. Auf einen Austausch ihrer Informationen konnte er vergeblich hoffen. Er würde ihn erst gar nicht darum bitten. Goldberg wusste, wann es sich lohnte zu kämpfen und wann nicht.

»Der war schon immer ein ausgemachtes Arschloch«, zischte Hauke, der sich im Hintergrund gehalten hatte.

»Du kennst ihn?«

»Und ob. Glaubt, dass er der King ist. Dabei ist seine Aufklärungsrate so gering wie sein Verstand.«

»Jetzt übernimmt er.«

»Und wir sind raus oder was?«

Goldberg nickte.

»Na super.«

»Lass uns gehen.«

Die beiden Beamten sammelten Peter ein und stiegen in den Streifenwagen. Inzwischen war es fast vier Uhr morgens. Angesichts der Uhrzeit beschlossen sie, gemeinsam zur Wache zu fahren.

Auf dem Revier herrschte Katerstimmung. Hauke setzte die Kaffeemaschine in Gang. Peter saß am Schreibtisch und starrte vor sich hin. Goldberg hatte sich auf den Tresen geschwungen. Er hing seinen Gedanken nach. Das Zusammentreffen mit Klose hatte ihn aufgewühlt. Die Tatsache, dass man ihnen sämtliche Befugnisse entzogen hatte, fühlte sich an, als würde man ihm diese Ermittlung nicht zutrauen, als stellte man ihn aufs Abstellgleis.

»Wir machen doch weiter, oder?« Hauke lehnte im Türrahmen zur Küche.

»Natürlich. Glaubst du, ich lasse mir von diesem Klose den Fall einfach so wegnehmen?«, erwiderte Peter, aus seiner Starre erwacht.

Goldberg betrachtete die Kollegen. Ihr Kampfgeist rührte ihn.

»Dieses arrogante Arschloch kann uns mal.« Hauke lief zur Hochform auf.

»Eben. Wir klären den Fall so oder so früher auf.«

»Wir werden dabei äußerst vorsichtig sein, meine Herren«, warf Goldberg ein, »und mit Fingerspitzengefühl vorgehen.«

»Die kriegen von uns nicht das Geringste mit. Wir sind wie Ninjas, lautlos und unsichtbar.« Hauke grinste.

»Genau so.«

Die Kaffeemaschine gab ein leises Röcheln von sich. Hauke füllte zwei Becher, den einen reichte er Peter und mit dem anderen setzte er sich an seinen Schreibtisch. »So, und jetzt?«

»Wir überlegen, was von Helms das Leben gekostet hat«, erwiderte Goldberg.

»Der war auf jeden Fall schon seit Sonntag hier in Kophusen.« Peter begann mit seinen Notizen.

»Die erste Frage lautet, warum war er hier?«, sagte Hauke.

»Und wenn er es war, der in das Stift eingebrochen ist?«, fragte Peter.

Hauke nickte. »Ja, das klingt verdammt logisch.«

Goldberg hatte auch schon daran gedacht. Von Helms' Ankunft und der Einbruch lagen verdächtig nah beieinander.

»Gesetzt den Fall, er ist der Mann auf dem Video, hat Henriette ihm möglicherweise etwas anvertraut. Daraufhin stirbt sie. Er will sichergehen und bricht in das Souterrain ein. Kurz darauf wird er ermordet«, überlegte Peter laut.

»Wenn das stimmt, muss in diesen Akten verdammt brisantes Zeug drinstehen.« Hauke nahm einen Schluck aus dem Becher.

»Für den Fall, dass von Helms der Einbrecher war, hat ihn jemand ertappt. Er bringt ihn um und verfrachtet ihn nachts in den Schweinetrog«, mutmaßte Peter.

»So muss es gewesen sein. Fragt sich nur wer? Weber?« Hauke sah sie an.

»Wer sonst?«, fragte Peter.

Hauke zuckte mit den Schultern. Ihre Theorie war durchaus schlüssig. Von Helms war zu einer Gefahr geworden.

»Wenn wir bloß wüssten, was es mit diesen Akten auf sich hat.« Peter stand kurz vor der Verzweiflung.

»Na ja, was Jens gesagt hat, klingt doch völlig logisch«, begann Hauke. »Das können keine alten Akten aus der Eifel sein. Wenn Weber die Krankenkassen beschissen hat, macht der sich selbst ja nicht noch mehr Ärger, indem er die Beweise bei sich im

Keller hortet. Also muss es um etwas anderes gehen.«

»Nichtsdestotrotz ist es bisher nur ein Gerücht, dass Weber mit den Krankenkassen falsch abgerechnet hat. Es kam nie zur Anzeige«, mahnte Goldberg.

»Warum hat Henriette mir nichts gesagt?« Peter klang bedrückt.

»Es ist denkbar, dass sie sich nicht sicher war und niemanden grundlos beschuldigen wollte.« Goldbergs kläglicher Versuch, Peter zu beruhigen, scheiterte. Es ging nicht so sehr um den eigentlichen Grund, sondern um die Tatsache, dass sie ihn nicht ins Vertrauen gezogen hatte. Peter war verletzt.

»Hast du mal darüber nachgedacht, dass sie dich nicht unnötig in Gefahr bringen wollte? Ich meine, von Helms liegt nackt in der Schweinetränke und ist tot. Weber ist nicht gerade zimperlich.«

Haukes Bemerkung verfehlte ihre Wirkung nicht. Goldberg beobachtete, wie sich Peters Gesicht entspannte. Diese Erklärung schien ihn zumindest für den Moment zu versöhnen.

»Wir brauchen das Obduktionsergebnis. Falls Henriette keines natürlichen Todes gestorben ist, steht fest, dass auch sie ermordet wurde. Vermutlich weil sie dem Geheimnis der Akten zu nahe gekommen ist«, mutmaßte Goldberg.

»Ich frage mich, warum der Täter den alten Weißrock nicht auch diskret vergiftet hat, statt ihn so spektakulär in einen Schweinetrog zu stecken? Natürliche Todesursache, peng, aus, Ende.«

»Ein weiteres Herzversagen wäre auffällig gewesen. Noch dazu so kurz hintereinander. Wenn Joachim nicht dazwischengekommen wäre, hätten die Schweine den Toten im Idealfall komplett entsorgt. Ohne Opfer kein Mord«, erklärte Goldberg.

»Fressen die einen ganzen Menschen auf?« Peter sah von seinem Dossier auf.

Goldberg nickte. »In den USA gab es mal einen solchen Fall, da haben die Tiere ihren Bauern vertilgt. Nur das künstliche Gebiss und ein paar wenige Leichenteile sind übrig geblieben. Aber selbst wenn die Schweine etwas von Dr. Helms übrig gelassen hätten, die Todesursache hätte sicher nicht mehr eindeutig geklärt werden können. Von möglichen Spuren des Täters mal ganz abgesehen.«

»Ekelhaft«, bemerkte Hauke.

»Das muss jemand gewesen sein, der sich mit Schweinen auskennt. Ich hätte das nicht gewusst, und ich lebe hier schon, seitdem ich denken kann«, räumte Peter fast anerkennend ein.

»Hatte die Oma von Weber Tiere auf dem Hof?«, fragte Hauke.

Peter blätterte kurz in seinen Unterlagen. »Ja, du hast recht. Schweine und Kühe.«

»Bingo. Dann müssen wir nur noch herausfinden, was Weber so Gefährliches in dem Keller versteckt, dass er dafür über Leichen geht.«

»Eine Sache haben wir bisher völlig außer Acht gelassen. Wer ist Eva?«, fragte Goldberg in die Runde.

Hauke verzog das Gesicht. »Musst du jetzt damit kommen?«

Goldberg nickte. Es war ein entscheidender Hinweis. Nicht umsonst hatte Henriette Bärbel das Buch gegeben. Es konnte bedeuten, dass sie auf der völlig falschen Fährte waren. Von Helms hatte womöglich etwas ganz anderes gesucht.

»Ich habe nichts über eine Eva herausgefunden. Keine Ahnung, wer das ist«, erklärte Peter.

»Von Helms hätte das bestimmt gewusst, nur schade, dass er uns jetzt nicht mehr helfen kann.«

»Sehr mitfühlend, Hauke.« Peter verdrehte die Augen.

»Was denn? Der Mann hat selbst Schuld. Warum kommt er nicht zu uns? Dafür sind wir doch da. Die Polizei, dein Freund und Helfer.«

Goldberg ließ sich Haukes Worte durch den Kopf gehen. Sie warfen einen neuen Gedanken in ihm auf. Die Tatsache, dass von Helms sie nicht um Hilfe gebeten hatte, konnte ja bedeuten, dass er in irgendeiner Weise in die Sache verstrickt war. Was auch immer die Sache war. Ihm fiel das Gespräch mit Jens wieder ein. Als seriöser Mediziner hielt er die illegalen Tests an alten Menschen natürlich für ausgeschlossen. Goldberg erschien es nicht so abwegig, allerdings sprach auch hier die Aufbewahrung der Akten dagegen. Blieb ihnen noch die These, dass Weber sich das Vertrauen seiner Schäfchen erschlich und sie nach ihrem unfreiwilligen Ableben beerbte.

»Peter, wie weit bist du mit den Bewohnern des Stifts?«

»Ich habe bislang nicht alle überprüfen können. Aber die meisten sind kinderlos, verwitwet oder beides. Keine Angehörigen.«

»Bis auf Hiltrud«, warf Goldberg ein.

»Da klingelt doch der Geldbeutel«, rief Hauke.

»Gibt es Gemeinsamkeiten?«

Peter nahm sich eine Akte zur Hand und sah in seinen Notizen nach. »Außer, dass sie alle sehr vermögend scheinen, nicht.«

»Wir müssten einen Undercover-Agenten haben«, sagte Hauke. »Jemanden, der uns mit Insiderwissen versorgen kann.«

»Wir sind glücklicherweise zu jung dafür«, wandte Peter ein. »Außerdem kennt man uns.«

»Hast du jemanden im Auge, Hauke?«, fragte Goldberg.

»Vielleicht.«

Peter sah seinen Kollegen überrascht an. »Wen?«

»Sag ich noch nicht. Ich muss ihn erst fragen.«

»Wer sollte denn freiwillig in dieses Stift gehen und für uns spionieren?«, fragte Peter.

»Jemand, der ein bisschen Aufregung gebrauchen könnte.« Hauke genoss seine Überlegenheit.

Im Grunde war es eine völlig absurde Idee, nachdem Hauke aufgeflogen war, einfach den Nächsten einzuschleusen. Allerdings fand Goldberg Gefallen daran. Es brauchte ja nicht für lange zu sein. Ein paar Tage vielleicht. Er erinnerte sich an das Angebot eines Probeaufenthalts für seine Mutter. Allerdings musste es eine Person sein, die sich der möglichen Gefahr bewusst war und über ein wenig schauspielerisches Talent verfügte. Ohne das würde es nicht funktionieren.

»Du meinst Alfred, oder?«, fragte Peter, einer plötzlichen Eingebung folgend.

Hauke verzog das Gesicht. »Der konnte Klose nie leiden. Wenn er jetzt auf seine alten Tage dem

Arsch eins reinwürgen kann, freut der sich wie ein Schneekönig. Jede Wette.«

»Du bist ein gerissener Hund.«

»Wer ist Alfred?«, fragte Goldberg.

»Dein Vorgänger.« Hauke leerte seinen Becher. »Klose und er kennen sich von früher. Die hassen sich. Er wäre der perfekte Mann, der ist mit allen Wassern gewaschen, der findet in null Komma nix raus, was in diesem Verein faul ist.«

»Da muss ich Hauke zustimmen.«

»Und ihr meint, der würde das tun? Die Sache ist heikel.«

»Schon, Alfred war immer korrekt. Aber der Ruhestand bekommt ihm nicht so gut. Außerdem wird ihn die Aussicht, Klose eins auszuwischen, begeistern.«

»Woher weißt du, dass es ihm nicht gut geht?«, fragte Peter. »Hast du ihn mal besucht?«

»Nein, meine Mutter hat Karin, seine Frau, beim Einkaufen getroffen, und die hat ihr erzählt, dass Alfred kurz davor ist durchzudrehen. Er hat es mit allen möglichen Hobbys probiert, aber ohne Erfolg.«

»Der arme Kerl. Kann einem ja richtig leidtun. Wir hätten uns ein bisschen um ihn kümmern sollen. War ja klar, dass er nach der Pensionierung in ein Loch fällt.«

»Und auf euren Alfred ist wirklich Verlass?«

»Der ist schwer in Ordnung«, erwiderte Hauke.

Der Kommissar sah auf die Uhr, die über seiner Bürotür hing. Es war fast sechs Uhr morgens. Magdas Wecker würde bald klingeln. Es lohnte sich nicht mehr, ins Bett zu gehen, aber ihm war nach einem anständigen Espresso zumute. Er unterdrückte ein Gähnen.

»Gegen acht bin ich wieder hier. Legt euch ein, zwei Stunden hin. Die Nacht war kurz.«

»Ich bleibe hier. Ich kann sowieso nicht schlafen«, meinte Peter.

»Ich verzieh mich kurz zum Duschen nach Hause. Danach rufe ich Alfred an.«

»Gut, dann sehen wir uns später.« Goldberg entschied sich dafür, zu Fuß zu gehen. Jens war Frühaufsteher, doch vorsichtshalber schickte er ihm eine SMS und bat ihn schon einmal, die Kanne auf den Herd zu stellen.

Auf dem Weg zu seinem Haus dachte er über ihren Plan nach. Er würde sich Alfred genau anschauen, bevor er ihn verdeckt ins Stift einschleuste. Da sie offiziell nicht länger für den Fall zuständig waren, musste das ihr Geheimnis bleiben. Wenn Klose dahinterkam, würde er nicht zögern, sie alle miteinander auffliegen zu lassen. Kurz ertappte er sich bei dem Gedanken, dass dieser Mord ein Wink des Schicksals sei, in sein altes Leben zurückzukehren. Doch er schob ihn beiseite. Magda wäre sicher wenig begeistert. Ob sie mit ihm Kophusen verlassen würde, war mehr als fraglich. Sie sprachen nicht über ihre gemeinsame Zukunft. Jedenfalls nicht so konkret.

Die Bilder der Nacht kehrten zurück. Mit ihnen die Frage, warum ihm bisher nicht aufgefallen war, dass er sein früheres Leben vermisste. Es war ihm so vorgekommen, als hätte der Anblick des Ermordeten einen Pawlow'schen Reflex in ihm ausgelöst. Es war sein erster Mordfall, seitdem er Berlin den Rücken gekehrt hatte, und er durfte nicht ermitteln. Das hatte er sich selbst zuzuschreiben. Niemand hatte ihn gezwungen, die Hauptstadt zu verlassen und nach Kophusen zu gehen. Bisher war es ihm wie eine Erlösung vorgekommen, doch nach der heutigen Nacht erschien ihm sein gegenwärtiges Leben wie eine Art selbstauferlegtes Exil. Wenn er ehrlich war, glich seine Abreise aus Berlin einer Flucht, nicht leichtfertig, nicht Hals über Kopf, aber dennoch war er geflohen. Er hatte versucht, sein Leben hinter sich zu lassen. Der Mord an Dr. von Helms hatte alles verändert. Nicht zuletzt wartete Prof. Keller noch immer auf eine Antwort von ihm. Wollte er Judith sehen? Mit ihr sprechen? War das ein Wink des Schicksals, sein Leben neu zu überdenken? Er verdrängte die Überlegungen. Darüber mochte er jetzt nicht schon wieder brüten. Zuerst musste dieser Fall gelöst werden. Dann konnte er sich um sein Privatleben kümmern. So war es immer gewesen, und so würde es bleiben.

23

Sie hatten beschlossen, sich an einem möglichst unauffälligen Ort zu treffen. Peter hatte das kleine Café des Horster Bio-Hofs vorgeschlagen; dort interessierte sich niemand für sie. Es war kurz nach neun und entsprechend leer. Zu viert saßen sie an einem Tisch, von dem aus sie die vielen Bobbycars sehen konnten, die geduldig auf ihre umtriebige Kundschaft warteten. Bis auf Goldberg aßen alle ein belegtes Brötchen mit dem selbst gemachten Käse und tranken einen Kaffee. Er selbst nippte an einer BioZisch-Limonade. Alfred Wilke hatte bisher nicht viel gesprochen. Er war eine imposante Erscheinung, obwohl er nicht übermäßig groß war. Sein Körper strahlte eine natürliche Autorität aus, die in seinem früheren Beruf von Vorteil war. Wilke machte nicht viel Aufheben um seine Person. Goldberg konnte sich gut vorstellen, wie es gewesen sein musste, unter seiner Führung zu arbeiten. Er besaß einen wachen Blick, dem nichts zu entgehen schien. Trotz seines Alters sah er topfit aus. Den vermögenden Stiftbewohner würde man ihm ohne Weiteres abnehmen.

Hauke hatte ihm am Telefon nicht erklärt, worum es ging, was er jetzt in aller Ausführlichkeit nachholte. Peter ergänzte den Vortrag seines Kollegen an passender Stelle. Sie waren sicher ein erfolgreiches Team gewesen, dachte Goldberg. Als die beiden Kollegen fertig waren, sahen sie ihren ehemaligen Chef erwartungsvoll an. Der zog eine Grimasse, die Goldberg nicht recht deuten konnte, sich aber schnell in ein breites Grinsen verwandelte.

»Das hat mir mächtig gefehlt.«

Peter lächelte verlegen, während Hauke das Kompliment ungeniert annahm. »Kein Wunder.«

»Ihr habt euch für diesen Job genau den Richtigen ausgesucht.« Wilke drehte sich zu Goldberg. »Und wir zwei Hübschen, sagen wir Du?«

»Gern.«

»Abgemacht. Den Weber werden wir bei den Eiern packen.« Alfred biss genüsslich in das Brötchen.

»Wir brauchen eine Biografie für dich«, sagte Peter. »Beruf, Hobbys, das ganze Programm. Du solltest verwitwet sein, hast keine Kinder oder weitere Angehörige. Die Geschichte muss echt wirken.«

Goldberg schmunzelte. Seit dem Sommer hatte Peter seine Liebe fürs Theater entdeckt. Sein Kollege hatte sich sehr intensiv auf die Rolle des Jedermanns vorbereitet und war sozusagen in den

Charakter hineingeschlüpft. Goldberg musste zugeben, dass er Talent besaß.

»Elenor Weiß ist eine harte Nuss. Sie ist der Schlüssel, um in dieses elitäre Nest reinzukommen«, fügte Hauke hinzu. »Aber wenn die das Dollarzeichen in den Augen hat, hast du die Yuppiefrau im Sack.«

Alfred Wilke machte sich keine Notizen. Er schien die Informationen in sich aufzusaugen. Goldberg dachte an seinen eigenen Ruhestand und hoffte, dass ihm die Zeit nicht zu langweilig wurde. Hobbys hatte er zwar keine, aber ihm fielen auf Anhieb mehrere Dinge ein, mit denen er sich gerne beschäftigen würde.

»Hast du Klamotten, die nach Kohle aussehen?«, fragte Hauke.

Alfred überlegte kurz. »Ich habe einen maßgeschneiderten Anzug. Der macht schon ordentlich was her.«

Hauke nickte. Er warf seinem Kollegen einen konspirativen Blick zu.

»Hast du schicke Schuhe?«, fragte Peter.

»Mein Sonntagspaar.«

»Sehen die teuer aus?«

»Die waren verdammt teuer.«

»Sehr gut. Darauf kommt es in der ELB-Residenz an. Am besten, du rufst gleich an und machst einen Termin aus.«

Alfred schob sich den letzten Rest Brötchen in den Mund, als müsse er sich stärken. Kauend zückte er sein Telefon. Er schluckte den Bissen hinunter. Dann setzte er ein ernstes Gesicht auf. Peter nannte ihm die Nummer. Wilkes Körper straffte sich. Seine Augen blitzten auf, als sein Anruf angenommen wurde. »Guten Tag. Mein Name ist Alfred Wilke.« Er machte eine Pause.

Hauke und Peter sahen sich an, als hätte ihr gemeinsamer Nachwuchs gerade das erste Mal Papa gesagt. Goldberg schüttelte unmerklich den Kopf. Er wollte gar nicht wissen, was die drei während ihrer gemeinsamen Zusammenarbeit alles ausgeheckt hatten.

»Ich habe von Ihrer Einrichtung erfahren und möchte gerne einen Besichtigungstermin bei Ihnen vereinbaren. Wenn es geht, noch heute.«

Alfreds Stimme hatte sich in einen sonoren Bass verwandelt, sodass Goldberg kurz den Eindruck bekam, ihm würde ein anderer Mensch gegenübersitzen. Doch, das konnte funktionieren.

24

Der Termin verlief reibungslos. Alfred hatte sich seinen zukünftigen Altersruhesitz schon zwei Stunden später ansehen können und erschien sichtlich zufrieden mit seinem Auftritt in der Wache.

»Haben sie dir geglaubt, dass du so schnell einziehen möchtest?«, fragte Hauke.

»Ich habe denen gesagt, dass ich es nach dem kürzlichen Tod meiner Frau in diesem großen Haus keinen Tag länger aushalte und dringend etwas suche, wo ich nicht alleine bin. Außerdem plagt mich mein Rheuma so sehr, dass ich im Notfall ärztliche Versorgung in Anspruch nehmen möchte.«

»Sehr gut.« Peter lächelte.

»Das war nicht mal gelogen. Die Arthritis wird immer schlimmer.« Er warf einen prüfenden Blick auf seine Hände. »Hätte nicht gedacht, dass diese Krankheit mir einmal einen Vorteil verschaffen würde.« Er sah wieder auf. »Ich habe mir eine Probewoche erbeten, wie du gesagt hast, Philip.«

»Und das machen die einfach so?«, fragte Hauke misstrauisch.

»Bei finanzstarken Kunden, die ihren Aufenthalt selbst bestreiten, schon. Die geben mir erst mal ein möbliertes Zimmer. Wie zufällig habe ich meine American-Express-Centurion-Card fallen lassen.«

»Was ist das denn bitte?«

»Nichts für dich, Hauke. Das ist eine Kreditkarte für Reiche.«

»Und woher hast du die?« Peter dachte an seine lächerliche Visakarte der örtlichen Sparkasse.

Alfred lächelte süffisant. »Das Internet bietet großartige Möglichkeiten. Ein Bild reicht, und du kannst das Ding bequem nachbauen. Den Fotoausdruck habe ich auf meine Sparkassenkarte geklebt. Und schwupp, besitze ich mindestens eine halbe Million auf dem Konto.«

Peter starrte ihn ungläubig an. »Wusste gar nicht, dass du so kreativ bist.«

»Du hast doch selbst gesagt, ich muss überzeugend sein. Nachdem ich das Ding schnell wieder aufgehoben hatte, überschlug sie sich fast vor Freundlichkeit.«

»Und sie hat nichts bemerkt?«

»Wie denn? Ich habe ihr nur einen kurzen Blick gegönnt. Das reichte. Mal ehrlich, man sieht doch nur das, was man sehen will.«

»Respekt, Alfred. Du bist ein richtiger Fuchs.«

»Danke, Hauke, ich gebe mir Mühe. Jedenfalls war das Probewohnen danach kein Problem mehr.«

»Wollte sie keine Krankenkassenkarte sehen? Oder sonstige Nachweise?«, fragte Peter erstaunt.

»Nicht für eine Probewoche, die ich selbst bezahle.«

»Und wer bezahlt deinen Kurzurlaub?«

»Die schwarze American Express, Hauke.« Alfred grinste.

»Du meinst die, die du mit Papier überklebt hast?«

»Ich habe einen guten Riecher, Hauke, das weißt du, und der sagt mir, dass in dem Laden etwas faul ist. Bevor die mir die Rechnung schicken, ist dieses Seniorenzentrum längst Geschichte.«

»Ist dir irgendetwas aufgefallen?«, fragte Philip vom Tresen aus.

Alfred schwieg einen Moment und schien darüber nachzudenken. Er war stets ein sorgfältiger Mann, erinnerte sich Peter. Sein Büro war immer sauber und aufgeräumt gewesen. Er brauchte äußere wie innere Ordnung. Außerdem war er ein guter Beobachter. Das einzige Manko war seine mangelnde Diplomatie. Da war er Hauke sehr ähnlich.

»Das Haus hat irgendwie eine klinische Atmosphäre«, begann er. »Ich kann es nicht recht beschreiben. Dem Ganzen fehlt die Seele.«

»Hast du Prof. Weber kennengelernt?«, fragte Philip.

»Ja, kurz. Ein interessanter Typ. Ich habe ihm von meinen Beschwerden berichtet, und er sagte mir, es gäbe neue Ansätze aus den USA, die er gerne mit mir erörtern würde. Der Mann redet zwar sehr geschwollen, aber wenn das stimmt, bin ich doppelt gespannt auf meinen Aufenthalt dort. In jedem Fall wissen die genau, was sie tun. Die geben sich nicht mit Kassenpatienten ab, die ihre letzten für das Alter zusammenkratzen müssen. Ich frage mich nur, warum ausgerechnet Kophusen? Die Klientel wäre doch eher in der Stadt zu finden.«

»Das ist angeblich ihr Pilotprojekt. Die wollen mehrere von diesen Zentren errichten«, erklärte Peter.

Ein lautes Brummen unterbrach die Unterhaltung. Philip schreckte hoch. Es war sein Mobiltelefon. »Goldberg.«

Die anderen beobachteten ihn gespannt. Philip lauschte, während sich sein Gesichtsausdruck kaum veränderte. Das war typisch für ihn. Nach einigen zustimmenden Lauten legte er wieder auf. »Schlechte Nachrichten. Die Obduktionsergebnisse sind da.«

Peters Körper versteifte sich.

»Am Samstag?«, fragte Hauke.

»Sie haben die Ergebnisse gestern bekommen, aber Hecht hatte es nicht mehr geschafft, uns zu benachrichtigen.« Philip verstummte.

Unsicherheit breitete sich in Peter aus. War alles umsonst gewesen?

»Und?« Hauke hatte die Unruhe seines Kollegen bemerkt und half mit der richtigen Frage aus.

Philip warf ihm einen bedauernden Blick zu, bevor er zusammenfasste, was Hecht ihm berichtet hatte: »Nichts. Der Rechtsmediziner hat weder am Körper noch im Blut Hinweise auf Fremdverschulden oder Drogenkonsum finden können. Die Stiche zwischen den Zehen kann er sich nicht erklären. Die Laborergebnisse der inneren Organe

stehen noch aus, aber so, wie es der Rechtsmediziner einschätzt, werden die nichts ergeben, was auf
Mord hindeuten könnte.«

Peter senkte den Blick. Seltsamerweise war er
jetzt nicht erleichtert, nachdem klar war, dass Henriette kein Mordopfer war. Er war überzeugt
gewesen, dass sie keines natürlichen Todes gestorben war. Schließlich gab es einen weiteren Toten,
der bewies, dass hier irgendetwas nicht stimmte.
Der Mann im Futtertrog hatte keinesfalls Selbstmord begangen und sich nackt zu den Schweinen
gelegt. Plötzlich schämte er sich seiner wirren Gedankengänge. Eigentlich müsste er doch froh sein,
dass niemand seiner Freundin Gewalt angetan hatte.
Aber diese Freude stellte sich nicht ein. Die Polizeiarbeit ließ wohl jeden früher oder später zynisch
werden. Hier in Kophusen dauerte es eben etwas
länger.

»Der Arzt räumt allerdings ein, dass es für einen
Fachmann durchaus möglich wäre, jemanden zu
töten, ohne dass die Rechtsmedizin das Präparat
nachweisen kann. Die untersuchen nur nach bestimmten Substanzen. Die Einstiche kommen aber
eindeutig von einer Spritze. Da sie keinerlei Drogen konsumiert hat, sei dieser Sachverhalt höchst
sonderbar.«

»Demnach könnte sie doch ermordet worden
sein?«, fragte Peter.

»Es wäre höchst unwahrscheinlich, dennoch
nicht ausgeschlossen.«

»Fachpersonal gibt es in dieser Einrichtung genug«, bemerkte Alfred.

»Versprich mir, vorsichtig zu sein und keine Alleingänge zu unternehmen«, mahnte Hauke.

»Versprochen.«

»Das meine ich verdammt ernst. So wie es aussieht, sind deine neuen Pfleger nicht an einer langjährigen Beziehung interessiert.«

»Keine Angst, die werden mich nicht gleich in meiner Probewoche abmurksen.«

Langsam kamen Peter Zweifel an ihrer ganzen Unternehmung. Dem Obduktionsergebnis zum Trotz: Wenn sein Instinkt ihn nicht trog, hatte jemand zwei Menschen zum Schweigen gebracht. Und sie wussten immer noch nicht, warum. Im Grunde tappten sie völlig im Dunkeln. Der Mord an von Helms war ihm ein Rätsel. Die einzig logische Erklärung war, dass er sich Zutritt zum Untergeschoss des Stifts verschafft hatte, um belastendes Material zu entwenden. Aber vielleicht war alles ganz anders?

»Meldet sich Hecht bei dir, wenn er die restlichen Ergebnisse vorliegen hat?«, fragte Peter.

»Ja. Ich glaube, er ist selbst erstaunt, dass sie so gar nichts gefunden haben.«

»Das ist doch kein Zufall«, polterte Hauke. »Zwei Todesfälle in so kurzer Zeit. Und das hier bei uns. Das stinkt doch zum Himmel!«

»Haben wir eine Chance, an die Ermittlungsergebnisse von Klose zu kommen?«, fragte Peter, obwohl er wusste, wie aussichtslos dieses Unterfangen war.

»Klose und Kooperation sind zwei Dinge, die sich gegenseitig ausschließen«, erwiderte Alfred.

»Ja, aber wir haben möglicherweise noch ein Ass im Ärmel.«

Sie sahen zu Philip hinüber. Der lächelte.

»Inwiefern? Kennst du ihn?«, fragte sein Vorgänger. »Denn wenn nicht, kannst du das getrost vergessen.«

»Ihn nicht, aber denjenigen, der vermutlich die Obduktion leiten wird.«

»Natürlich! Bruno!«, entfuhr es Peter.

»Wer ist Bruno?«, fragte Alfred.

»Der Nachfolger von Rudi in der Rechtsmedizin in Kiel«, erklärte Hauke.

»Rente oder tot?«

»Keine Angst, Rente!« Hauke griente.

Peter verzog das Gesicht. Er fragte sich, ob Hauke diese Art von Alfred übernommen hatte oder ob es umgekehrt gewesen war. Er erinnerte sich nicht mehr.

»Der Nachfolger heißt Bruno Leiser und ist ein alter Bekannter von Philip«, erklärte Hauke.

»Alte Bekannte in den richtigen Positionen sind hilfreich. Und am besten ist es, wenn sie dir etwas schuldig sind. Aber das wird in Berlin sicher nicht anders sein als hier, oder Philip?.«

»Das ist überall auf der Welt gleich.«

»Ist Berlin wirklich so ein heißes Pflaster, wie es allgemein heißt?«

»Ich weiß nicht, was man sich darüber erzählt, aber es ist nicht mit Kophusen zu vergleichen.«

»Ist sicher eine Umstellung für dich gewesen.«

»Ja.«

»Vermisst du es?«

Philip ließ sich Zeit mit der Antwort, was Peter überraschte. Für ihn selbst wäre die Antwort klar und deutlich »Nein« gewesen. Wie konnte man Mord- und Totschlag vermissen? Aber sein Chef schien das anders zu sehen. Erst nach einer gefühlten Ewigkeit beantwortete er die Frage mit »Manchmal«.

Alfred nickte, als würde sich das mit seinen eigenen Erfahrungen decken, dabei war er nie aus Kophusen rausgekommen. »Passt auf, dass er euch nicht wieder abwandert«, mahnte Alfred nach einem langen Blick auf Philip.

Irritiert musterte Peter seinen derzeitigen Vorgesetzten. Hatte der etwa Sehnsucht nach Berlin? Eigentlich war er davon ausgegangen, dass Philip sich hier wohlfühlte. Außerdem war er mit Magda zusammen. So eine Frau ließ man doch nicht sitzen!

»Keine Sorge«, sagte Hauke, »das passiert schon nicht. Dafür gefällt es ihm hier viel zu gut.«

»Wie dem auch sei, ich werde mich dann mal auf die Socken machen und meinen besten Koffer packen. Ich rufe an, sobald ich eine Spur habe.«

Nachdem Alfred sich verabschiedet hatte, glitt Philip ungelenk vom Tresen. Ein Jammer, dass er mit Yoga aufgehört hatte, dachte Peter. Diese Asanas würden ihm so guttun.

»Ich gehe mal rüber.« Philip verschwand hinter seiner Bürotür.

Das kannten sie. Wenn es ihn in sein Büro trieb, wollte er allein sein. Meistens kam er mit einer neuen Idee und dilettantischen Strichmännchen-Zeichnungen wieder heraus.

»Meinst du, Philip geht zurück nach Berlin?«, fragte Peter Hauke, der seelenruhig an seinem Kaffeebecher nippte.

»Warum sollte er?«

»Der erste richtige Mord, und wir können nichts tun. Das ist schon deprimierend, vor allem, wenn du das anders gewohnt bist. In Berlin hat Philip solche Ermittlungen geleitet.«

»Mach dir keinen Kopf, der geht nicht weg.« Hauke leerte seinen Kaffeebecher. »Mal unter uns, hast du Alfred vermisst?«

»Klar, immerhin habe ich über zwanzig Jahre mit ihm zusammengearbeitet.«

»Es ist ein bisschen wie in alten Zeiten, oder?«

»Ja, wir haben schon eine ganze Menge durchgemacht in all den Jahren.«

»Das ist wahr. Und Alfred war immer korrekt, hat nie den Vorgesetzten raushängen lassen.« Hauke verstummte. Er setzte plötzlich eine ernste Miene auf. »Ich finde, wir sollten uns mehr um ihn kümmern. Das sind wir ihm schuldig. Immerhin sind wir so etwas wie Freunde, oder nicht?«

Erstaunt sah Peter seinen Kollegen an. Es hatte ihm die Sprache verschlagen.

»Jetzt guck nicht so, als wäre ich ein eiskalter Holzkopf, der keinerlei Gefühle hat. Ich mache mir auch so meine Gedanken.«

»Das weiß ich, aber du sprichst sie so selten aus.«

»Da arbeitet man Tag um Tag so eng zusammen, geht abends zu Rosi, trinkt gemeinsam ein oder zwei Bier, und kaum ist einer weg, verliert man sich sofort aus den Augen. Das ist doch scheiße.« Er starrte einen Augenblick ins Leere, dann räusperte er sich verlegen. »Mit uns passiert das nicht!«

Wenn Peter seinen Kaffeebecher in der Hand gehalten hätte, hätte er ihn vor Schreck fallen gelassen. Seine Verblüffung war ihm trotzdem anzusehen.

»Nun reg dich ab, ja. Ist schon wieder vorbei. Ich wollte das nur mal gesagt haben. Bist schließlich mein bester Freund.«

Peter spürte, wie die Schamesröte in seinem Gesicht hochstieg.

»Brauchst nicht gleich rot zu werden, ich stehe immer noch auf Frauen.«

Peter fühlte sich überrumpelt. Er hätte gerne etwas Adäquates erwidert, doch ihm fehlten die Worte. Und als wäre das alles nicht schon seltsam genug, sprach Hauke weiter, als könne er seine Gedanken lesen.

»Du brauchst nichts zu sagen. Ich weiß auch so, dass es dir genauso geht. Und damit ist Schluss mit diesem Theater. Wir haben einen Mord, wahrscheinlich der erste in der Geschichte Kophusens. Den werden wir zwei aufklären, und wenn es das Letzte ist, was ich tue.«

Mehr als ein bloßes Kopfnicken brachte Peter nicht zustande. Er war gerührt und befürchtete, seine Stimme würde brechen, wenn er jetzt etwas sagte.

Aus den Augenwinkeln betrachtete er Hauke, der sich zum Bildschirm gedreht hatte. Den Kloß schluckte Peter mühsam hinunter. Bloß nicht weinen, dachte er. Dann wandte er sich seinen Dossiers zu und versuchte, seine Zuneigung hinter einer großen Mappe zu verstecken.

25

Der vertraute Berliner Dialekt legte sich wie Balsam auf seine widersprüchlichen Gedanken, die ihn einfach nicht losließen. Nach einem kurzen Geplänkel nannte Goldberg den Grund seines Anrufs.

»Habt ihr den Mann aus dem Schweinestall auf dem Tisch?«

Bruno lachte laut auf. »Hab mir schon jefragt, wann de anrufst.«

»Also hast du ihn?«

»Nicht direkt. Aber da ick der Chef von dem Janzen hier bin, wat willste wissen?«

»Habt ihr ihn schon untersuchen können?«

»Zum Teil ja. Sein Name is Gottfried von Helms. Alljemeinmediziner. Een Kolleje jewissermaßen. Kommt nich so oft vor, dit wir eenen von uns auf dem Tisch liejen haben.«

»Wisst ihr schon was über die Todesursache?«

»Du Armer, haben sie euch den Fall wegjenommen? Früher wäre dir dit nicht passiert.«

»Früher war ich auch bei der Kripo.«

»Tut weh, oder?«

»Ich halte das schon aus.«

»Klose is ein aufgeblasener Fatzke, das ist hier die einhellige Meinung. Aber zurück zum Toten. Der Mann hat Einstiche am Hals. Er wurde vermutlich betäubt und dann nackt in den Trog jelegt.«

»Kannst du etwas über das Zeug sagen, das man ihm gespritzt hat?«

»Die Laborerjebnisse stehen noch aus, aber da es keene äußeren Abwehrspuren jibt, vermute ick, dat dit Präparat ihn schachmatt jesetzt hat.«

»Kannst du den Stoff nachweisen?«

»Kommt darauf an, was es war. Aber ick rufe dich an, sobald wir einen Schritt weiter sind. Grüße mir deene beeden Spezis.«

»Mach ich.« Goldberg legte auf. Er ging zum Fenster. Sein Blick fiel auf die zaghaft blühenden Büsche, die das Grundstück säumten. Zwei Tote in einem kleinen Ort wie Kophusen, beide mit Einstichstellen am Körper. Goldberg hatte keine Zweifel mehr, dass sowohl Henriette als auch von Helms auf die gleiche Weise getötet worden waren. Bei dem Arzt hatte man sich weniger Mühe gegeben, die Einstiche zu verbergen. Wenn Joachim nicht nachts noch nach dem Rechten gesehen hätte, hätten die Schweine sämtliche Spuren verwischt. Eine archaische Art, Tote verschwinden zu lassen, fand er. Warum hatte man von Helms aus dem Weg geräumt? Aus dem gleichen Grund wie Henriette, oder waren die beiden unabhängig voneinander getötet worden? Goldberg schüttelte den Kopf. Es gab einen Zusammenhang, da war er sich sicher. Er musste seine Gedanken ordnen. Zurück am Schreibtisch, zog er die oberste Schublade auf. Dort bewahrte er Papier und Bleistift auf. Der Kommissar zeichnete gern, obwohl er weder talentiert noch anspruchsvoll war. Es beruhigte ihn, verschaffte ihm ein wenig Klarheit. Während er das Diagramm aus Strichmännchen und Pfeilen erstellte, grübelte er über die möglichen Zusammenhänge nach. Henriette hatte er in die Mitte gesetzt. Drum herum platzierte er Weber und all die anderen. Die frühere Verbindung zwischen dem Professor und ihr kennzeichnete er mit einem Extrapfeil. Er fragte sich, ob sie eine tiefere Bedeutung für den Fall hatte. Vielleicht hatte am Ende alles gar nichts mit der Gründung des Kompetenzzentrums zu tun? Das war möglich, aber durch den Tod von Helms eher unwahrscheinlich. Goldberg starrte auf das Geflecht des kindlichen Gekritzels. Antworten erhielt er dadurch nie. Wenn er Glück hatte, kam er aber auf die richtigen Fragen. Im Moment kreisten jedoch immer die gleichen in seinem Kopf. Es klopfte.

»Ja.«

Die Tür ging auf. Goldberg erwartete, einen seiner beiden Kollegen zu sehen, doch überraschenderweise steckte Jens den Kopf durch die Tür.

»Darf ich?«

»Ja. Komm rein.«

Sein Freund schloss die Tür hinter sich. »Was machst du?«

»Ich denke nach.«

Jens nickte. Ehe er sich setzte, legte er die beiden Akten ab. »Ich dachte mir, ich schaue kurz bei dir rein, bevor ich zu Sohanraj gehe.«

»Und?«

Jens rutschte auf dem Stuhl hin und her, als sei er sich unsicher, wie er beginnen sollte. »Das ist eine Patientenakte.« Er tippte auf die, die zuoberst lag. »Allerdings ist das meiner Meinung nach keine gewöhnliche Patientenakte.«

Goldberg sah in an. »Was dann?«

»Es kann sein«, sagte Jens zögernd, »und ich meine damit, dass ausschließlich theoretisch die Möglichkeit besteht, dass eine Versuchsreihe durchgeführt wurde.« Jetzt war es raus. Jens atmete hörbar durch.

»Du meinst Medikamententests?«

Er nickte vorsichtig. »Noch nicht zugelassene Substanzen erhalten einen provisorischen Namen.« Jens nahm die oberste Akte und blätterte zu der Tabelle am Ende. »Hier siehst du eine Kombination aus Buchstaben und Zahlen. So werden die Präparate üblicherweise in der Testphase benannt.«

Goldberg nahm ihm die Akte aus der Hand. »Wofür stehen die Buchstaben?«

»Meistens sind es die Initialen des Unternehmens, das den Prüfstoff entwickelt hat.«

Goldbergs Augenbrauen schoben sich nach oben. »Bist du sicher?«

»Ich gebe es nur ungern zu, aber ich hege die Vermutung, dass man hier Ergebnisse einer klinischen Forschung gesammelt hat. Und zwar an gesunden Probanden und Patienten gleichzeitig.«

»Was bedeutet das?«

»Neue Medikamente werden üblicherweise zunächst an gesunden Probanden getestet. Das ist die Phase eins. Außer es handelt sich um ganz spezielle Substanzen, wie zum Beispiel ein neues Krebsmedikament. Dann geht es gleich an die Betroffenen. Aber normalerweise geht es erst in Phase zwei an die entsprechenden Patienten.«

»Kennst du die Initialen?«

»Ich bin nicht so bewandert in pharmazeutischen Belangen. Es dürfte allerdings nicht schwer sein, das herauszubekommen.« Jens machte eine kurze Pause. »Eine Sache ist allerdings merkwürdig.«

»Und die wäre?«

»Die Akte gibt keinen Aufschluss darüber, wo und von wem diese Testreihe durchgeführt wurde. Nichts. Es sieht fast so aus, als hätte jemand auf eigene Faust geforscht. Sozusagen privat.«

Goldberg stand auf. »Hast du eine Ahnung, um was für ein Präparat es sich handeln könnte?«

»Nein, das geht daraus nicht hervor. Und auch das ist völlig absurd«, setzte Jens nach. »Ich sagte ja gestern schon, solche Tests brauchen eine offizielle Genehmigung der Behörden und der Ethikkommission, sonst sind die erhobenen Daten nutzlos. Mal ganz abgesehen davon, dass es verboten ist.«

In Goldberg arbeitete es auf Hochtouren. Wenn es stimmte, was sein Freund da sagte, dann hatte jemand illegale Tests an den alten Menschen durchgeführt.

Ob mit oder ohne ihr Wissen war in dem Fall egal. Goldberg war zum Fenster hinübergegangen und starrte hinaus.

»Im Grunde ist das unmöglich«, hörte er seinen Freund hinter sich sagen. »Sicher gibt es dafür eine ganz harmlose Erklärung.«

Goldberg war in Gedanken bei Weber. Es passte nicht zusammen. Dieser ehrgeizige Professor mit den großen Plänen würde sein Lebenswerk nicht durch illegale Experimente gefährden. Und falls er das doch tat, würde er die Beweise dafür nicht mehr oder weniger ungesichert im Keller lagern. Ob nun pseudonymisiert oder nicht. Vielleicht waren das Untersuchungsergebnisse einer früheren Forschung, die ganz legal erhoben worden waren? Aber warum fehlten dann jegliche Angaben, und wie waren sie in Webers Hände gelangt? Das alles ergab keinen Sinn.

Ein lautes Klopfen unterbrach seine Überlegungen. Bevor er sich umgedreht hatte, hörte er, wie sich die Tür öffnete.

»Philip, ich glaube, ich habe etwas gefunden.« Peter stand im Türrahmen, seine Augen leuchteten.

»Na, dann lass ich euch mal wieder arbeiten.«

Sie verabschiedeten sich. Goldberg begleitete Jens nach vorne und wartete, bis sich die Tür hinter seinem Freund geschlossen hatte. Dann wandte er sich an Peter. »Also, was hast du entdeckt?«

»Ich habe eine frühere Kollegin von Henriette ausfindig machen können. Eine ältere Dame, die sich noch sehr gut an Henriette erinnert,« begann Peter.

»Ja, und?«, fragte Hauke.

»Sie war Klassenlehrerin einer zehnten Klasse, die Henriette aushilfsweise betreute. Latein und Englisch waren ihre Fächer. Und jetzt rate, wer einer der Schüler dieser Klasse war?«

»Weber?«, sagte Hauke.

Peter nickte. »Jep.«

»Aber das wissen wir doch längst.« Hauke wurde ungeduldig. »Raus damit, was hast du gefunden?«

»Die ehemalige Lehrerin erinnert sich gut an die beiden. Sie mochten sich nicht sonderlich. Henriette konnte in ihrem Beruf wohl ein richtiger Besen sein.«

Hauke klopfte nervös mit den Fingern auf der Tischplatte. Goldberg versuchte, sich nicht davon ablenken zu lassen.

»Die beiden sollen einmal eine lautstarke Auseinandersetzung auf dem Schulhof gehabt haben, und keine zwei Tage später hat Weber Henriette angezeigt. Wegen Körperverletzung.«

»Was? Hat sie ihm eine gescheuert?«

»Laut der Dame ja.«

»Worum ging es dabei?«, fragte Goldberg.

»Angeblich um eine schlechte Schulnote.«

»Das ist alles?« Hauke sah ihn ungläubig an.

Peter nickte. »Es stand Aussagen gegen Aussage, aber am Ende war Henriette ihren Job los. Da sie nur Aushilfslehrerin war, konnte sie leicht vor die Tür gesetzt werden, ohne dass es größeres Aufsehen erregt hätte.«

»Das ist ja schön und gut, aber wegen einer Jahrzehnte zurückliegenden Ohrfeige bringt man doch niemanden um«, sagte Hauke.

Goldberg stimmte ihm zu, das war nicht einmal ansatzweise ein Mordmotiv. Es sei denn, es ging um etwas anderes, Schwerwiegendes. Möglicherweise hatten die beiden eine heimliche Beziehung gehabt. Henriette hatte dem Schüler klargemacht, dass es keine Zukunft für sie gab, und er rächte sich mit dieser Anzeige. Aber ein Mord nach all den Jahren? Sehr unwahrscheinlich, fand Goldberg.

»Was hat Jens zu der Akte gesagt?«, fragte Hauke und riss ihn aus seinen Überlegungen.

Nachdem er einen kurzen Abriss über das Gespräch gegeben hatte, kehrte Stille ein. Lauter lose Enden, die nicht zusammenpassten, dachte Goldberg. Sie mussten Weber mit der neuen Information zu den Akten konfrontieren. Strenggenommen lag das nicht mehr in ihrer Befugnis. Aber gegen ein harmloses Gespräch wegen des Einbruchs war nichts einzuwenden. Für den Fall, dass wichtige Erkenntnisse dabei rauskamen, konnten sie sie ja an Klose weitergeben.

»Hauke, wir fahren zu Weber.« Goldberg holte die Akte aus seinem Büro.

Hauke grinste. »So gefällst du mir.«

»Passt auf euch auf«, sagte Peter, »und haltet nach Alfred Ausschau.«

»Geht klar. Bis später.«

26

Während der Fahrt zur ELB-Residenz dachte Hauke an Alfred. Bei dem Tempo, das er an den Tag legte, konnte es gut sein, dass er sein Zimmer bereits bezogen hatte. Insgeheim hoffte er, sie würden sich nicht über den Weg laufen. Die Vorstellung machte ihn nervös. Wie sollte er sich verhalten, damit niemand merkte, dass sie sich kannten? Schließlich wollte er Alfred nicht unnötig in Gefahr bringen, diesen Weißröcken war doch alles zuzutrauen. Weber war ein aalglattes Exemplar seiner Zunft. Wenn der nichts zu verbergen hatte, wer dann?

Er lenkte den Wagen über die Landstraße, bis sie die Auffahrt erreichten. Sachte bog er ab und steuerte auf das prachtvolle Haus zu.

»Wir müssen vorsichtig sein«, sagte Philip, während Hauke den Wagen auf dem Parkplatz abstellte.

»Ist schon klar.«

»Falls wir Alfred begegnen, sag am besten nichts.«

»Ich habe nicht vor, ihn zu fragen, ob er bei seiner verdeckten Ermittlung schon was herausgefunden hat.«

»Das habe ich auch nicht gesagt.«

»Nein, aber gemeint.«

Hauke war gereizt. Die Situation überforderte ihn. Es war eine Sache, selbst den Lockvogel zu spielen und sich als einen potenziellen Interessenten auszugeben. Aber Alfred gegenüber neutral zu bleiben, würde ihm schwerfallen. Schon ein heimlicher Blick konnte sie verraten.

»Tu so, als sei er gar nicht da.«

Hauke brummte etwas Unverständliches. Er hatte keinen Schimmer, wie er das anstellen sollte. Widerwillig folgte er seinem Chef zum Eingang. Die breite Treppe war an den Seiten mit Blütenblättern übersät. Der Empfangstresen war nicht besetzt. Es dauerte ungewöhnlich lange, bis endlich jemand vom Personal erschien. Es war nicht Elenor. Vielleicht hatte die Alte ja ihren freien Tag, überlegte er. Immerhin war Samstag. Stattdessen begrüßte sie ein junger Mann in der hausüblichen legeren Kleidung eines Pflegers.

»Guten Tag, die Herrschaften, was kann ich für Sie tun?«

Am liebsten hätte Hauke eine Bemerkung über sein aufgesetztes Lächeln gemacht, aber er riss sich zusammen. Verdeckte Ermittlungen erforderten Disziplin und Konzentration.

»Wir möchten zu Professor Weber«, sagte Philip,

wobei er ihm seinen Dienstausweis entgegenstreckte. »Mein Name ist Goldberg. Philip Goldberg. Das ist mein Kollege Hauke Thomsen.«

Der Dienstausweis ließ das Lächeln des Mannes für einen Moment gefrieren. »Es tut mir leid, aber er ist mitten in der Visite.«

»Keine Sorge, das stört uns nicht. Wir haben Zeit.«

Irritiert ließ der Pfleger den Blick von ihm zu Philip gleiten. Dann fasste er sich und ein Lächeln erschien auf seinem Gesicht. »Natürlich. Bitte nehmen Sie im Salon Platz. Möchten Sie einen Kaffee?«

Philip verneinte. Hauke hätte zwar gerne einen getrunken, aber er hielt den Mund. Besser, er fühlte sich hier nicht zu wohl. Vielleicht standen ja wenigstens Kekse auf dem Tisch. Der Salon war leer. Offenbar waren alle in den Appartements, um sich von dem Halbgott in Weiß die illegalen Medikamente verabreichen zu lassen. So eine Sauerei, dachte er und verzog das Gesicht. Er setzte sich an den Tisch, auf dem tatsächlich eine Schale mit diesen köstlichen Keksen stand. Mit einem heimlichen Seitenblick auf Philip, der die Bücher in dem Regal hinter ihnen inspizierte, schob er sich hastig einen von den Schokodingern in den Mund. Versöhnt für den Augenblick, schloss er genießerisch die Augen. Als er sie öffnete, hätte er sich vor Schreck beinahe an den Krümeln verschluckt. Er bekam einen Hustenanfall.

»So schlimm sehe ich nun auch wieder nicht aus«, flüsterte Alfred, der plötzlich in der Tür stand.

Von wegen, tu so, als sei er nicht da. Wie sollte das

gehen, wenn er direkt vor einem steht und man nur haarscharf dem Erstickungstod entging?

»Ganz kurz«, flüsterte Alfred. Er hatte sich ein Buch aus dem Regal gezogen und tat so, als würde er darin blättern. War das sein Ernst? Glaubte sein ehemaliger Dienststellenleiter wirklich, dass er mit dieser billigen Tarnung durchkam? »Ich habe den Keller in Augenschein genommen. Komplett ausgeräumt. Keine Akten.«

»Scheiße«, zischte Hauke, wobei ihm ein paar Krümel entwichen.

»Da ist jemand vorsichtig geworden«, murmelte Philip. »Vermutlich wegen des Einbruchs.«

»Ich melde mich, sobald ich was rausgefunden habe.« Alfred schob das Buch unter seinen Arm und kehrte auf dem Absatz um. Sein Auftritt hatte nicht länger als zwei Minuten gedauert.

»Und jetzt?«, fragte Hauke.

»Haben wir ein Argument mehr in der Hand.«

Weber ließ sie eine halbe Stunde warten, eher er sich bequemte, im Salon zu erscheinen.

»Entschuldigen Sie, meine Herren, aber die Visite ist mir heilig«, begrüßte er sie und reichte ihnen die Hand.

Ganz in Weiß ... Erschrocken unterbrach Hauke seinen inneren Gesang. Was war das denn? Wie in aller Welt kam er ausgerechnet auf das Lied? War das nicht von Roy Black? Hastig verscheuchte er das Bild des Sängers und schüttelte Weber die Hand.

»Haben Sie Neuigkeiten für mich?«, fragte dieser und bat die Beamten, wieder in den Lounge-Sesseln Platz zu nehmen.

»Wir sind bei unseren Ermittlungen auf etwas Unerwartetes gestoßen. Vielleicht können Sie Licht ins Dunkel bringen«, kam Philip zur Sache.

»Wie kann ich helfen?«

»Kannten Sie Henriette Stein?«

Weber sah ihn erstaunt an. »Natürlich, sie war ja eine unserer Reisenden.«

»Ich meinte eher, ob Sie Frau Stein schon kannten, bevor sie in Ihre Einrichtung gezogen ist?«

Hauke entging das kurze Flackern in Webers Blick nicht. Er wusste hundertpro, wer Henriette gewesen war.

»Woher wissen Sie davon?«

»Es ist unser Beruf, so etwas herauszufinden, Prof. Weber.«

»Ja, natürlich. Dann wissen Sie sicher auch von der Anzeige.«

Philip nickte.

»Es war dumm von mir, Henriette zu belangen. Ich fühlte mich wegen der schlechten Note in Latein ungerecht behandelt. Dumm, wie ich damals war, glaubte ich, es würde mich mein großes Latinum kosten. Schon damals wollte ich nämlich unbedingt Medizin studieren.«

»Hat sie Sie geschlagen?«

Er zögerte einen kurzen Moment, bevor er antwortete. »Nein. Wie gesagt, ich war sehr unreif.«

»Was passierte daraufhin?«

»Die Schulleitung glaubte mir und beendete das Beschäftigungsverhältnis.«

»Und Ihre Note?«

»Es war am Ende nicht weiter schlimm. Aber damals hatte ich Panik bekommen.«

»Wusste Frau Stein, wer Sie waren?«

»Um ehrlich zu sein, ich weiß es nicht. Wir haben nie darüber gesprochen.«

Hauke unterdrückte ein Schnauben. Das glaubte er doch wohl selbst nicht.

»Haben Sie ihren Hausarzt, Dr. von Helms, jemals kennengelernt?«, unterbrach Philip Haukes gedankliche Empörung.

»Selbstverständlich. Ich kenne alle Hausärzte meiner Reisenden. Wir arbeiten eng mit ihnen zusammen.«

»Kannten Sie ihn schon vorher?«

Weber schüttelte den Kopf. Philip bedachte ihn mit einem abwartenden Blick, doch der Professor schwieg. Nicht das kleinste Zucken war in seinem Gesicht zu erkennen. Entweder war er ein genialer Lügner oder er sagte die Wahrheit. Auf einmal war Hauke unsicher. War der Weißrock etwa doch unschuldig?

»Prof. Weber, wir fragen uns, was die Einbrecher im Souterrain gesucht haben könnten. Haben Sie eine Idee?«

»Nein. Da unten lagern ja bloß Akten. Alte Unterlagen, die für niemandem von Bedeutung sind.«

»Was sind das für Akten?«

»Ich nehme an, Frau Weiß hat es Ihnen bereits erklärt. Es sind Patientenakten.«

»Aus Ihrer Forschungsreihe?« Weber nickte.

»Warum werden die hier aufbewahrt?«

Dieses Mal dauerte sein Zögern deutlich länger.

»Um ehrlich zu sein, spreche ich darüber nur ungern.«

Ja, das konnte sich Hauke gut vorstellen. Von wegen unschuldig. Der Kerl würde schon noch auspacken.

»Kann es sein, dass es sich bei diesen Akten um illegale Dokumente handelt?«

Hauke konnte sehen, wie Weber ein überraschtes Gesicht aufsetzte. Der Mann war gut, dachte er, verdammt gut.

»Wie meinen Sie das?«

»Ich meine, dass Sie möglicherweise Daten erhoben haben, die Sie nicht hätten erheben dürfen.«

»Entschuldigen Sie, Herr Goldberg, aber ich verstehe nicht, was Sie damit sagen wollen. Was für Daten soll ich denn illegalerweise erhoben haben?«

Klarer Fall für Hauke. Weber wollte Zeit gewinnen, deshalb wiederholte er jede von Philips Fragen. Eine Taktik, die er immer bei seiner Mutter anwandte, wenn sie ihm zu sehr mit irgendetwas auf die Pelle rückte. Er musste sich eine plausible Geschichte ausdenken. Offenbar war er geübt im Lügen, denn Hauke konnte keinerlei Anzeichen von Nervosität oder gar Angst feststellen.

»Sagen Sie es mir«, entgegnete Philip.

Weber und er sahen sich an. Stille breitete sich im Salon aus. »Hören Sie, ich werde Ihnen die Wahrheit sagen. Das sind keine Akten aus einer Forschungsreihe.«

»Was dann?«, fragte Philip.

Weber räusperte sich verlegen. »Das sind alte Dokumente von Privatpatienten. Menschen, die ich gewissermaßen außerhalb meines damaligen Angestellten- verhältnisses behandelt habe.«

Hauke stutzte. Diese Elenor hatte ihnen da aber etwas anderes erzählt. Plötzlich waren es also keine Forschungsergebnisse mehr? Philip sah den Arzt unverwandt an. Man konnte die Spannung zwischen den beiden Männern fast körperlich spüren. Dann wandte Weber den Blick ab.

»Na gut. Sie haben gewonnen. Diese Behandlungen tauchen in meiner Steuererklärung nicht auf. Deshalb spreche ich nicht so gerne darüber.«

»Und dann heben Sie sie auf?«

»Ich habe diese Patienten behandelt und ihre Daten gesammelt. Das sind alles Ergebnisse, die für das geplante Kompetenzzentrum nützlich sein könnten.«

»Wenn diese Akten so harmlos sind, wie erklären Sie sich dann den Einbruch?«

»Glauben Sie mir, ich finde das genauso rätselhaft wie Sie.«

Rätselhaft war das richtige Wort, fand Hauke.

»Muss ich jetzt ein Bußgeld zahlen, oder wollen Sie es dem Finanzamt melden? Das ist sicher inzwischen verjährt.«

Bußgeld, wiederholte Hauke in Gedanken, so ein abgebrühtes Arschloch. Bringt zwei Menschen um und sitzt hier vor ihnen und faselt von Geld.

»Prof. Weber, wir haben uns die Akten genauer angesehen. Ich habe sie einem befreundeten Arzt gezeigt und der hat einen höchst beunruhigenden Gedanken geäußert.«

Philip machte eine Pause. Der Weißrock sah ihn fragend an.

»Ihr Kollege vermutet, dass es sich um Beweise einer illegal durchgeführten Medikamentenstudie handeln könnte.«

Weber sah verblüfft vom einen zum anderen. »Wie bitte?«

»Ich frage Sie jetzt ganz direkt, Prof. Weber. Haben Sie nicht zugelassene Medikamente an Ihren Patienten getestet?«

Der Professor starrte ihn ausdruckslos an. Schwer zu sagen, was gerade im Kopf dieses Mannes vorging. Sein Blick wanderte zur Tür. Instinktiv erhob sich Hauke aus dem Sessel. Seine Hand glitt zur Waffe. Weber stand auf. Wortlos schloss er die Salontüren. Dann drehte er sich zu ihnen um.

27

Peter saß am Rechner und kam nicht weiter. Seine Gedanken wanderten immer wieder zu Henriette. Die Vorstellung, dass man an ihr unbekannte Arzneien ausprobiert hatte, entsetzte ihn zutiefst. Ohne ihr Wissen hatte man ihr womöglich potenziell gefährliche Stoffe verabreicht. Doch sie war dahintergekommen und hatte versucht, sich zu wehren. Am Ende musste sie mit ihrem Leben bezahlen. Er unterdrückte die aufkommende Wut. Zornestränen waren das Letzte, was er sich im Augenblick leisten konnte. Wenn er ihren Tod schon nicht hatte verhindern können, dann sollte sie wenigstens nicht umsonst gestorben sein. Peter zwang sich zur Konzentration. Zuerst versuchte er, etwas mehr über die Ereignisse in der Schule herauszubekommen, doch es war zwecklos. Sämtliche Unterlagen aus der Zeit waren noch nicht digitalisiert, sodass die Kollegen aus Krempe erst im Archiv hätten nachsehen müssen. Das brachte ihn nicht weiter. Außer Henriette schien es zwischen Weber und von Helms keine Berührungspunkte zu geben. Mit der Identifizierung von Eva und ihrem Vater war er ebenfalls nicht weitergekommen. Es war wie verhext. Aus lauter Verzweiflung öffnete er die Internetseite des Stifts. Ziellos klickte er sich durch das Menü. Er hatte sich die Lebensläufe der Leitung schon ein Dutzend Mal durchgelesen. Auf Webers Porträtfoto strahlten seine Zähne unnatürlich weiß. Auch das war ihm bei den Besuchen davor aufgefallen. Sicher war das Foto professionell bearbeitet worden.

Danach klickte er sich zu Elenor Weiß. Ihr Gesicht lächelte in die Kamera, als wären sie allesamt eine Familie, in deren Obhut man sich nur zu gerne begab. Er las ihre Vita ein weiteres Mal durch. Am Ende des Textes befand sich der Link zur Stiftung. Peter klickte auf den Button. In seinem Browser öffnete sich ein neues Fenster. Der Internetauftritt war ähnlich gestaltet. Inszenierte Menschen, die den gut aussehenden Älteren unter die Arme griffen. Best-Ager und Seniors nannte man die heute. Peters Blick fiel auf den Menüpunkt Events. Mit einem Mausklick gelangte er auf eine Seite, die bezeugte, wie viel Gutes die Stiftung für alte Menschen tat. Von unzähligen Charity-Veranstaltungen war die Rede. Jeder sogenannte Event hatte seine eigene Bildergalerie. Diese Seiten hatte er bisher nur überflogen, doch heute kam ihm eine Idee.

Er begann mit der Eröffnungsgala und klickte sich durch die unzähligen Fotos. Bis auf ein paar sehr prominente Schauspieler, mit denen sich Elenor Weiß ablichten ließ, kannte er niemanden. Als er die letzte Fotostrecke öffnete, stieß er auf ein Bild, das seine Aufmerksamkeit erregte. Weber hielt Elenor im Arm. Links von ihr stand ein Mann, der Peter bekannt vorkam, den er aber auf die Schnelle nicht einordnen konnte. Daneben eine junge Frau. Unter dem Foto fand er einen kurzen Kommentar zu dem Bild. Als er die aufgeführten Namen las, fiel es ihm wie Schuppen von den Augen. Peter strich mit dem Cursor über die Fotografie. Der Pfeil verwandelte sich in eine Hand. Er klickte und vergrößerte es, indem er den Zoom betätigte. Leider wurde es immer pixeliger, sodass er es schließlich wieder verkleinerte.

In seinen ganzen Recherchen war er weder auf eine Frau an Webers Seite noch auf mögliche Kinder gestoßen. Aber die Ähnlichkeit zwischen der jungen Frau und Weber war verblüffend. Hastig tippte er ihren Namen in die Suchmaschine ein. Zunächst gab es viele unbrauchbare Ergebnisse. Er scrollte herunter, bis er auf ein Profil eines Berufsnetzwerkes stieß. Auf der Wache waren sie dazu übergegangen, sich in jedem wichtigen Internetportal einen Account einzurichten. Peter loggte sich mit dem ausgedachten Profil ein und gelangte auf die Seite von Eva Sander. Als er den Namen des Konzerns las, bei dem sie derzeit angestellt war, erinnerte er sich schlagartig daran, woher er den Mann kannte, der zwischen Eva und Elenor auf dem Foto stand. Das war kein Zufall. Mit einem Klick leitete man ihn auf die Seite des Konzerns, doch von den vielen Mitarbeitern kam ihm niemand bekannt vor. Peter ging zurück zu den Ergebnissen der Suchmaschine, klickte sich durch sämtliche Einträge. Ohne Erfolg. In den privaten Netzwerken war sie unter ihrem Klarnamen nicht zu finden. Er sank in seinen Bürostuhl zurück. Das war die Verbindung, nach der sie so lange gesucht hatten. Das war der entscheidende Hinweis, den Henriette Bärbel hatte geben wollen. Evas Vater ergab endlich Sinn. Die Ähnlichkeit zwischen ihr und Weber war verblüffend. Peter war felsenfest davon überzeugt, dass diese junge Frau Webers Tochter war. Außerdem konnte es noch eine Verbindung geben. Henriette war womöglich nicht nur Webers alte Lehrerin gewesen. Ihre Wege hatten sich danach vielleicht ein weiteres Mal gekreuzt.

Eine Sache fand Peter trotzdem ungewöhnlich. Er hatte den Professor gründlich durchleuchtet, aber laut den Behörden gab es keine Kinder. Er tippte Evas Namen in die polizeiinterne Datenbank ein. Wie erwartet blieb die Suche erfolglos. Peter überlegte. Die einzige Möglichkeit war, dass Evas Mutter den Vater bei der Geburt nicht angegeben hatte. Somit stand die Frage im Raum, ob Eva und Weber von ihrer Verwandtschaft wussten oder nicht? Er besah sich das Foto noch einmal. Bei der Ähnlichkeit zwischen den beiden hielt er es für unwahrscheinlich, dass sie nichts wussten. Aber wer war die Mutter, und warum hatte sie die Vaterschaft vor dem Gesetz verheimlicht? Laut ihrem Eintrag in dem Berufsnetzwerk war Eva achtundzwanzig Jahre alt. Weber war zweiundfünfzig. War es möglich, dass Henriette und er ein Kind hatten? Peter zog die Stirn in Falten. Der Fall wurde immer verworrener. Eine Sache war jedoch sicher, Henriette musste sterben, weil sie etwas herausgefunden hatte. Und ganz allmählich dämmerte ihm, was es war.

28

Haukes Telefon klingelte. Goldberg ließ sich davon nicht ablenken, sein Blick war auf Weber geheftet. Der Professor stand vor der geschlossenen Flügeltür. Seine Hände nestelten an dem weißen Kittel. Der eben noch so souverän wirkende Mann verlor vor ihren Augen die Fassung. Er zog ein Taschentuch hervor und tupfte sich die Schweißperlen von der Stirn.

»Wie kommen Sie auf so eine abstruse Idee? Was soll das für ein Kollege sein, der das behauptet?«

Das Telefon klingelte immer noch. Goldberg hörte, wie Hauke ein leises Fluchen ausstieß.

»Scheiße, dieses Mistding hat sich verklemmt.«

Er war damit beschäftigt, den Reißverschluss seiner Brusttasche zu öffnen, in der das Handy steckte. Hauke schnaubte leise. Dann endlich verstummte das Klingeln. Webers Blick huschte durch den Raum. Er wurde zusehends nervöser. Unruhig setzte er sich in

Bewegung. Goldberg musste spontan an den kurzen Prosatext von Rilke denken. Sie hatten den Löwenkäfig im Deutschunterricht besprochen. Webers Körper tigerte ebenso durch den Raum wie der der Löwin. Seine Miene war eine Mischung aus Empörung, Angst und Wut.

»Warum sind Sie dann so nervös, wenn alles ein Missverständnis ist?«, fragte der Kommissar.

»Es ist eine ungeheuerliche Anschuldigung, die Sie da vorbringen. Wie kommen Sie bloß darauf?«

Weber versuchte, sich zu beruhigen. Goldberg irritierte die plötzliche Erregung des Mannes. Falls sich ihr Verdacht der illegalen Tests bestätigte, musste er doch eigentlich Nerven aus Stahl haben.

»Man hat uns erklärt, dass diese Akten eine Abkürzung enthalten. Eine Kombination aus Buchstaben und Zahlen. Bezeichnet man so nicht ein noch nicht zugelassenes Präparat?«

»Ich bitte Sie, das ist absurd.« Weber gewann die Oberhand über seine Schweißdrüsen zurück. »Nehmen wir an, ich hätte diese kruden Studien durchgeführt, glauben Sie ernsthaft, ich würde die Beweise dafür seelenruhig in meinem Souterrain lagern?«

»Inzwischen sind Sie klüger geworden und haben Sie woanders hingebracht. Wo sind sie jetzt?«

Weber zeigte sich überrascht und sah den Kommissar fragend an.

»Ihre Akten, wo sind sie?«

»Fragen Sie meine Assistentin, sie hat sich nach dem Einbruch darum gekümmert.«

»Was war das für ein Medikament, das sie getestet haben?«

»Ich sagte es bereits, ich habe keine Tests durchgeführt. Ich setze doch meine Approbation nicht aufs Spiel.«

»Henriette Stein ist Ihnen auf die Schliche gekommen und da mussten Sie handeln.«

Weber schüttelte den Kopf. »Moment, Sie glauben, dass ich eine meiner Reisenden umgebracht habe? Frau Stein ist an Herzversagen gestorben.«

»Die Obduktion sagt etwas anderes.«

Der Professor hielt mitten in der Bewegung inne und starrte Goldberg an.

»Es gibt vorläufige Hinweise, die eine deutliche Sprache sprechen«, ergänzte der Kommissar. Er spürte, wie Hauke jeden Blickkontakt vermied, um den Bluff nicht auffliegen zu lassen. Weber hingegen sah ihn ungläubig an. Ein Anflug von Panik erfasste sein Gesicht. Goldberg musste wieder an die Löwin denken: ›Und auf ihrem Gesicht steht wie auf einem Zifferblatt, das man nachts anleuchtet, eine fremde, merkwürdig kurz angezeigte Stunde; eine furchtbare, in der jemand stirbt‹.

Der Mann ihm gegenüber wirkte mit einem Mal zerbrechlich. Nicht wie ein eiskalter Mörder, der einen seiner Kollegen den Schweinen zum Fraß vorwarf.

»Was soll das heißen? Was hat man gefunden?«, fragte er.

»Das darf ich Ihnen nicht sagen, solange die Ergebnisse noch nicht endgültig feststehen.«

Weber schien zu überlegen. Goldberg sah kurz

zu seinem Kollegen hinüber. Hauke versuchte noch immer unauffällig, sein Handy aus der Tasche zu befreien. Doch der Verschluss hatte sich gründlich verhakt. Er selbst hatte sein altes Nokia-Gerät im Revier liegen gelassen. Goldberg beschloss, die Sache konkreter werden zu lassen, und zog die zusammengerollte Mappe aus der Innentasche seines Sakkos.

»Sie können mir sicher erklären, was diese Abkürzung bedeutet.«

Hastig nahm Weber die Akte entgegen. Er bemühte sich, seine Panik zu verbergen, und setzte einen genervten Gesichtsausdruck auf. Dann blätterte er durch die Dokumente.

»Woher haben Sie das?«, fragte er, ohne aufzublicken.

»Aus Ihrem Souterrain.«

»Sie haben es gestohlen?«

»Ich würde es eher Beweissicherung nennen.«

Es klopfte. Weber hob den Kopf. Er blickte zur Tür, dann sah er auf die Akte in seiner Hand. Für Sekunden war es totenstill in dem Raum. Der Professor ließ das Beweisstück unter dem Kittel verschwinden.

»Herein.«

Goldberg und Hauke tauschten einen schnellen Blick. Die Flügeltür öffnete sich und Elenor Weiß erschien. Sie lächelte, doch angesichts von Webers panischer Miene wurde auch sie ernst. Irritiert blickte sie in die Runde.

»Störe ich?«, fragte sie.

»Nein, im Gegenteil. Die Herren von der Polizei wollten gerade gehen. Führst du sie bitte hinaus?«

Goldberg musste zugeben, dass es ein kluger Schachzug war, aber so leicht wurde er sie nicht los. Er machte ein paar Schritte auf den Arzt zu und blieb nur wenige Zentimeter vor ihm stehen.

»Darf ich?«, fragte er und streckte die Hand aus.

»Ich verstehe nicht.«

»Ich meine die Akte, die Sie unter dem Kittel versteckt halten.«

Weber wich seinem Blick nicht aus, doch er machte keine Anstalten, das Dokument herauszurücken.

»Das wird Ihnen nichts nützen. Es dauert nicht lange, und ich habe einen Durchsuchungsbeschluss für Ihr gesamtes Reich. Dann haben wir alle anderen Akten und damit genug Beweise für Ihre Tests.«

Elenor trat einen Schritt vor und schloss die Türflügel hinter sich. »Marcus, was geht hier vor?«

Hauke war nicht zu erreichen. Als Peter die Nummer von Philip wählte, hörte er das Telefon auf dem Schreibtisch seines Chefs vibrieren. Typisch, immer wenn es darauf ankam, vergaß er das Ding. Aber warum ging Hauke nicht ran? Möglich, dass sie schon auf dem Rückweg waren. Sein Kollege beantwortete am Steuer keine Anrufe. Meistens nahm dann Philip das Gespräch an. Er beschloss, es in ein paar Minuten erneut zu probieren. Währenddessen suchte er sich den Namen des Arztes heraus, mit dem von Helms die Blankeneser Praxis geführt hatte. Ihm ging Haukes Bemerkung nicht aus dem

Kopf: »Ganz schön viele Weißröcke in Kophusen unterwegs.« Vielleicht steckten die alle unter einer Decke? Es dauerte nicht lange und er hatte Büchners Privatnummer herausgefunden. Es gab tatsächlich noch Leute, die sich im Telefonbuch registrieren ließen. Nach dreimaligem Klingeln wurde sein Anruf entgegengenommen.

»Sebastian Büchner.«

»Guten Tag, mein Name ist Peter Brandt, Polizei Kophusen. Entschuldigen Sie, dass ich Sie am Wochenende störe, aber leider muss ich Ihnen mitteilen, dass Ihr Kollege Dr. von Helms tot bei uns aufgefunden wurde.«

Natürlich machte man so etwas nicht am Telefon, das verbot schon allein die Pietät, doch Peter hatte jetzt keine andere Wahl. Er musste so schnell wie möglich an Informationen kommen.

»Danke, wir haben es bereits erfahren. Seine Frau hat uns heute Morgen benachrichtigt.«

»Hat sie Ihnen auch mitgeteilt, dass er vermutlich ermordet wurde?«

»Sie hat es vage angedeutet.«

Die Kollegen aus Itzehoe hatten zügig gehandelt. Klose war berüchtigt für seine Todesnachrichten. Intern wurde er auch der Todesengel genannt.

»Kennen Sie eine Henriette Stein?«

»Ja, sie ist eine Patientin meines Kollegen. Also, war eine Patientin.« Er verstummte.

»Hat Dr. von Helms mit Ihnen über sie gesprochen?«

»Nur beiläufig. Er erzählte mir, dass sie in ein sehr extravagantes Stift gezogen sei.«

»Sagt Ihnen der Name Marcus Weber etwas?«

»Nein, tut mir leid.«

»Und Richard Stein?«

Büchner ließ sich mit der Antwort Zeit, bis er schließlich verneinte.

»Aber falls Sie das interessiert: Hier in der Praxis war vor ein paar Tagen eine Frau und wollte mit Gottfried sprechen.«

Peters Muskeln spannten sich an. »Wissen Sie, wie sie hieß?«

»Nein, tut mir leid.«

»Wie sah die Frau aus?«

Ungeduldig drehte Peter den Kugelschreiber in seiner Hand. Er musste sich zwingen, den Arzt nicht zu drängen.

»Um die fünfzig. Sehr adrett und gut gekleidet.«

Peter machte sich eine Notiz. »Was wollte sie von ihm?«

»Hat sie nicht gesagt. Sie war sehr aufgebracht, meine Sprechstundenhilfe hatte Mühe, sie zu beruhigen. Die Frau bestand darauf, dass wir uns bei ihr melden, sobald Gottfried zurück sei. Dann ist sie aus der Praxis gerauscht.«

»Wann war das?«

»Warten Sie, das muss am Montag gewesen sein. Ja, am Vormittag.«

Peter bedankte sich bei ihm und legte auf. Das Geflecht zwischen all den Ärzten wurde immer dichter. Wer um Himmels willen war diese Frau und was hatte sie von Dr. von Helms gewollt? Eine enttäuschte Patientin? Peter wählte erneut die Nummer seines Kollegen, doch wieder erfolglos.

Langsam fing er an, sich Sorgen zu machen. Sofern sie vorhin auf dem Rückweg gewesen waren, mussten sie längst hier sein. Er schickte Hauke eine Nachricht. Aber sein Telefon blieb stumm. Keine Antwort. Es war nicht ihre Art; selbst wenn sie vom Stift woanders hingefahren wären, hätten sie ihm Bescheid gegeben. Das beunruhigende Gefühl verstärkte sich. Er stand auf und ging hinüber in Goldbergs Büro. Peter griff nach dem Gerät auf dem Schreibtisch und blickte auf das Display. Keine Nachrichten. Vorsichtshalber ließ er das Telefon in die Hosentasche gleiten. Für einen Augenblick blieb er stehen. Er starrte aus dem Fenster. Unschlüssig, was er tun sollte, lief er zu seinem Schreibtisch zurück. Ach, was soll's, dachte er, schaltete die Rufumleitung ein und verließ die Wache.

»Sagt Ihnen der Name Gottfried von Helms etwas, Frau Weiß?«, fragte Philip.

Hauke wurde sauer. Dieser verfluchte Reißverschluss ging und ging nicht auf. Jetzt bimmelte sein blödes Handy schon wieder und er konnte nicht rangehen. Er sah von dem verhakten Verschluss auf. Elenor Weiß hatte sich nicht von der Tür wegbewegt.

»Von Helms?« Nachdenklich sah sie Philip an. »Nein, der Name sagt mir im Augenblick leider gar nichts. Wer soll das sein?«

»Der Hausarzt von Henriette Stein«, erklärte Philip ruhig.

Sein Chef stand mit dem Rücken zu ihm, sodass Hauke nicht sehen konnte, was in ihm vorging.

»Wissen Sie, Herr Goldberg, um den medizinischen Part kümmert sich Prof. Weber, da halte ich mich raus. Ich verstehe nichts von dem Experten-Latein.« Lächelnd wandte sie den Kopf. »Marcus kennt alle Hausärzte unserer Reisenden.«

Hauke ließ von seinem Kampf mit dem Reißverschluss ab. Der Unterton in ihrer Stimme hatte ihn aufhorchen lassen. Er sah, wie Weber ihren Blick nickend erwiderte.

»Das habe ich den beiden Herren bereits gesagt.«

Elenor Weiß wandte sich wieder Philip zu. »Hat dieser Hausarzt etwa mit ihrem Tod zu tun?«

»Nein.«

»Dann verstehe ich nicht, worauf Sie hinauswollen?«

Hauke folgte dem Impuls und trat neben seinen Chef, als müsse er ihn beschützen.

»Dr. von Helms ist tot.«

Elenor Weiß riss die Augen auf. »Tot?« Sie sah zu Weber.

»Tot?«, wiederholte der und schien ebenso überrascht.

»Wie ist er gestorben?«, fragte sie.

»Die Untersuchungen laufen bereits. Sicher werden die Kollegen der Kriminalpolizei Sie in den nächsten Tagen aufsuchen.«

»Wieso?«, fragte Weber.

»Wir gehen davon aus, dass Herr Dr. von Helms Opfer eines Gewaltverbrechens geworden ist.«

»Das ist ja furchtbar.« Elenor Weiß schlug sich die Hand vor den Mund.

»Der Leichnam weist ähnliche Einstiche wie der von Frau Stein auf.«

»Was für Einstiche? Ich verstehe nicht …« Irritiert blickte Elenor Weiß in die Runde.

Hauke konnte kaum noch an sich halten. Er platzte gleich. Warum rückte sein Chef nicht endlich mit der Sprache raus?

»Jemand hat ihm offenbar ein Medikament verabreicht, aber das wird Ihnen die Kripo sicher genauer erklären. Wir sind nur wegen der Akten hier. Prof. Weber war gerade dabei, uns zu erläutern, was es damit auf sich hat.«

»Marcus, hast du es den beiden Herren nicht erklärt?«

»Doch, aber sie glauben mir nicht. Sie denken, dass ich illegale Medikamente an unseren Reisenden getestet habe. Kannst du dir das vorstellen?«

Jetzt geschah etwas, das Hauke völlig durcheinanderbrachte. Elenor wandte ihren Blick von dem Weißrock ab und versuchte, unauffällig Philips Aufmerksamkeit zu erregen. Sie neigte den Kopf und nickte fast unmerklich in Webers Richtung. Hauke war verwirrt. Was zum Teufel hatte diese Geste zu bedeuten? Wusste die Alte etwa von den Experimenten und hatte ihren Chef die ganze Zeit gedeckt?

»Das ist ungeheuerlich«, sagte sie. »Wie kommen Sie dazu, Prof. Weber derart zu verleumden?«

War die Weiß jetzt verrückt geworden? Dann traf es Hauke wie ein Blitz. Der Mann bedrohte sie.

Das erklärte ihr Schweigen und ihr seltsames Verhalten.

»Lass gut sein, Elenor, die Herren wollten sowieso gerade gehen.« Weber wandte sich zur Tür, als Philip seine Dienstwaffe zog.

»Keine Bewegung. Nehmen Sie die Hände hoch.«

Im ersten Augenblick war Hauke genauso überrascht wie Weber. Der hatte sich zu ihnen umgedreht und blieb reglos stehen.

»Was soll das, Herr Goldberg? Wollen Sie mich jetzt festnehmen?«

Hauke zog seine Dienstwaffe aus dem Gürtelholster.

»Ich bitte Sie, meine Herren, lassen wir doch diesen Unsinn.« Webers Hand lag auf der rechten Flügeltür. Er machte keine Anstalten, sie zu heben.

»Nehmen Sie die Hände hoch. Ich sage das nicht noch einmal«, erklärte Philip.

Plötzlich ging Elenor Weiß in die Knie. »O Gott, Marcus, sag es ihnen doch endlich. Es ist vorbei.« Ein Schluchzen entfuhr ihr.

Reflexartig zuckte Hauke zusammen, und richtete die Waffe auf sie.

»Steh auf. Was soll das?« Weber war von der Tür gewichen und sah auf sie herab.

»Marcus, bitte, wenn du es ihnen nicht sagst, tu ich es.«

Weber griff nach den Armen der Frau. Er versuchte, sie hochzuziehen. Doch sie weigerte sich. Elenor riss sich los. Auf allen vieren kroch sie auf Philip zu.

»Bitte, helfen Sie mir. Er bedroht mich, ich musste schweigen.«

»Was redest du da?« Weber machte einen Satz nach vorne, doch Philip stellte sich ihm in den Weg.

»Sie bleiben stehen.«

»Sie lügt!«

»Er macht das schon seit Jahren«, sagte Elenor Weiß mit erstickter Stimme. Ihr Schluchzen wurde heftiger. »Die armen Menschen wissen nichts davon. Dann ist Frau Stein dahintergekommen.«

»Elenor, du bist ...«

Nun war die Verwirrung komplett. Hauke sah vom einen zum anderen. Er traute weder dem Weißrock noch seiner Assistentin.

»Sie beruhigen sich jetzt, alle beide«, sagte Philip.

»Bitte verhaften Sie dieses Scheusal endlich. Er hat die arme Frau Stein vergiftet. Sie hat seine Versuche entdeckt und es ihrem Hausarzt mitgeteilt. Dr. von Helms war vor ein paar Tagen hier. Er wollte Marcus zur Rede stellen, doch er hat alles abgestritten, und jetzt ist Dr. von Helms tot. Marcus, was ist bloß aus dir geworden? Du bist ein so talentierter Arzt.« Ihre Stimme brach ab und ging in einen Schluchzer über.

Weber war außer sich vor Wut. Er machte einen großen Schritt auf Elenor zu. Doch Philip kam ihm zuvor. Goldberg steckte die Waffe weg, griff nach dem Arm des Arztes und drehte ihn auf den Rücken. Der Professor schrie auf. Dann klopfte es erneut. Abrupt zuckte Hauke zusammen. Verflucht, dachte er, das geht hier ja zu wie im Taubenschlag.

Konnten sie nicht in Ruhe diesen Fall lösen? Mit einem Kopfnicken bedeutete Philip ihm, die Tür zu öffnen. Rückwärts tastete er sich Schritt für Schritt vor. Elenor Weiß lag immer noch am Boden. Mit einer Hand öffnete Hauke die Tür.

»Was ist denn hier los?«

Hauke drehte sich um. Alfred stand vor ihm.

»Wenn ich das wüsste! Komm rein.« Hauke schloss die Tür hinter dem ehemaligen Dienststellenleiter wieder. Langsam kam er sich vor wie bei einem dieser Ohnsorg-Stücke mit Heidi Kabel. Da ging es ähnlich verrückt zu.

»Was hat das zu bedeuten?«

Elenor Weiß hatte aufgehört zu weinen und starrte den Neuankömmling entgeistert an. Alfreds Anblick löste Verwirrung aus. »Sie kennen Herrn Wilke?«

»Darf ich mich vorstellen? Ehemaliger Dienststellenleiter in Kophusen.«

»Wie bitte?« Ihre Hysterie war verschwunden. »Und was machen Sie hier?«

»Ich wollte diesem Heim mal auf den Zahn fühlen.«

Elenor schnappte nach Luft. »Das … das ist …« Sie verstummte.

»Ich möchte ein Geständnis ablegen«, sagte Weber plötzlich.

Sämtliche Blicke richteten sich nun auf den Arzt. Na endlich, dachte Hauke, das wird auch Zeit. Philip hatte ihn aus dem Polizeigriff entlassen. Der Mann rieb sich die Handgelenke. Hauke wusste, wie weh das tat.

»Ich kann das alles erklären.«

»Ich bitte darum«, sagte Philip.

»Marcus, mach reinen Tisch. Erleichtere dein Gewissen.« Elenor Weiß war auf die Knie gekommen.

»Sie halten jetzt den Mund«, sagte Philip zu ihr und wandte sich wieder Weber zu. »Und Sie setzen sich in den Sessel, die Hände da, wo ich sie sehen kann.«

Weber gehorchte. »Sie haben recht, Henriette Stein ist keines natürlichen Todes gestorben und sie kam nicht zufällig in dieses Stift.« Er machte eine Pause. Sämtliche Wut war von ihm abgefallen. »Kurz vor seinem Tod hat ihr Mann ihr reinen Wein über diese Tests eingeschenkt. Er hatte sich von seiner Schuld befreien wollen. Richard war Leiter der Forschungsabteilung bei Kegel Pharmaceuticals.«

»KP«, murmelte Philip.

»Das war der Grund, warum sie sich bei uns einquartierte. Ich habe mit Richard früher einmal zusammengearbeitet, als er noch Prüfarzt war, daher kannten wir uns. Frau Stein wusste das und machte letzte Woche eine seltsame Bemerkung mir gegenüber. Indirekt beschuldigte sie mich, illegale Tests durchzuführen. Als sie die Akten im Keller erwähnte, bin ich hellhörig geworden.«

Hauke sah, wie Weber Elenor einen vorsichtigen Blick zuwarf. Sie rührte sich nicht.

»Was geschah dann?«, fragte Philip.

»Diese Akten sind mein Privateigentum. Es sind alte Aufzeichnungen von Privatpatienten, die ich schwarz abgerechnet habe. Jedenfalls dachte ich das, bis ich mir die Mühe machte, mir die Schränke genauer anzusehen. Ich stieß tatsächlich auf Dokumentationen einer klinischen Forschung. Getestet wurde KP5467, ein nicht zugelassenes Blutdruckmittel. Jemand hatte die Dokumente unter meine Akten gemischt.«

»Und Sie wollen nichts davon gewusst haben?« Hauke platzte der Kragen.

»Nein.« Weber schüttelte den Kopf. »Daraufhin habe ich das Blut unserer Reisenden genauer untersuchen lassen und fand Unregelmäßigkeiten in den Werten. Da war ich sicher, jemand experimentierte hinter meinem Rücken.«

»Wer?«, fragte Philip.

Weber wandte sich zu Elenor. »Willst du es Ihnen nicht sagen?«

Sie saß regungslos am Boden. Hauke war verwirrt. War die jetzt dafür verantwortlich? Hatte sie Henriette und von Helms umgebracht?

»Wer hat diese Experimente durchgeführt?«, fragte Philip noch einmal.

»Meine Tochter. Eva«, sagte Weber.

Hauke runzelte die Stirn. »Was? Wer?«

»Eva arbeitet bei Kegel Pharmaceuticals. Sie und Richard Stein haben dieses Präparat gemeinsam entwickelt. Doch die Firma wollte es nicht zur Phase eins freigeben. In den Tierversuchen waren unvorhergesehene Nebenwirkungen aufgetreten, das ging bis hin zu plötzlichen Todesfällen. Also entschied Kegel Pharmaceuticals, die Versuchsreihe einzustellen. Eva war am Boden zerstört. Sie ist unsere Tochter und eine sehr ehrgeizige junge Frau. Sie war davon überzeugt, dass KP5467 eine Revolution sei und dass die Todesfälle der Versuchstiere nur an den Dosierungen gelegen hätten. Dieser Wirkstoff war ihr Baby, das sie geradezu fanatisch verteidigte. Doch der Vorstand blieb ihr gegenüber hart. Selbst Richard konnte nichts ausrichten. Da haben sie sich an Elenor gewandt. Als ich vor ein paar Tagen dahinterkam, war die Testreihe bereits in vollem Gange.«

Elenor Weiß hob den Kopf. Ihr Blick war leer. Hauke richtete den Lauf der Waffe auf sie. Sie ignorierte die Männer und stand auf. Als sie ein paar wacklige Schritte in Richtung Tür machte, schnitt Alfred ihr den Weg ab. Dann ging alles plötzlich sehr schnell. Elenor hatte einen Gegenstand aus der Tasche ihrer Hose gezogen. Noch bevor Hauke realisierte, was es war, ertönte das elektrische Klicken.

»Nein, ich bin herzkrank, wenn Sie …« Alfreds Stimme brach ab. Er verlor das Gleichgewicht und fiel direkt in Elenors Arme, die hinter ihn getreten war. Den Elektroschocker hielt sie wie ein Messer an seinen Hals.

»Jetzt reicht es.« Ihre Stimme klang hart.

Hauke fluchte innerlich. Wo hatte sie denn bloß dieses Ding her? Waren sie hier in einem Affenzirkus?

»Legen Sie Ihre Waffen ab. Sie haben Ihren Kollegen gehört und wissen sicher, was so ein Stromschlag bei Herzpatienten auslösen kann«, erklärte sie.

»Scheiße«, entfuhr es Hauke.

»Ganz genau«, sagte sie. »Marcus, nimm ihnen die Waffen ab.«

»Diese Männer sind Polizisten, Elenor. Was willst du mit ihnen tun?«

»Beeil dich gefälligst.«

Alfred hing in Halb-acht-Stellung. Hauke hielt ihn für ohnmächtig, konnte es aber nicht genau erkennen. Sein Kopf war nach vorne gesackt. Wortlos nahm Weber Philips und Haukes Waffen entgegen. So eine verfluchte Scheiße!, wiederholte Hauke in Gedanken. Sie mussten an diesen beschissenen Schocker kommen. Ein weiterer Stoß, und Alfred würde in dem elitären Stift sterben und er war schuld daran.

»Steck sie ein, wir entsorgen sie später.«

»Frau Weiß, Sie werden nicht weit kommen«, sagte Philip.

»Und wer sollte mich daran hindern? Sie? Wenn Sie versuchen, uns zu folgen, wird Ihr Kollege einen Herzinfarkt erleiden.«

Hauke versuchte, die Situation zu erfassen. Aber ohne ihre Waffen waren sie aufgeschmissen. Die Weiß würde keine Sekunde zögern und Alfred erledigen, da war er sich nun sicher. Wer Leichen in den Schweinetrog warf, der nahm auch einen Herzinfarkt in Kauf.

»Sie haben Ihrer Tochter erlaubt, diese Tests durchzuführen?«

Philip war die Ruhe in Person. Jedenfalls schien es so. Elenor Weiß erwiderte seinen Blick. Weber war inzwischen teilnahmslos neben sie getreten.

»Was glauben Sie, wie schwierig es ist, ein neues Medikament auf den Markt zu bringen? Nur rund neun Prozent aller neuen Substanzen schaffen es bis zur Zulassung. Es kostet Unmengen an Zeit und Geld. Und wenn man Pech hat, wird es am Ende nicht zugelassen, weil es angeblich zu viele Nebenwirkungen hat oder die Wirksamkeit nicht eindeutig bewiesen werden konnte. Eva hat ihre ganze Energie in dieses Projekt gesteckt. Jahre harter und ausdauernder Arbeit. Ich konnte nicht zusehen, wie diese Entscheidung ihre Karriere ruinierte.«

»Henriette Stein kam Ihnen in die Quere«, sagte Philip.

»Oh ja und ist gleich zu ihrem Hausarzt gelaufen. Er hat ihr regelmäßig Blut abgenommen, um zu beweisen, dass da etwas nicht stimmt. Letzten Sonntag kam er schon wieder, hat ihr eine weitere Dosis L-Arginin dagelassen. Was die Testreihe natürlich völlig durcheinanderbringt.«

Hauke fiel das Video ein. Von Helms war also tatsächlich der Mann, der Henriette das Pulver gegeben hatte. Keine Drogen.

»Woher wussten Sie das? Hatte Sie auch mit Ihnen gesprochen?«

Elenor Weiß lächelte. »Eine kleine Kamera im Feuermelder bringt vieles ans Tageslicht. Die Stein war von Anfang an eine Querulantin. Solche Personen muss man im Auge behalten, wenn man erfolgreich sein möchte. Und wie Sie sehen, hat mich mein Instinkt nicht getrogen.«

Ach, du Scheiße!, dachte Hauke. Hätten sie mal lieber Elenors Kamera gefunden. Aber als die Geschwister Lohse im Stift aufkreuzten, hatte sie wahrscheinlich schon sämtliche Beweise vernichtet.

»Du überwachst unsere Reisenden?«, fragte Weber, aus seiner Teilnahmslosigkeit erwacht.

»Die Kamera habe ich gleich nach ihrem Tod entfernt. Ich habe den von Helms daraufhin zur Rede stellen wollen, doch er war nicht in seiner Praxis anzutreffen.«

»Weil er in Kophusen geblieben ist.« Hauke versuchte, Zeit zu schinden. Während er sprach, überlegte er fieberhaft, wie sie es alle drei hier lebend herausschafften.

»Nach Henriettes Tod hat er Verdacht geschöpft und versucht, an die Akten zu kommen, aber sie haben ihn beim Einbruch erwischt. Was haben Sie dem armen Mann gespritzt? Das Gleiche wie Henriette?« Philips Stimme klang beherrscht.

Sie lächelte. »Nein. Henriette musste ich unauffällig beseitigen. Ein Gift im Sherry, das finden Ihre Gerichtsmediziner nie heraus.«

»Ihr Pech, dass der Bauer dazwischenkam, bevor Dr. von Helms zum Nachtmahl seiner Schweine werden konnte«, sagte Philip.

Weber riss die Augen auf. »Du hast was?!« Er hatte offenbar nichts von ihrem nächtlichen Ausflug gewusst.

Elenor ließ Alfred auf den Boden sinken, sodass er zwischen ihren Beinen festsaß. Der Kopf bewegte sich nicht. Den Elektroschocker hielt sie umklammert; er war jetzt auf seinen Nacken gerichtet.

»Von Helms hätte alles vernichtet, wofür wir Jahrzehnte gearbeitet haben. Mir blieb doch gar nichts anderes übrig. Ich musste etwas unternehmen.«

»Marcus, überlegen Sie sich das gut. Sie haben doch von den Tests gar nichts gewusst. Wenn Sie ein umfassendes Geständnis ablegen, wird sich das mildernd auf Ihr Strafmaß auswirken«, sagte Philip.

»Und meine Tochter?«

»Sie ist erwachsen. Es war ihre Entscheidung.«

Weber schüttelte den Kopf. »Wenn Elenor geht, gehe ich auch.«

»Obwohl sie gerade eben noch versucht hat, Ihnen die illegalen Tests in die Schuhe zu schieben?«

Er lachte bitter auf. »Wir sitzen im selben Boot. Ich hätte es sofort den Behörden melden müssen. Aber das habe ich nicht getan.«

»Warum?«

»Sie verstehen das nicht, Herr Goldberg. Ich glaube an dieses Projekt. Haben Sie schon einmal eine dieser armseligen Endstationen mit eigenen Augen gesehen, in denen unsere Alten völlig unwürdig dahinvegetieren?«

Philip schüttelte den Kopf.

»Meine Großmutter ist in einem solchen Heim unter unmenschlichen Bedingungen gestorben. Glauben Sie mir: So möchte niemand seine letzten Lebensjahre verbringen. Weder Sie noch ich.«

»Und das hier soll die Lösung sein? Ein Heim für reiche Leute?«, rief Hauke verächtlich.

»Nach ein paar Jahren hätten wir Heime dieser Kategorie auf der ganzen Welt eröffnet, für jeden zugänglich«, entgegnete Elenor Weiß.

»Frau Weiß, seien Sie doch vernünftig. Das hat keinen Sinn. Sobald Sie dieses Haus verlassen haben, wird die Polizei nach Ihnen fahnden. Es ist nur eine Frage der Zeit, bis man Sie verhaften wird«, sagte Philip.

»Meine Stiftungsarbeit war äußerst lukrativ. Auch für mich persönlich. Wir werden weit weg sein, bevor Sie mit Ihrer Fahndung überhaupt richtig begonnen haben.« Sie versuchte Alfred hochzuhieven. »Los, Marcus, hilf mir.«

Als Weber nach Alfreds rechter Schulter griff, rührte der sich plötzlich. Mit einer schnellen Bewegung riss er sich los und packte Weber am Arm. Hauke brauchte eine Sekunde, bis er begriff. Geistesgegenwärtig nutzte er die Ablenkung und sprang zu Elenor Weiß. Sie streckte ihm den Elektroschocker entgegen, doch Hauke wich aus, bekam dabei ihre Hand zu fassen und drehte ihren Arm routiniert auf ihren Rücken. Elenor schrie auf und ließ ihre Waffe endlich fallen. Aus dem Augenwinkel sah Hauke, wie Philip den Schocker aufhob. Weber lag auf dem Tisch, die Arme auf dem Rücken verschränkt. Alfred hatte nichts verlernt. Hauke drehte Elenor auf den Bauch und zückte die Handschellen. Das Klicken beruhigte seinen Puls.

»Alfred!« Er lachte laut auf. Die Anspannung löste sich. »Die Idee mit dem Herzinfarkt, echt genial!«

»Von wegen! Ich habe tatsächlich Herzrhythmusstörungen.«

»Was?« Hauke riss den Kopf herum. »Ist alles in Ordnung mit dir?«

Alfred nickte. »Glaube schon. Nur ein bisschen schummrig.«

Philip übernahm Weber und hielt ihn fest.

Es klopfte an der Tür. Die Männer blickten sich

um. Wer zum Teufel ist das schon wieder, dachte Hauke, als Peter seinen Kopf durch den Spalt steckte. Bei dem Anblick, der sich ihm bot, entgleisten ihm die Gesichtszüge.

»Was ist denn hier los?«

»Ruf einen Krankenwagen und die Kollegen«, sagte Philip.

Peter zögerte.

»Schnell, das dumme Gesicht von Klose will ich auf gar keinen Fall verpassen.« Alfred ließ sich erschöpft in einen der Loungesessel sinken. »Das ist der einzige Grund, warum ich bei diesem Scheiß überhaupt mitgemacht habe. Verrückte Bande!«

29

Wie alle Kaffeeautomaten war auch der des Kran-
kenhauses in Itzehoe nicht gerade für seinen guten
Kaffee bekannt. Deshalb verzichtete Goldberg darauf und nippte an einer Flasche Mineralwasser. Die
beiden Kollegen saßen ihm gegenüber. Sie warteten, dass Alfred mit den Untersuchungen fertig war.
Es war eine gute Stunde her, seit der Krankenwagen ihn hier abgeliefert hatte. Kommissar Klose war
kurze Zeit später eingetroffen und hatte Weber und
Weiß verhaftet. Er hatte nicht viel zu den Kophusener Kollegen gesagt. Sein grimmiger Blick reichte
aus, um zu wissen, dass er sie am liebsten gleich
miteingesperrt hätte. Kollegialität kannte er nicht.
Für ihn zählte nur das schnelle Fortkommen auf
der Karriereleiter. Demnach würde er sich diesen
Ermittlungserfolg an die eigene Brust heften.

Hauke nahm einen kräftigen Schluck von der
braunen, säuerlich riechenden Masse, die sie hier

Kaffee nannten. Er stellte den Becher wieder ab und schüttelte sich. Keiner von ihnen sagte ein Wort. Peters Geschichte hatte ein lautes Schweigen hinterlassen. Nach und nach war aus dem Puzzle ein Bild entstanden. Weber hatte eine ehrenhafte Vision verfolgt, die Alten unserer Gesellschaft menschenwürdig und liebevoll zu versorgen. Aber sprach ihn das von der Anschuldigung, bewusst weggesehen zu haben, frei? Die illegalen Tests würden einen Skandal in der Öffentlichkeit auslösen. Ausgerechnet in Deutschland Experimente an Menschen ohne deren Wissen durchzuführen würde hohe Wellen schlagen. Goldberg musste unvermittelt an von Helms denken. Warum es ihm ein Anliegen gewesen war, Blumen auf Richard Steins Grab zu legen, blieb offen. Vermutlich kannten Sie sich. Die Einstiche in Henriettes Füßen rührten vermutlich vom L-Arginin. Sie gingen davon aus, dass sie das Pulver verdünnt und sich gespritzt hatte, um eine Untersuchung auszulösen. Ähnlich dem Pergamentpapier in Henriettes Nachttischschublade. Henriette wollte sicher gehen, dass die Machenschaften aufgedeckt werden würden.

»Schauen wir noch mal nach ihm?«, fragte Peter.

Hauke nickte. Die drei Männer erhoben sich. Als sie das Behandlungszimmer erreichten, öffnete der Arzt gerade die Tür. Goldberg spürte ein vages Unbehagen.

»Ihrem Kollegen geht es gut. Der Stromschlag hat zwar seinen Herzrhythmus durcheinandergebracht, aber es ist nichts Lebensbedrohliches. Zur Sicherheit behalten wir ihn über Nacht hier.«

Goldberg überlegte, ob sein plötzliches Unbehagen an dem weißen Kittel des Arztes lag. Womöglich hatte diese Geschichte ein tiefes Misstrauen in ihm geweckt. Der Oberarzt entfernte sich. Peter und Hauke beschlossen, sich schnell von Alfred zu verabschieden, bevor sie den Heimweg antraten. Goldberg nickte, entschied jedoch, nicht noch einmal mitzugehen. Er mochte keine Krankenhäuser. Um ehrlich zu sein, er hasste sie. Stattdessen würde er draußen am Eingang auf sie warten.

Wenige Minuten später trat er ins Freie. Er atmete tief ein. Die frische Luft verscheuchte die dunklen Erinnerungen an Muriels Tod. Aber er musste an Judith denken. Morgen war Sonntag, da würde er in Ruhe mit Jens über das Problem sprechen können. Er setzte sich auf eine Bank. Eigentlich konnte er nichts verlieren, und er vergab sich auch nichts, wenn er sie besuchte. Im Gegenteil, falls es wirklich so wichtig für sie war, warum sollte er ihr diesen Schritt in Richtung Heilung verwehren? War das nicht dumm und selbstsüchtig? Natürlich hatte sie ihm wehgetan. Nicht nur das, sie hatte sein Leben bedroht, aber war das im Hinblick auf die Katastrophe, die sie erlitten hatte, nicht sogar verständlich und zutiefst menschlich? Er war hin- und hergerissen. Bei dem Gedanken, ihr wieder gegenüberzusitzen, spürte er die Angst in sich aufkeimen. Ihm fiel ein Zitat ein, das Jens ans Ende ihrer letzten Sitzung gestellt hatte: »Wo die Angst ist, ist der Weg.«

Er hatte sich den Satz bisher nicht sonderlich zu

Herzen genommen, aber die Tatsache, dass er ihm just in diesem Moment einfiel, deutete er als Wink seines Unterbewusstseins. Er warf einen Blick hinter sich. Es war niemand da. Dann nahm er sein Telefon aus der Hosentasche, das Peter ihm im Auto gegeben hatte, und klickte sich zur Anrufliste durch. Die Handynummer erschien auf dem Display. Er wählte und wartete.

»Keller?«

Er war kurz versucht, wieder aufzulegen, aber er nahm all seinen Mut zusammen. »Prof. Keller, hier spricht Philip Goldberg.«

»Oh. Haben Sie es sich überlegt?«

»Ja.« Er biss sich auf die Unterlippe, bevor er sich sagen hörte: »Ich möchte sie sehen.«

»Das freut mich. Glauben Sie mir, dass bedeutet ihr viel und wird sie sicher einen entscheidenden Schritt nach vorne bringen. Und wer weiß, am Ende vielleicht auch Sie selbst.«

»Warten wir es ab.«

»Wollen wir gleich einen Termin ausmachen?«

»Nächste Woche?«

Magda würde auf der Leipziger Buchmesse sein. Eine Tradition, die sie mit ihren Kollegen jedes Jahr zelebrierte.

»Gern. Passt es Ihnen am Donnerstag?«

»Gut. Ich könnte am frühen Abend bei Ihnen sein.«

»Wunderbar. Vielen Dank, Herr Goldberg. Auch im Namen von Frau Frank.«

»Hm.«

Keller versicherte ihm nochmals, dass es ein mutiger und wichtiger Schritt für sie beide sei. Danach verabschiedeten sie sich.

Goldberg starrte auf das Display. Das Bild von Hilde Deterdings Dachboden tauchte plötzlich in seinem Kopf auf. Das mulmige Gefühl wurde stärker. Manchmal war es ihm, als könne er das Messer an seiner Kehle immer noch spüren. Aber so weit würde es nicht kommen. Nicht noch einmal.

»Alles klar bei dir?«, riss Haukes Stimme ihn aus seinen Gedanken.

Er blickte auf. »Ja. Können wir dann?« Goldberg stand auf.

»Du siehst blass aus.« Peter klang aufrichtig besorgt.

Er fühlte sich nicht besonders. Aber nun gab es kein Zurück mehr. Judith und Philip, das einstige Traumpaar vom Polizistenball. Ihm wurde schlecht. Der Speichel sammelte sich in seinem Mund. Schnell wandte er sich zur Seite und übergab sich in die Büsche.

Das würden lange fünf Tage werden. Lang und schlaflos. Begleitet von den sorgenvollen Blicken der Kollegen.

Peter reichte ihm ein frisches Taschentuch. »Bitte, Philip, geh endlich zum Arzt«, sagte er vorwurfsvoll.

»Ich habe Donnerstag einen Termin«, log er.

Damit hatte er wenigstens seine Ruhe. Was danach kam, würde er abwarten. Niemand konnte in die Zukunft sehen. Vielleicht war er bis dahin bereits tot. Wer wusste das schon? In seinem Kopf erklang plötzlich die Melodie, er sah sie beide über den Parkettboden schweben. Judith in dem umwerfenden roten Kleid. Er im Smoking. Sie waren ein echter Hingucker gewesen.

In diesem Augenblick, trotz des säuerlichen Geschmacks im Mund und dem zerknüllten Taschentuch in seiner Hand, wurde ihm klar, dass es da noch etwas zwischen ihnen gab. Eine Verbindung, die unabhängig von Muriel existierte. Er musste sie sehen. Was auch immer am Ende dieser Begegnung passieren würde, er musste sie sehen.

Ich habe zu danken!

Auch bei Goldbergs viertem Fall sind selbstverständlich wieder Menschen beteiligt gewesen, denen ich an dieser Stelle danken möchte.

Als Erstes meinem erfahrenen und bereits mehrfach erprobtem Team, das sich mit mir und meinen Figuren jedes Mal aufs Neue auf die Reise nach Kophusen begibt: Stefan Wendel, meinem Lektor, der meinen Manuskripten einfühlsam und wirkungsvoll zugleich den letzten Schliff verleiht. Und Sonja Hartl, meiner sowohl akribischen als auch sehr passionierten Korrektorin. Es ist mir jedes Mal ein außerordentliches Vergnügen!

Neu dazugekommen ist zum einen Rita Nandy, als zweite Korrektorin, der ich für ihre tief gehende und bereichernde Arbeit danke. Zum anderen Svenja Sund; ihrem magischen Schaffen und ihrer Erfindungsgabe ist es geschuldet, dass die ELB-Krimireihe in frischem und gleichzeitig so vertrautem Glanz erstrahlt.

In ähnlicher Weise ist Sandra Schlichenmaier beteiligt, die sich zwar nicht professionell mit meinen Büchern beschäftigt, sondern ganz „unprofessionell" als Erstleserin zur Verfügung stellt. Sie ist meine Navigatorin durch die Elbmarsch und mein Fels in der Brandung im stürmischen Alltag.

Für ihr rasantes und kurzfristiges Eingreifen danke ich meiner Mutter Helga Voigt. Außerdem für ihre Übersetzungen ins Plattdeutsche, die für die Hörbücher notwendig waren.

Carsten Wittmaack danke ich dafür, dass er mir in vielen vertraglichen Dingen mit Rat und Tat zur Seite steht und immer ein offenes Ohr für meinen alltäglichen Wahnsinn hat.

Fabian Tormin ist es zu verdanken, dass meine Hörbücher endlich Realität geworden sind. Durch seinen technischen Sachverstand, sein unermüdliches Engagement und nicht zuletzt seinen Humor, kann man meine Büchern nun auch auditiv erleben.

Abschließend sind es meine Leser, denen ich meinen besonderen Dank aussprechen möchte: Ohne Ihre Begeisterung und Ihre Lesefreude, meine Damen und Herren, bliebe alles nur ein hoffnungsloser Traum!

All jene, die hier nicht namentlich erwähnt sind, trage ich in meinen Gedanken und in meinem Herzen. Ihr erinnert mich daran, dass der Mensch ein ›schwindlichtes Geschöpf‹ ist. Ihr alle wisst, wer ihr seid! Ich danke Euch!

NEU IM HERBST 2019

Die ELB-Krimireihe als Hörbuch!

Gelesen von der Autorin

Philip Goldbergs erster Fall!

»Die beiden Polizisten warfen sich einen Blick zu, wobei
Thomsen den Zeigefinger mehrmals an seiner rechten
Schläfe kreisen ließ. Für ihn war die alte Dame verrückt.
Aber für Goldberg war das nicht so einfach.«

Nicole Wollschlaeger
ELBSCHULD
Der erste Fall für
Philip Goldberg

ISBN: 9783741255526
Auch als eBook erhältlich

Hilde Deterding ist felsenfest davon überzeugt, Mord-
drohungen aus dem Jenseits zu erhalten. Als an ihrem
vergifteten Hund Spuren menschlicher Asche gefunden
werden, nimmt Goldberg zum Leidwesen seiner beiden
Kollegen die Ermittlungen auf. Und schon bald stecken
sie in einem kuriosen Fall, der auch in ihm alte Geister
wecken wird.

Mehr Information unter:
www.nicolewollschlaeger.de

Die ELB-Krimireihe geht weiter!

»Oft begegnet man seinem Schicksal auf eben jener
Straße, die man einschlägt, um es zu vermeiden.«

Nicole Wollschlaeger
ELBSCHMERZ
Der zweite Fall für
Philip Goldberg

ISBN: 9783744874229
Auch als eBook erhältlich

Das neue Ayurveda-Zentrum Namaste ist ein Ort der
Stille und inneren Einkehr. Bis plötzlich eine Patientin
spurlos verschwindet. Kommissar Goldberg und seine
beiden Kollegen, die eigentlich nur an einem teambil-
denden Yogakurs teilnehmen wollten, befinden sich un-
versehens in ihrem nächsten Fall. Alles deutet auf eine
Entführung hin. Als eine rätselhafte Krähe aus Schnee
das Verschwinden zweier weiterer Patienten ankündigt,
scheint es auch dieses Mal nicht mit rechten Dingen zu-
zugehen. Und schon bald entpuppt sich das Namaste als
Schauplatz eines weit zurückliegenden Dramas, das unwillkürlich auf eine menschliche Katastrophe zusteuert.

Philip Goldberg ist zurück!

»Goldberg schüttelte den Kopf. Das würde er nicht zu-
lassen. Niemand starb in seinen Armen.
Nicht noch einmal.«

Nicole Wollschlaeger
ELBSPIEL
Der dritte Fall für
Philip Goldberg

ISBN: 9783752895261
Auch als eBook erhältlich

Helle Aufregung in Kophusen. Anlässlich des 125. Be-
stehens der Gemeinde soll der Jedermann aufgeführt
werden – unter der Regie des einstigen Starschauspie-
lers Arno Menzinger. Die Kophusener reißen sich um
die Rollen und geben alles, mit dabei sein zu dürfen.
Doch irgendjemand scheint das Theaterspiel mit allen
Mitteln sabotieren zu wollen und schreckt nicht einmal
vor einem Leichendiebstahl zurück. Die Jagd nach dem
Täter führt das Kophusener Ermittler-Trio um Kommissar Philip Goldberg dieses Mal in eine Welt aus
Schein und Sein. Mit tödlichem Ende.

Eine Fantasy-Geschichte ab 10 Jahren

Schatten über Nargon
Die Kugel des Kummers

Nicole Wollschlaeger
Schatten über Nargon
Die Kugel des Kummers

Kinderbuch
ISBN: 978374487417-5
Auch als eBook erhältlich

Eigentlich wollte sich Daniel auf dem Jungsklo nur vor Matze und seiner Gang verstecken. Als jedoch plötzlich ein kleiner buckliger Mann namens Marvinius in der Toilettenkabine auftaucht, wartet eine ganz andere Herausforderung auf ihn: Marvinius nimmt ihn mit ins Land Nargon, wo Daniel die Kugel des Kummers zurückholen soll, die der teuflische Burbas Bittermund gestohlen hat. Eh er sichs versieht, steckt Daniel mitten in einem haarsträubenden Abenteuer. Doch zumindest steht ihm mit Herrn Tasso ein ausgewachsener Drache zur Seite. Aber kann Daniel ihm wirklich trauen?